与最聪明的人共同进化

HERE COMES EVERYBODY

CHEERS

CHEERS
湛庐

现实科幻系列
RSF009

第 11 号
站

[加] 艾米丽·圣约翰·曼德尔 著 Emily St. John Mandel　王林园 译

STATION ELEVEN

浙江教育出版社·杭州

扫码加入书架
领取阅读激励

扫码获取主要人物表，
一图无剧透把握故事线。

阅读前的友情提示

　　本书作者艾米丽·圣约翰·曼德尔善于采用非线性、多视角的叙述，在不同时间维度上来回切换，编织出质感细腻、相互纠缠的人、事、物。因此，了解不同时间段的主要出场人物，对把握其笔下的故事走向、获得更美妙的阅读享受有重要作用。

谨以此书纪念

艾米丽·雅各布森

棕榈叶吹着暖风，我想起了雪

在我遥远的省份，那里发生过

属于另一种不可想象的生活的事情。

星球的光明面移向了黑暗

城市都入睡了，每一个按照自己的时辰，

而对于我，现在像那时一样，却是太多了。

有太多的世界。

————

切斯瓦夫·米沃什①

《拆散的笔记簿》

———————

①切斯瓦夫·米沃什（Czeslaw Milosz，1911—2004），美籍波兰诗人，1980年诺贝尔文学奖获得者。译文引自其诗集《拆散的笔记簿》，绿原译，漓江出版社1989年版。——译者注（若无特殊说明，本书注释均为译者注。）

Station Eleven

目 录

一　　剧　院　　　　　　　　　　　001

二　　仲夏夜之梦　　　　　　　　　037

三　　我更喜欢你戴着王冠　　　　　077

四　　星　舰　　　　　　　　　　　129

五　　多伦多　　　　　　　　　　　185

六　　飞　机　　　　　　　　　　　223

七　　航站楼　　　　　　　　　　　259

八　　先　知　　　　　　　　　　　315

九　　第 11 号站　　　　　　　　　351

作者按　　　　　　　　　　　　　373

致　谢　　　　　　　　　　　　　375

一

剧 院

1

　　国王站在一团蓝色的光芒中，无依无着。冬夜的多伦多埃尔金剧院里，正上演着《李尔王》第四幕。在早前观众进场的时候，舞台上就有三个小女孩在玩拍手游戏，她们是李尔王三个女儿的童年形象；此刻，她们再次上场，作为国王发疯时看见的幻觉。国王步履蹒跚，朝她们伸出手去，而三个孩子在阴影里轻快地跑来跑去。扮演国王的演员叫阿瑟·利安德，五十一岁。他的头发里插满了花。

　　扮演葛乐斯德的演员说："你认得我吗？"①

　　"我一眼就认出了你这双眼睛。"阿瑟说着，失神地看向孩童模样的柯苔莉亚，事情就是这个时候发生的。他的神情变了，接着身子一晃，伸手去扶柱子，但没有看准距离，结果手掌边缘重重地拍在了柱子上。

---

① 本书所引用的全部莎士比亚戏剧台词译文均引自方平译本及彭镜禧译本，部分文字为契合上下文略作改动。下不赘述。

"下半身却变成了十足的狐狸精。"他不仅接错了台词，而且说得气喘吁吁，声音小得几乎听不清。他一只手捂在胸前，好像手掌里捧着一只受伤的鸟。扮演埃德加的演员目不转睛地看着他。在这一刻，阿瑟仍然可能只是在表演，但是乐池第一排有个男人从座位上站了起来。这个男人正在学习成为一名急救员。他的女友拽了拽他的袖子，压低声音说："吉文！你干什么？"吉文自己最开始还不敢肯定，后面的观众则纷纷小声叫他快坐下。一个引座员朝他走过来。舞台上开始下雪。

"鹡鸰在勾勾搭搭。"阿瑟喃喃地说。吉文很熟悉这出剧，所以听出演员的台词窜回了十二句之前。"鹡鸰……"

"先生，"引座员走到了他旁边，"请您……"

佢是阿瑟·利安德没有时间了。他身子摇晃，目光涣散，吉文一下子就看出来，他已不再是李尔王。吉文一把推开引座员，朝舞台前的台阶冲了过去。但是又有一个引座员沿着过道小跑着赶过来，吉文只好放弃台阶，直接跳了上去。舞台比他预想的要高，第一个引座员扯住了他的袖子，他只好给了对方一脚。吉文用余光瞟见，雪是塑料做的，小小的半透明塑料片沾在了他的夹克上，蹭上了他的皮肤。埃德加和葛乐斯德被台前的骚动转移了注意力，都没有看向阿瑟，而阿瑟正倚着胶合板做的柱子，眼神空洞。后台传来了喊声，两个人影飞快地奔过来，但吉文已经冲到阿瑟身边，在他失去意识的一瞬间及时接住了他，并轻轻地让他平躺在舞台上。雪在他们周围越下越急，雪花闪着蓝白色的光芒。阿瑟没有呼吸了。那两个人影——是两个保安——停在了几步之外，大概是发觉吉文并不是什么疯狂的粉丝。观众席里乱哄哄的，手机镜头的闪光灯不时亮起，黑暗中传来模糊的叫喊声。

"老天爷，"埃德加惊呼，"天哪！"他说台词时的英国口音不见了，现在换成了一口亚拉巴马口音——他确实是亚拉巴马人。葛乐斯德扯掉了缠在半张脸上的纱布——此时这个角色的双眼已经被挖掉——站在那儿，好像动不了了，只有嘴巴一张一合，像鱼一样。

阿瑟没有心跳了。吉文开始做心肺复苏。不知什么人喊了一声，幕布应声而落，洒下一片阴影，隔绝了观众，也把舞台上的灯光隔开了一半。塑料雪还在下着。两个保安走开了。灯光变了，蓝白色的暴风雪换成了偏黄并略有些刺眼的荧光灯。吉文借着淡黄的光线一语不发地按压，并时不时地扫一眼阿瑟的脸。拜托了，他心里想，拜托了。阿瑟的眼睛一直闭着。幕布抖了两下，有人在拍打幕布，摸索着从另一边上来。接着，一个一身灰西装、颇为年长的男人跪在了阿瑟的另一侧。

"我是心脏病专家，"男人说，"我叫沃尔特·雅各比。"他的眼睛隔着眼镜片，显得很大，头顶的头发有些稀疏。

"我叫吉文·乔杜里。"吉文答。他不知道自己在这儿待了有多久。周围有人走动，但又好像离得很远且面目模糊，除了阿瑟。这时有一个人来到了他们身边。吉文心想，这里就像风暴眼，他、沃尔特和阿瑟都处在平静之中。沃尔特摸了摸阿瑟的额头，动作轻柔，就像大人在安抚发烧的孩子。

"他们已经打电话叫救护车了。"沃尔特说。

落下的幕布给舞台添上了一层意想不到的私密感。吉文想到好几年前在洛杉矶采访阿瑟的事，他那时在做娱乐记者。吉文又想到女友劳拉，不知道她是留在座位上等他还是去了大厅。他想着，拜托快呼吸吧，拜托了。他想到落下的幕布封上了第四面墙，把舞台变成了一个房间，只不过这个房间像个洞穴，没有天花板，在长长的舞台过道和灯光之间，灵魂可以悄无声息地溜走。吉文提醒自己，这个念头太荒唐了，快别犯傻了。但是他忽然觉得后脖颈一阵刺痛，就好像头顶上有双眼睛在盯着他。

"要不要换我来按一会儿？"沃尔特问。吉文明白过来，这个心脏病专家觉得自己没派上用场。于是他点点头，把手从阿瑟的胸口挪开，沃尔特随即开始有节奏地按压。

吉文环顾舞台，转念又想，这其实不像一个房间。这里的一切都是稍纵即逝的，这些过道、侧舞台之间幽暗的空间，还有缺失的天花板。他心想，这里更像是终点站，比如火车站或者机场，每个人都来去匆匆。救护车到了，两个急救员迎着莫名其妙还在下个不停的雪走来，仿佛乌鸦一般扑向倒下的演员。穿着深色制服的一男一女把吉文挤到一边。那个女人太年轻了，说是十几岁都有人信。吉文站起身，退到一旁。阿瑟跌倒时倚靠的那根柱子摸起来很光滑，木制的道具被漆成了石柱的样子。

周围到处都是舞台工作人员、演员，以及拿着写字板、不知负责什么的工作人员。"老天爷，"吉文听见有人在喊，"就没人能把这该死的雪停了吗？！"丽根和柯苔莉亚站在幕布旁边，手牵着手哭泣；埃德加盘腿坐在旁边，一只手捂着嘴。贡纳莉正低声打电话，假睫毛的阴影投在她的眼睛上。

没有一个人望向吉文，他这才意识到，自己的戏份结束了。急救员好像没有成功。他想去找劳拉。她八成正在大厅里焦急地等着他。说不定劳拉——这个想法不切实际，但还是出现在他的脑海里——会觉得他的举动令人钦佩。

终于有人把雪关了，最后几片半透明的雪花飘飘荡荡地落在舞台上。吉文正在查看怎么退场最方便，却听见一声呜咽，他这才发现舞台上还有个小演员，就跪在他左边第二根胶合板柱子旁边。他之前注意到了这个小演员。《李尔王》这出剧吉文看过四遍，不过之前的演出都没有用小演员，他觉得这个新增的舞台设计很有创意。那个小姑娘有七八岁，她不住地抹眼泪，脸上的妆花了，蹭到了手臂上。

"让开。"一个急救员提醒道，另一个急救员向后退开，让同伴除颤。

"你好。"吉文向那个女孩打了一声招呼，跪在她面前。发生了这种事，怎么没人过来把她领走呢？女孩正在看急救员操作。他没有带孩子的经验，也不太知道该怎么跟孩子说话，尽管他一直想要一两个孩子。

"让开。"急救员又说道。

"你还是别看了吧。"吉文说。

"他会死的，是不是？"小女孩抽抽搭搭地问。

"我也不知道。"吉文想说两句话安慰她，但他不得不承认，情况看起来并不乐观。阿瑟一动不动地躺在舞台上，已经做了两次除颤。沃尔特按着他的手腕，神情严肃地望着远处，等待脉搏恢复。
"你叫什么名字？"

"柯尔斯滕，"女孩回答说，"我叫柯尔斯滕·雷蒙德。"她脸上花掉的舞台妆容叫人看了心生不安。

"柯尔斯滕，"吉文说，"你妈妈呢？"

"她要十一点才过来接我。"

"宣布死亡时间吧。"一个急救员说。

"那是谁在这里照顾你？"

"一个叫塔尼娅的引导师。"女孩还在望着阿瑟。吉文挪了挪身子，挡住了她的视线。

"晚上九点十四分。"沃尔特·雅各比说。

"引导师？"吉文问。

"他们都这么叫她，"她说，"她在这里负责照顾我。"一个穿西装的男人从右舞台①走过来，焦急地和两名急救员说了几句话。他们已经把阿瑟抬到了担架上，正在系绑带。一名急救员耸了耸肩，把毯子往下拉了拉，在阿瑟脸上罩了一个氧气罩。吉文明白过来，这是做给阿瑟家人看的，这样他们就不至于从晚间新闻里得知他的死讯。这个体面的做法让吉文很受感动。

吉文站起来，朝吸鼻子的小孩伸出一只手。"来吧，"他说，"我们去找塔尼娅。她八成正到处找你呢。"

但这似乎不太可能。要是塔尼娅在到处找她负责照顾的孩子，那她这会儿也该找到了。吉文领着小女孩走到侧舞台，刚才那个穿西装的男人已经走了。后台乱成一团，众人吵吵嚷嚷，走来走去。阿瑟的担架车正往外走，沃尔特守着担架，有人大喊借过。一行人穿过走廊，从后台入口离开了。乱哄哄的动静一路尾随而去，有人在哭，有人在打电话，有人三五成群地凑在一起，讲述、复述刚才的事："我就往那儿一看，看见他倒下去了。"有人在喝令什么，还有人对喝令不理不睬。

"这么多人，"吉文说，他不太喜欢人多的地方，"你看见塔尼娅了吗？"

"没有，她没在这里。"

"好吧，"吉文说，"或许咱们应该待在一个地方，等她来找咱们。"他想起在一本小册子里读到过类似的建议，内容是关于在森林里迷路了该怎么办的。后墙那儿有几把椅子，他挑了一张坐了下来。从这个角度，他看见舞台上的胶合板柱子背面没有刷漆。一个舞台工作人员正在清扫落雪。

---

① 右舞台，又称上场门；左舞台为下场门。

"阿瑟会没事吗？"柯尔斯滕爬到他旁边的椅子上坐了下来，她两只手攥成拳头，紧紧抓着裙子。

"就在刚才，"吉文说，"他在做自己在这世上最热爱的事。"他这么说，是因为他在一个月前读到了《环球邮报》对阿瑟的采访，阿瑟是这么说的："我等了一辈子，终于等到了适合演李尔王的年纪，我最热爱的莫过于在舞台上的感觉，那种直接反应……"但是此刻回想起来，这些话显得很空洞。阿瑟的主业是演电影，而好莱坞演员中有谁会想变老呢？

柯尔斯滕没有接话。

"我的意思是，如果他生前做的最后一件事是在舞台上表演，"吉文说，"那么他生前最后做的就是会让他高兴的事。"

"那是他生前做的最后一件事吗？"

"我觉得是的。真的很遗憾。"

这会儿雪堆在布景后面闪闪发光，像一座小丘。

过了一会儿，柯尔斯滕说："那也是我在这世上最热爱的事。"

"你说什么？"

"表演。"她话音刚落，就看见一个满脸泪痕的年轻女人伸着胳膊从人群里走出来。女人几乎看都没看吉文，就拉起柯尔斯滕的手。柯尔斯滕走的时候回头看了他一眼。

吉文站起身，走到舞台上。没有人阻拦他。他本以为劳拉会在前排中间的座位上等他。这都过去多长时间了？但等他从天鹅绒幕布后面钻出来，才看见观众全都走了，引座员正在各排座位间打扫，捡起掉在地上的节目册，一条不知谁忘了拿走的围巾还搭在椅子靠背上。他走到红毯铺就的奢华大厅，故意避免和引座员对视。此时还有几名观众在大厅里徘徊，但是劳拉不在其中。他打电话给劳拉，但是她之前在看演出的时候关机了，看样子现在还没开机。

"劳拉，"吉文给她留了一条语音信息，"我现在在大厅，没看见你。你在哪儿？"

他来到女士休息间入口处，喊来服务员询问，对方回答说里面没人了。他又在大厅里绕了一圈，最后走去了寄存处。架子上还存放着几件衣物，他看见了自己的大衣。劳拉那件蓝色外套不在里面。

央街上飘着雪。走出剧院时，吉文吃了一惊，舞台上的塑料雪花还沾在他的夹克上，而街上的雪就像是某种呼应。六七个"狗仔"一晚上都守在后台入口外。阿瑟的名气已经不如当年，不过他的照片还卖得出去，尤其是最近，他的离婚官司正打得轰轰烈烈。他的妻子是模特兼演员，和一个导演出轨了。

就在不久之前，吉文自己也是个"狗仔"。他本来想从前同行们的眼皮底下溜过去，但这帮人的职业技能之一就是察觉打算从他们身边溜走的人，所以他们全都一下子认出了他。

"气色不错嘛，"其中一个人跟他打招呼，"外套挺时髦的。"吉文穿了一件海军大衣，虽然不怎么暖和，但为的就是和爱穿羽绒夹克配牛仔裤的前同行们区别开来。"最近跑哪儿去了，老兄？"

"在酒吧打工，"吉文回答说，"上急救员培训课。"

"急救医疗服务？真的假的？你打算靠在街边捡酒鬼为生了？"

"我打算做点有意义的事，你是想说这个吧。"

"行，好吧。你刚才在里面，是吧？什么情况？"有几个人正在打电话。"相信我，他死了。"说话的人离吉文很近，"好吧，确实，虽然镜头被雪遮住了，不过你看我刚发给你的照片，他们把他抬进救护车的那张，我拍到他的脸了——"

"我也不知道是什么情况，"吉文说，"反正第四幕演到一半，幕布就放下了。"他这么回答，一半是因为他此时此刻不想跟任何人说话，也许劳拉例外；一半是因为他尤其不想跟他们说话。"你们看见他被送上救护车了？"

"是从后台入口推出来的。"其中一个摄影师回答说。他正在抽烟，迅速地、紧张地一口接着一口。"急救员、救护车，那叫一个齐全。"

"他看上去怎么样？"

"说实话吗？就他妈的像一具尸体呗。"

"是不是打了肉毒杆菌，还是看得出来的。"其中一个说。

"发声明了吗？"吉文问。

"有个穿西装的出来跟我们交代了两句。说是过度劳累，还有，听好了，脱水。"有几个人笑了两声。"这帮人总是过度劳累和脱水，是吧？"

"你想总该会有人提醒他们吧。"说话的是那个说肉毒杆菌的人，"但凡有个人有点心，把一两个演员拉到一边，叮嘱两句，比方说，'听着，伙计，宣传一下：记得常常补充水分，记得睡觉，行吗？'就不会出这种事。"

"我见到的恐怕还没你们多呢。"吉文说着，假装来了一个重要的电话。他把冰凉的手机屏幕贴在耳朵上，沿着央街走出半个街区，在一处门檐下站了一会儿，又给劳拉打了个电话。还是关机。

如果他打个车的话，半个小时就能到家，不过他喜欢呼吸清新的空气，远离有人的地方。雪越下越大。他感到自己充满了生命力，顿觉奢侈而愧疚。真是不公平，他的心脏一丝不苟地跳动着，而阿瑟躺在某个地方，浑身冰冷，一动不动。他沿着央街向北，两只手深深地插在外套口袋里，任凉丝丝的雪花打在脸上。

吉文住在椰菜镇，在剧院东北方向。二十多岁的时候，他会毫不犹豫地走路回去。市内这段路程有几英里①，一路都有红色的电车驶过，不过他已经有段时间没走过远路了，他拿不准现在要不要走回去。但等向右拐上卡尔顿街后，他感觉走得起劲，于是就走过了第一个电车站。

他走到了艾伦花园，差不多走了一半路，就是在这里，一阵意想不到的兴奋让他措手不及。阿瑟死了，他这么告诉自己，你没把他救过来，没什么好开心的。但是，他的确感到兴奋不已，因为他一辈子都在考虑自己究竟该做什么，而现在他有了确定的答案——他非常确定，他想当一名急救员。在别人不知所措的时候，他要当那个挺身而出的人。

他有一股荒唐的冲动，想一路冲进公园。暴风雪中的公园显得那么陌生，到处都是积雪和阴影，树木露出黑黢黢的轮廓，玻璃温室穹顶泛着幽暗的水光。小时候，他喜欢躺在院子里，看着雪花从天上落到自己身上。能看见椰菜镇了，就在几个街区之外。风雪中，议会街的灯光也黯淡下来。手机在衣服口袋里震了一下。他停下脚步，看到了劳拉发来的短信："我有点头疼，就直接回家了。你捎点牛奶回来吧？"

一瞬间，那股劲头消失殆尽。他走不下去了。他约她看话剧，本来是想制造一点浪漫，"咱们做点浪漫的事吧，不要总是吵来吵去"。结果劳拉弃他而去，自己回家了，留他在舞台上给一个死掉的演员做心肺复苏，现在还想让他买牛奶。停下不走之后，吉文开始觉得冷了。脚趾都冻麻了。暴风雪的魔法消失了，刚才感觉到的快乐也逐渐弥散。夜色漆黑，充斥着各种各样的动静，大雪悄无声息地落下，停在街边的汽车膨胀出柔和的轮廓线。要是回家见到劳

---

① 1 英里约为 1.6 公里。

拉，他怕自己会说出什么来。他想着不如找一间酒吧坐一会儿，可又不想和任何人说话。他仔细想了想，他尤其不想喝得酩酊大醉。他只想一个人待一会儿，好决定接下来去哪儿。他走进了公园的寂静中。

2

埃尔金与冬季花园戏剧中心里，还有几个人没走。服装组的一个女人在洗演出服，一个男人在旁边熨其他的演出服。扮演柯苔莉亚的女演员在后台和助理舞台监督喝龙舌兰酒。一个年轻的舞台管理一边跟着 iPod 里的音乐有节奏地点头，一边拖着舞台地板。更衣室里，负责照看小演员的女人正在安慰一个啜泣的小姑娘，就是目睹阿瑟猝死的那个。

六个留下来的人不知不觉地聚在了大厅的酒吧，谢天谢地，有个酒保一直没走。这六个人里有舞台监督，还有埃德加、葛乐斯德、化妆师、贡纳莉，以及之前坐在观众席的执行制作人。此时此刻，吉文正在艾伦花园的风雪中艰难前行，而酒保正在给贡纳莉倒威士忌。大家渐渐聊到了如何通知阿瑟的近亲。

"可他家里还有谁啊？"贡纳莉坐在吧椅上，两只眼睛红红的。她卸了妆之后的脸就像大理石，酒保第一次见到像她这么白皙、完美的皮肤。台下的她显得身材娇小，也没那么歹毒。"他都有什么亲人？"

　　"他有一个儿子，"化妆师说，"叫泰勒。"

　　"多大了？"

　　"七八岁？"化妆师清楚地知道阿瑟儿子的年龄，但是不想让别人看出他爱读八卦杂志，"我想他可能跟他母亲住在以色列吧，说不定在耶路撒冷或者特拉维夫。"他知道他们母子住在耶路撒冷。

　　"哦，对，那个金发的演员，"埃德加说，"叫伊丽莎白，是不是？还是叫伊丽莎？八九不离十。"

　　"这位是第三任前妻？"制作人问。

　　"我记得孩子的母亲是第二任。"

　　"可怜的孩子，"制作人说，"阿瑟有没有跟谁特别亲近？"

　　这句话引发了一阵尴尬的沉默。阿瑟曾和那个照顾小演员的女人有染。除了制作人，在场的每个人都知道这件事，不过每个人都不确定其他人知不知道。葛乐斯德说出了女人的名字。

　　"塔尼娅在哪儿？"

　　"塔尼娅是谁？"制作人问。

　　"有一个孩子还没人来接。我猜塔尼娅是在小演员更衣室吧。"舞台监督以前从来没有见过人死。他想来一根烟。

　　"好吧，那还有什么人？"贡纳莉问，"除了塔尼娅、他儿子、前妻们，还有什么人？兄弟姐妹呢？父母呢？"

　　"塔尼娅是谁？"制作人又问了一遍。

　　"他一共有几个前妻啊？"酒保一边擦拭玻璃杯一边问。

　　"他有个兄弟，"化妆师说，"不过我不记得叫什么。我就记得他说过他有个弟弟。"

　　"好像是三个，还是四个，"贡纳莉说的是前妻，"三个吧？"

"是三个，"化妆师眨着眼睛，免得自己哭出来，"不过我不知道最后这个有没有办完离婚手续。"

"那就是说，阿瑟是个孤家寡人，和任何人都没有婚姻关系，在他死……在今天晚上？"制作人知道这么说很傻，可他也不知道怎么说恰当。就在几个小时前，阿瑟·利安德走进了剧院，很难相信他明天晚上不会来了。

"离了三次婚，"葛乐斯德说，"你们能想象吗？"不久前他自己也离婚了。他努力回想阿瑟跟他说过的最后一句话。是关于第二幕的走位吗？他要是记得就好了。"通知亲友了吗？应该联系谁？"

"我想应该联系他的律师。"制作人说。

这个解决办法无可争辩，但让人沮丧到了极点。大家一言不发地喝酒，好几分钟都没人说话。

"他的律师，"最终，酒保先开口了，"天哪，这叫什么事啊。一个人死了，却只能联系他的律师。"

"不然还能联系谁？"贡纳莉反问，"经纪人？七岁的儿子？他的前妻们？塔尼娅？"

"我知道，我知道，"酒保说，"我就是感慨，这都叫什么事啊！"几个人又陷入了沉默。不知谁感叹雪下得真大。确实如此，透过大厅尽头的玻璃门，他们都看见了。从吧台望去，大雪几乎是抽象的，就像是一部讲述天气恶劣、街面上空无一人的电影。

"那，敬阿瑟吧。"酒保说。

小演员更衣室里，塔尼娅给了柯尔斯滕一块镇纸。"给，"她把镇纸放在柯尔斯滕手里，说，"我会尽量想办法联系你的父母，你快别哭了，快看看这块漂亮的镇纸……"就要迎来八岁生日的柯尔斯滕正眼泪汪汪，哭得上气不接下气。她看着手里的镇纸，觉得这是她收到最好看、最奇妙、最古怪的礼物。那是一块玻璃，里面封了一团风暴云。

　　大厅里，聚在吧台边的几个人碰了碰杯。"敬阿瑟。"他们纷纷说。他们又喝了一会儿，接着在暴风雪中分别。

　　这天晚上聚在吧台的几个人里，活得最久的是酒保。三周之后，他死在了出城的路上。

3

吉文一个人在艾伦花园里漫步。他朝温室走去，把那冷冷的光亮当成灯塔。此时雪已经没到他的小腿，他像回到了小时候，享受着留下第一行脚印的乐趣。他向温室望去，天堂般的景象让他平静下来。隔着起雾的玻璃，热带花卉显得有些模糊，棕榈叶子的形状让他想起很久之前在古巴度假的时光。他决定了，去看看哥哥。他特别想和弗兰克说说晚上的事情，包括阿瑟可怕的猝死，还有他的恍然大悟。他相信成为急救员会是他正确的人生方向。在今天晚上之前，他一直犹豫不决。他总是寻寻觅觅，不知道要做什么很久了。他当过酒保、"狗仔"、娱乐记者，之后又做回了"狗仔"、酒保，十几年就这么过去。

弗兰克住在城市南端的一栋玻璃高楼里，可以俯瞰安大略湖的湖面。吉文出了公园，在人行道上等车，同时靠蹦跳取暖。电车像一艘船一样，漂浮在夜色中。他上了车，把额头贴在玻璃窗上。电车沿着卡尔顿街慢慢地行驶，这是他刚才走过的路。暴风雪铺天盖地，电车行驶的速度和步行差不多。因为给阿瑟那不愿配合的心脏做按压，现在他两只手都隐隐作痛。他难过起来，多年之前在好莱坞跟拍阿瑟的回忆涌现在脑海中。他想到了那个小姑娘柯尔斯滕·雷蒙德，化了妆的她神采奕奕；还有穿着灰西装、跪在地上的心脏病专家；还有阿瑟脸上的皱纹，他的最后一句话——"鹩鹣……"。他随即想到鸟儿，想到弗兰克几次和自己一起观鸟时用望远镜的样子；想到劳拉夏天最爱穿的那条裙子，蓝色的裙子上点缀着许多黄色的鹦鹉；想到他和劳拉该何去何从。也许他晚一点还是会回家，也许劳拉随时会打电话过来道歉。他就要回到出发点了。剧院已经关门，向南几个街区都一片漆黑。快到央街的时候，电车突然停下不走了。他看见一辆汽车在轨道中间打滑了，轮胎在雪地里空转，三个人正在推车。口袋里的手机又震动起来，不过不是劳拉。

"华。"他接起电话。他一直把华当成挚友，即便他们两个极少见面。大学毕业后的几年里，两个人一起当过酒保，当时华在准备医学院入学考试，吉文则打算搞婚礼摄影，可惜没成功。之后吉文跟着另一个朋友去了洛杉矶拍演员们，华则进了医学院。现如今华在多伦多综合医院上班，经常要加班。

"你看新闻了吗？"华的语气听起来格外严肃。

"今天晚上吗？没看，我去看话剧了。对了，你肯定想不到发生了什么，我——"

"等一下，听我说，我需要你老实告诉我，要是我告诉你一个非常、非常糟糕的消息，你会不会惊恐发作？"

"我已经三年没有犯过焦虑症了。医生说我那是暂时性压力太大引起的，你是知道的。"

"那好，你听说格鲁吉亚流感了吧？"

"当然了，"吉文回答说，"你知道我一般都会关注新闻的。"消息是前一天见报的，格鲁吉亚共和国出现了一种令人担忧的新型流感，不过关于死亡率和死亡人数的报道各不相同、细节不详。各家新闻媒体用的名字都是"格鲁吉亚流感"，吉文觉得很美，让人紧张不起来。

"我这儿的重症监护室有个病人，"华说，"是个十六岁的姑娘，昨天晚上从莫斯科飞过来的，今天凌晨挂了急诊，有流感症状。"吉文此刻才听出华的声音里透着疲惫。"她情况不乐观。还有，到上午十点左右我们又收了十二个病人，症状都一样，一问才知道，他们坐的是同一班航班。病人都说在飞机上就感觉不舒服了。"

"是一家人，还是第一个病人的朋友？"

"没有任何关系。他们就是登上了同一班从莫斯科起飞的航班。"

"那个十六岁的病人呢？……"

"我觉得她熬不过这一关。这些是第一批病人，从莫斯科来的旅客。到了今天下午，又来了一个病人。症状一样，只不过这个病人不是那班航班上的。这个人只是在机场上班。"

"我不太明白你想说什——"

"他是登机口工作人员。"华接着说，"我想说的是，他和第一批病人唯一的接触就是告诉其中一个旅客在哪儿坐酒店接送大巴。"

"哦，"吉文说，"听起来很糟。"电车还堵在打滑的汽车后面，"那看来你今天晚上要熬夜加班了？"

"你还记得 SARS 吗？"华问，"咱们当时讨论过什么，还记得吗？"

"我只记得当时听说你们医院被隔离了，我就从洛杉矶打电话给你，但是我不记得我都说什么了。"

"你当时吓蒙了，我一直在安慰你。"

"好吧，这我倒是记得。不过我那也是情有可原，都怪当时传得特别——"

"你当时说，要是哪天真的暴发了疫情，让我打电话通知你。"

"我记得。"

"今天上午到现在，我们一共收了二百多个流感病人，"华说，"刚才这三个小时里就有一百六十个。其中十五个病人已经不治身亡。急诊室里全是新病例，走廊里都加满了床位。加拿大卫生部一会儿要发公告。"吉文意识到，华不单单是疲惫，他还很害怕。

吉文拉了一下铃绳，朝后门走了过去。他不由自主地观察起其他乘客来。一个提着购物袋的年轻女人，一个一身西装、玩手机游戏的男人，还有一对用印地语低声交谈的老夫妇。他们当中会不会有人去过机场？他感觉到他们的呼吸把自己包围了。

"我知道你容易疑神疑鬼，"华说，"相信我，要是我觉得不严重，就绝对不会给你打电话，不过……"吉文用手心在门玻璃上用力拍了一下。之前还有谁摸过这扇门？司机回头瞪了他一眼，不过还是给他开了门。车门在吉文身后嗖的一声关上了，他又走进了暴风雪中。

"不过，你觉得这次很严重。"吉文从那辆陷在雪地里的汽车旁走过，车轮还在徒劳地转动着。央街马上就到了。

"我肯定，这次很严重。好了，我得回去工作了。"

"华，你一整天都在救治这些病人吗？"

"我没事，吉文。我不会有事的。我得挂了。我晚一点再打给你。"

吉文把手机揣回口袋里，一路迎着风雪，向南拐上央街，朝湖边走去，哥哥住的公寓楼就在那里。你真的没事吗？华，我的老朋友，你真的不会有事吗？他心里不安极了。埃尔金与冬季花园戏剧中心的灯光近在眼前。此时剧院里面黑蒙蒙的，《李尔王》的宣传海报依旧挂着。海报上的阿瑟抬头望着蓝色的光线，他头发里插着野花，怀里抱着香消玉殒的柯苔莉亚。吉文停下脚步，看了一会儿海报。他走得很慢，心里一直想着华那通异常的电话。央街上空荡荡的。他在一家卖行李箱的店铺门廊下停了一会儿，想缓口气。他看到一辆出租车在积雪的街面上小心翼翼地行驶，车头灯照亮了风雪。这一幕，灯光下的落雪，让他一瞬间又回到了埃尔金剧院舞台上的暴风雪中。他摇了摇头，甩开脑海里眼神空洞的阿瑟的幻象，疲惫而又恍惚地继续赶路，穿过嘉甸拿高速路底下的阴影和橘黄色路灯的灯光，走向玻璃大厦林立的多伦多南部。

皇后码头的暴风雪更加猛烈，湖面上狂风呼啸。吉文终于走到了弗兰克住的公寓楼，这时华又打过来了。

"我很担心你那儿的情况，"吉文说，"是不是真的——"

"听我说，"华说，"你得出城去。"

"什么？今天晚上吗？到底怎么了？"

"我不知道，吉文。我只能这么回答你。我不知道到底怎么了。这是一场流感，这一点很明显，但是我从来没见过这么厉害的流感。它太快了。看起来传播得非常迅速——"

"情况更严重了？"

"急诊室都挤满了，"华说，"更严重的是，眼下一半的急诊医生都病得不能工作了。"

"他们是被病人传染的吗？"

公寓楼的大厅里，夜班门卫正在翻看一份报纸。他后上方衬着一幅红灰两色的抽象画，光线打在上面。门卫和画在光洁的地面上映出了一条条纹路。

"我从来没见过哪种流感潜伏期这么短的。我刚刚看的病人是我们医院的一个护理员。上午第一批病人入院的时候，她正好当班。才几个小时，她就觉得不舒服，提前请假回家了。两个小时前，她男朋友开车送她过来，现在她已经上呼吸机了。只要有过接触，几个小时就会发病。"

"你觉得这个流感会在医院之外传播？……"吉文感觉自己很难冷静地思考问题了。

"不是，我知道它已经在医院之外传播了。这就是'货真价实'的流行病。如果我们这儿在传播，那么整个城市都在传播，我从来没有见过这样的情况。"

"你是说我应该——"

"我认为你应该马上离开！如果你走不了，至少也要囤够吃的，待在家里别出去。我还得打几个电话。"他说完就挂了。夜班门卫把报纸翻过了一页。如果不是华而是别人这么说，吉文是不会相信的，但华是他认识的人里最不喜欢大惊小怪的。如果华说是流行病，那就意味着实际上绝不仅仅是"流行病"这么简单。吉文被一种突如其来的确定感击中——就是它了，华所描述的这种疾病将成为"前半生"和"后半生"的分界线，将他的人生一分为二。

吉文很快意识到，时间可能不多了。他转身离开弗兰克住的公寓楼，经过码头上黑黢黢的咖啡店，经过挤满小港、白雪皑皑的游船，走进港口另一头的小超市。里面的灯光晃得他直眨眼睛，让他一时间停下了脚步。只有一两个顾客在过道里转来转去。他觉得应该打电话通知什么人，但是打给谁呢？华是唯一一个跟他走得近的朋友。再过几分钟，他就能见到哥哥了。他的父母都去世了，他又不太想和劳拉说话。先到弗兰克那儿吧，他打定了主意，到了之后先查新闻，然后按照通讯录，挨个通知他认识的人。

照片冲印台上有一台小电视，这会儿正在播放配了字幕的新闻。吉文不知不觉地走了过去。镜头里，一个女主播顶着风雪站在多伦多综合医院外面，一串白色的滚动字幕滚过她的头顶。多伦多综合医院和另外两家本地医院已经被隔离了。加拿大卫生部确认本国暴发了格鲁吉亚流感。目前不通报人数，但已经出现死亡病例，更多信息稍后公布。新闻中暗示格鲁吉亚和俄罗斯的官员对两国流感危机的严重情况有些含糊其词。官方呼吁每个人尽量保持冷静。

吉文对于防灾准备的知识完全来自动作电影，他看过很多这类作品。他首先拿的是水，成箱的和瓶装的，装满了一个超大号的购物车。去结账的时候，他犹豫了片刻，购物车太沉了，推起来很吃力——他是不是反应过度了？但是事已至此，他已经来不及回头了。店员挑了挑眉毛，不过一句话也没说。

"我的车就停在外面，"吉文撒了个谎，"我一会儿把购物车送回来。"店员点了点头，看样子很累。她很年轻，二十出头的样子，黑色的刘海总是垂下来挡住眼睛，她一直用手去拨。吉文把沉得要命的购物车推了出去，顶着风雪，半推半滑地走到出口。这里有一段坡道，尽头摆着长椅和花箱，布置得像个小公园。购物车在斜坡上越滑越快，最后陷在深深的积雪里，往旁边一斜，撞上了一个花箱。

已经是晚上十一点二十分，超市还有四十分钟关门。他计算了一下时间：把购物车推到弗兰克的公寓，把东西卸下来，再解释一番，无奈地保证自己精神正常，然后返回小超市继续买东西，这得多久？把购物车暂时放在这里，应该没事吧？街上一个人也没有。他一边走回超市，一边给华打了个电话。

　　"怎么样了？"吉文一边听着华说话，一边快步穿过超市。他又拿了一箱水——他觉得再多也不算多——接着是罐头，货架上所有的金枪鱼罐头、豆子罐头和汤罐头，还有意大利面，总之是所有看起来能保存一段时间的东西。华说医院里已经挤满了流感病人，市里的其他医院情况也都一样。救护车已经忙不过来了。已经死了三十七个病人，包括那趟从莫斯科飞来的航班上的所有乘客和接触过第一批病人的两名护士。吉文再一次来到收银台，等着店员扫描罐头和包装袋上的条码。华说他给妻子打了电话，让她带着孩子们今天晚上就出城，但是不要坐飞机。晚上在埃尔金剧院里发生的那一幕就好像上辈子的事。店员动作慢吞吞的。吉文递过信用卡，女店员仔细地看了又看，就好像五分钟还是十分钟之前没见过似的。

　　"带上劳拉和你哥，"华说，"今天晚上就走。"

　　"我今天晚上走不了，我没法带着我哥。这个时间我租不到无障碍汽车①。"

　　电话那头传来沉闷的声音。华在咳嗽。

　　"你病了吗？"吉文一边问，一边推着购物车朝大门走去。

　　"晚安，吉文。"华挂了电话，吉文一个人站在雪中。他好像着了魔似的。下一辆购物车里装满了厕纸。再下一辆是更多的罐头食品，还有冻肉、阿司匹林、垃圾袋、消毒剂、布基胶带。

　　"我是做慈善的。"跑到第三还是第四趟的时候，他对收银台后面的女孩解释了一句，但对方并没怎么注意他。她一边机械地扫描条码，一边瞟着照片冲印台上方的小电视。跑第六趟的时候，吉文还是给劳拉打了电话，但是电话转到了语音信箱。

　　"劳拉，"他才开了个头，"劳拉。"他觉得最好能直接跟她

---

① 无障碍汽车，可供使用者乘坐轮椅上下。

说，而且已经半夜十一点五十了，他没有多余的时间。他又装了一车食物，并快步经过这个充盈着面包和鲜花香气的世界，这个即将不复存在的地方。他想到弗兰克住在二十二楼，待在暴风雪包裹的半空中，只有他的失眠症、他的书约、当天的《纽约时报》和贝多芬与他做伴。吉文迫不及待地想赶去见他。他本想晚点儿再打给劳拉，但在柜台前等着结账的时候，他又改变了主意，拨通了家里的座机，并有意避开了店员的视线。

"吉文，你在哪儿呢？"劳拉带着一丝质问的语气问道。吉文把信用卡递给店员。

"你看新闻了吗？"

"有什么新闻吗？"

"出现了流感疫情，劳拉。情况很严重。"

"在俄罗斯还是哪儿的那个？我知道。"

"我们这儿也有了。情况比任何人想的都糟糕。我刚刚跟华通过电话。你必须出城去。"他一抬头，看到收银员正盯着自己。

"'必须'出城去？什么意思？你在哪儿，吉文？"他在小票上签了字，吃力地推着购物车往出口走去，那里是超市的秩序井然和室外的狂风暴雪的分界线。用一只手推车很困难。五辆购物车歪歪斜斜地停在长椅和花箱之间，这会儿已经盖了一层薄薄的积雪。

"你看看新闻就知道了，劳拉。"

"你知道我睡前不喜欢看新闻。你是不是惊恐发作了？"

"什么？不是。我要去我哥那儿，确保他没事。"

"他为什么会有事？"

"你根本没听我说话。你从来都不听我说话。"吉文知道，在肆虐的流感疫情面前，那件事显得鸡毛蒜皮，但他就是忍不住。他奋力把购物车推到一起，接着又冲回超市。"我不能相信你竟然撇下我走了，"他说，"把我撇在剧院里，给一个死掉的演员做心肺复苏。"

"吉文，告诉我你在哪儿。"

"我在超市里。"半夜十一点五十五分了。最后那辆购物车里装的是锦上添花的东西：蔬菜、几袋橙子和柠檬、其他水果、茶、咖啡、饼干、盐、易于保存的蛋糕。"听着，劳拉，我不想跟你吵架。这场流感很严重，而且很快。"

"什么很快？"

"这场流感，劳拉，它传播得很快。是华告诉我的。它传播得非常迅速。我觉得你应该出城去。"在最后一刻，他又拿了一束水仙花。

"什么？吉文——"

"一个健健康康的人登上了飞机，"吉文说，"一天之后就死了。我要去找我哥了。我建议你马上收拾东西，然后去你妈那儿，趁大家现在还没意识到严重性，晚了就要堵车了。"

"吉文，我很担心。我觉得你是惊恐发作，偏执了。很抱歉，我在剧院撇下你走了，我是真的头疼，所以我——"

"拜托你打开电视看看新闻吧，"吉文打断她说，"看看网上或者其他哪儿的新闻也行。"

"吉文，快告诉我你在哪儿，我——"

"快去吧，劳拉，求你了。"他说完就挂了电话。这是他最后一次站在收银台前，他不想再和劳拉说下去了。他强迫自己不要去担心华的情况。

"我们要关门了。"店员说。

"这是最后一趟了，"吉文说，"你准觉得我是个疯子。"

"再疯的我都见过。"吉文意识到，自己把她吓到了。他打电话的时候，她听见了一些，而且电视里正播着令人不安的新闻。

"嗯，我就是做点儿准备。"

"准备什么？"

"你也不知道什么时候会遇上大灾大难。"吉文说。

"就这事？"她朝着电视比画了一下。"也就和 SARS 差不多吧，"女孩说，"他们就是小题大做，很快就过去了。"但她的口气并不那么笃定。

"这次和 SARS 不一样。你应该出城去。"他只是实话实说，也许还带了点儿想帮她的意思，但他马上看出自己犯了错。女孩被吓到了，而且还觉得他是个疯子。在给最后几件东西扫描条码的时候，她一直定定地看着他。片刻之后，他又回到了风雪中。一个留着山羊胡子的年轻人从生鲜部出来，在他背后锁了门。吉文站在外面，冒着大雪把七个满满当当的超大购物车推到哥哥的公寓。他浑身是汗，又冷得要命，觉得自己很傻、很怕，还有一点儿疯。而不论想什么，他都隐约惦记着华。

　　吉文花了将近一个小时的时间，推着购物车一次次地穿过大雪，穿过哥哥住的那栋公寓楼的大厅，进入货梯。因为是临时使用，吉文不得不贿赂了夜班门卫，把东西分批送上二十二楼。"我是个生存主义者。"吉文解释说。

"在我们这儿倒是不多见。"门卫说。

"所以这个地方才适合。"吉文有点儿疯疯癫癫地说。

"适合什么？"

"生存主义啊。"

"原来如此。"门卫说。

吉文花费了六十美元，才终于站在哥哥的家门外，购物车在走廊里一字排开。他这时想到，也许他在超市的时候该提前打个电话知会哥哥一声。现在是周四半夜一点，走廊上家家大门紧闭，一片寂静。

"吉文，"弗兰克给他开门的时候说，"真是惊喜。"

"我……"吉文不知道该怎么解释，只好退开几步，朝着那排购物车无力地比画了一下。弗兰克摇着轮椅来到门口，朝走廊里扫了一眼。

"看来你去购物了。"弗兰克说。

4

此时此刻，埃尔金与冬季花园戏剧中心里的人几乎已经走光了，留下的只有两个人。一名保安在底层大堂用手机玩俄罗斯方块，执行制作人则决定在楼上的办公室里拨打那通可怕的电话。阿瑟的律师接起了电话，这让制作人吃了一惊，因为现在是半夜一点，尽管律师身在洛杉矶。娱乐法律师一般都会工作到太平洋时间晚上十点吗？制作人猜测这个法律小圈子里的竞争一定异常激烈。他转达了阿瑟的死讯，随后就回了家。

阿瑟的律师一向是个工作狂，并且练就了靠二十分钟的强效小睡续命的本事。他花了两个小时核对阿瑟·利安德的遗嘱，之后又把阿瑟所有的邮件都查看了一遍。他发现了一些问题，有一些事需要落实。他给阿瑟最好的朋友打了个电话，他们曾在好莱坞一场气氛尴尬的晚宴上见过一面。到了早上，在愈加令人烦躁的几次电话沟通之后，阿瑟最好的朋友开始打电话通知阿瑟的前妻们。

5

接到电话的时候，米兰达身在马来西亚南海岸。她是一家航运公司的高管。公司派她到这里出差一周，考察实地情况——这是她老板的原话。

"实地？"她当时反问。

莱昂笑了。两个人的办公室紧挨着，窗户对着中央公园的同一个角落。他们一起工作很久了，超过十年，一起经历了公司两次重组以及从多伦多迁址到纽约。他们算不上朋友，起码不是下了班还会聚会的朋友，不过她一直把莱昂当成最友好的盟友。"你说得对，这个词怪怪的，"他说，"那就换一个，考察海上情况。"

那一年，世界上有百分之十二的船队停泊在马来西亚海岸。经济崩溃导致这些集装箱船都遭到了闲置。白天，这些庞然大物在天边露出灰褐色的轮廓，在雾霭中显得模糊不清。每艘船上配了二到六名基本船员，他们在空荡荡的船舱和走廊里游走，脚步声发出阵阵回响。

米兰达坐着公司的直升机降落到一艘船的甲板上，随行的还有一名口译员和一名当地的乘务长。一名船员告诉她："日子很孤单。"公司有十二艘船泊在这里。

"他们在那儿其实没办法放松，"莱昂曾这么说，"当地的乘务长做得不赖，不过我想让他们知道，公司正在处理这个问题。我总是忍不住想象一支船队浮浮沉沉的画面。"

但是那些船员个个严肃又拘谨，害怕遇上海盗。米兰达和一名船员聊了聊，对方已经三个月没回岸上了。

这天晚上，米兰达站在酒店下面的沙滩上，心里涌起一阵莫名的孤独感。她本以为自己对这支闲置的船队了如指掌，但她从来没想过会看到这样一番美景。晚上，为了避免发生碰撞，船只亮起了灯。她望向船队，感觉自己仿佛搁浅在这儿，海平线上的灯火是那么神秘，那么遥不可及，就像是一个童话王国。她手里一直拿着手机，等着一个朋友的电话，但是电话铃声响起的时候，屏幕上显示的却是一个陌生号码。

"你好？"不远处，有一对情侣在用西班牙语交谈。她最近几个月在学西班牙语，能听懂百分之二三十的用词。

"是米兰达·卡罗尔吗？"电话里传来一个男人的声音，听着有点儿耳熟，还是英国口音。

"我是，请问您是哪位？"

"你可能不记得我了，我们几年前在戛纳的一场派对上匆匆见过一面。我叫克拉克·汤普森，是阿瑟的朋友。"

"那之后我们还见过一次，"她说，"洛杉矶那场晚宴你也来了。"

"对，"他说，"对，没错，我怎么给忘了……"他当然没忘，米兰达明白过来。克拉克是想委婉地避免尴尬。他清了清嗓子，接着说："米兰达，恐怕我要告诉你一个挺糟糕的消息。你不如先坐下来吧。"

她依旧站着。"你说吧。"她说。

"米兰达，阿瑟昨天晚上因为心脏病发作去世了。"海上的灯火模糊了，变成了一串交叠的光圈。"请节哀。我不想让你从新闻上知道这件事。"

"可是我才刚刚见过他啊，"她听见自己这么说，"两周前我才在多伦多见过他。"

"这是很难让人接受，"克拉克又清了清嗓子，"很让人震惊，很……我十八岁就认识他了。我也觉得这根本不可能。"

"拜托你，"她说，"你还知道什么消息？"

"他实际上，怎么说呢，希望你不会觉得我用词不当，我想他也许觉得自己死得其所，因为他死在了舞台上。据我所知，他当时在演《李尔王》，演到第四幕的时候突发心脏病。"

"他就突然倒下了？……"

"据我所知，当时观众里有两名医生，他们意识到情况不对后，就跑到舞台上给他做急救，可惜谁都无力回天。送到医院后，他就被宣布死亡了。"

这就是结局了，挂上电话的时候，她这么想，这么平淡无奇的结局让她觉得平静。你在异国接到一通电话，得知那个你一度希望与之共度余生的人已经离开了这个世界。

西班牙语对话继续从不远处的黑暗中传来。海平线上的船只依旧亮着灯光，还是一丝风也没有。纽约那边已经是早上了。她似乎看到克拉克在曼哈顿的办公室里放下了电话听筒。在这个时代，在这最后的一个月里，人们还可以在电话机上按下一串按键，和地球另一头的人说上话。

6

不完全统计：

再也不能跳进底部用绿光照明的加氯泳池里。再也没有泛光灯下的球类比赛。再也没有夏夜里吸引飞蛾的门廊灯。再也没有靠神奇的第三轨供电行驶在城市地下的列车。再也没有城市。再也没有电影，除了极少数情况下，伴着淹没了一半电影对话的发电机轰鸣声，而且只是在最初的一小段时间里放映，之后发电机的燃料用光了，因为汽车燃油两三年就变质了。航空汽油保存得更久一些，但很难弄到。

再也没有人把手机举过人群上方拍摄音乐会舞台的照片，也没有屏幕在昏暗的光线中亮起。再也没有用糖果色卤素灯照亮的音乐会舞台。再也没有电子乐、朋克、电吉他。

再也没有药物。再也不能确保一个人不会死于手上划了口子、切菜时切到手指或被狗咬伤。

再也没有航班。再也不能透过飞机舷窗瞥见城镇和闪烁的光点。再也不能从三万英尺①的高空俯瞰地面，想象那一刻笼罩在脚下灯火中的人。再也没有飞机，再也没有人提醒你收起并固定好小桌板——不对，这并不属实，其实到处都有飞机。飞机静静地停在跑道上和机库里。机翼上落满了雪。到了冬天，飞机是储存食物的理想选择；夏天，停在果园附近的飞机里则放着一盘盘被热气蒸干的水果。少男少女偷偷溜进去做爱。飞机上绽放着一团团、一片片铁锈花。

再也没有国家，边境无人值守。

再也没有消防队，再也没有警察。再也没有人修路，没有人收垃圾。再也没有航天器从卡纳维拉尔角、拜科努尔航天发射场、范登堡、普列谢茨克、种子岛腾空而起，在大气层留下燃烧的轨迹，飞向太空。

再也没有互联网。再也没有社交媒体，没有人滚动浏览一个个梦想、忐忑的希望、午餐照片，没有求助、展示幸福、更新配着爱心或者心碎图标的感情状态，没有聚会计划、恳求、抱怨、欲望、万圣节时扮成小熊或者辣椒的宝宝照片。再也不能通过文字了解别人的生活并留言，也无法因此在一个人待在房间里时感到自己不是那么孤单。再也没有头像。

---

① 1 英尺约为 0.3 米，3 万英尺约为 9 144 米。

二

仲夏夜之梦

7

航空旅行消失后的第二十年，旅行交响乐团的大篷车队在烈日下缓慢地前进。正值七月末，领头那辆大篷车后面那只用了二十五年的温度计显示一百零六华氏度、四十一摄氏度。密歇根湖就快到了，但暂时还看不见。树木挨挨挤挤地长到了路两旁，还从路面的裂缝里钻出来，小树被车队压得倒伏下去，柔嫩的叶子擦着马匹和乐团成员的腿。热浪已经持续了整整一周。

为了减少马匹的负担，大部分成员都是徒步赶路，否则马不得不更频繁地停下来，在阴凉地方休息，这是大家都不希望看到的。乐团并不熟悉这片区域，只想赶快通过，但天太热了，根本走不快。他们手持武器，缓慢地赶路。演员趁机对台词，乐手努力对他们充耳不闻，侦察员负责观察前方和后方的情况。"这倒是个不赖的测试。"导演上午这么说了一句。吉尔七十二岁了，此时他坐在第二辆车的车篷里，因为他的腿脚不如从前了。"要是在不安全的地方还能记住台词，那在台上就没问题。"

"李尔王上。"柯尔斯滕念道。二十年前，在她差不多毫无记忆的那段日子里，她曾在一出短暂的多伦多版《李尔王》里扮演了一个没有台词的小配角。如今的她穿着凉鞋，鞋跟是从一只汽车轮胎上剪下来的，腰带上别着三把匕首。她拿着一本平装的剧本，舞台指示都用黄色荧光笔标出来了。"疯疯癫癫，"她接着念道，"身穿怪服，头上插野花。"

"是谁到这儿来了？"扮演埃德加的演员接了上去。他叫奥古斯特，不久前才开始演戏。他是第二小提琴手，还是个秘密诗人。也就是说，乐团里没有人知道他写诗，除了柯尔斯滕和第七吉他手。"正常的神志绝不会容许……绝不会容许……什么词来着？"

"自己主人这副打扮。"柯尔斯滕说。

"谢了。正常的神志绝不会容许自己主人这副打扮。"

几辆大篷车原本都是皮卡车，如今被马队拉着，轮子由钢与木制成。汽油绝迹之后，汽车里所有用不上的部件都被拆掉了——发动机、燃料供应系统，还有二十岁以下的人从来没见过也不知怎么运作的零件。每辆车的驾驶室顶上都安了一张长椅，是赶车用的。为了减轻重量，驾驶室里面的东西全都拆光了，不过整体完好无损，车门能关上，车窗上很难打碎的汽车玻璃也留着。因为经过危机四伏的地区时，有个相对安全的地方让孩子们待着才能让大家心里踏实。大篷车的主要结构设在后面的皮卡车上，车架上绑扎着防水布。三辆大篷车的防水布都涂成了铜灰色，两侧都用白漆写着"旅行交响乐团"的字样。

"不，他们哪一个敢碰我，说我私铸金币。"迪特尔扭头接道。他在学习演李尔王，不过他其实还没那么大年纪。迪特尔走在其他演员前面几步的地方，和他最喜欢的马说悄悄话。这匹马叫伯恩斯坦，现在少了一半尾巴，因为上周第一大提琴手给琴弓换了弓弦。

"唉，"奥古斯特接道，"锥心刺骨的景象啊！"

"你知道什么叫锥心刺骨吗？"第三小号手嘀咕，"在热浪里头接连听三遍《李尔王》。"

"你知道什么比这还锥心刺骨吗？"说话的亚历山德拉今年十五岁，是乐团最年轻的演员。乐团在旅行途中捡到她的时候，她还是个婴儿。"贴着这片地区的边缘赶路，四天里连个镇子都看不见。"

"'锥心刺骨'是什么意思？"奥利维娅问。她今年六岁，是大号手和女演员琳的女儿。她和吉尔还有一只泰迪熊一起坐在第二辆车的车篷里。

"再走两个小时就到水边的圣德伯勒了，"吉尔说，"绝对没什么可担心的。"

　　流感像中子弹一样在地球表面爆炸了，接着是世界大崩溃的冲击。在一开始那难以言喻的几年里，每个人都颠沛流离。直到每个人都意识到，他们其实无处可去，生活也无法像以前一样继续，于是纷纷定居下来。为了安全，他们通常聚集在某个地方，比如卡车服务区、昔日的餐馆和汽车旅馆。旅行交响乐团就在这个新世界的聚落之间活动。在大崩溃后的第五年，指挥和她在军乐团的几个朋友一起离开了他们所居住的空军基地，踏上旅程，去探索未知的风景。

　　那时大多数人都在各处安顿了下来，因为第三年汽油就变质了，而且人无法永远走下去。一行人经过一个个镇子（"镇子"是泛指，有的地方就只是四五户人一起住在一个卡车服务区）。

六个月后，指挥的管弦乐队遇到了吉尔的莎士比亚剧团。剧团的演员们是一起从芝加哥逃出来的，之后在一个农场干了几年，相遇时他们已经在路上走了有三个月。两队人就这样变成了一队人。

大崩溃后的第二十年，他们还在巡回演出，沿着休伦湖和密歇根湖的湖岸来来回回，西至特拉弗斯城，往东北越过北纬四十九度线①去到金卡丁。他们沿着圣克莱尔河，向南走到靠捕鱼为生的马林城和阿尔戈纳克，然后折返。如今，这片地区大多数时候都安宁祥和。他们很少遇到别的旅行者，有也大多是小贩，用马车运着各种杂货在镇子之间奔波。乐团表演各种音乐——古典乐、爵士乐、改编自大崩溃前流行歌曲的管弦乐——以及莎士比亚戏剧。最初那几年，他们演过不少现代话剧。但叫人诧异的是，相比其他剧目，观众好像更喜欢莎士比亚的戏剧。

"大家想要看世界上最好的东西。"迪特尔说。他觉得自己在当下活得很煎熬。他原本在大学里有一个朋克乐队，也一直渴望再听到电吉他的声音。

此刻，他们距离水边的圣德伯勒最多只有两个小时的路程。《李尔王》的排练进行到第四幕的一半就暂停了，每个人都很累，在酷暑中心烦气躁。他们停下来让马匹休息，柯尔斯滕还不想休息，于是往前走了几步，把一棵树当靶子，练习掷飞刀。先是隔五步远，然后是十步、二十步。刀刺进木头的声音让她心满意足。乐团再次起程，她爬进第二辆车的车篷，亚历山德拉正在里面休息，顺便补演出服。

---

① 北纬四十九度线是美国和加拿大的分界线。

"嘿，"亚历山德拉提起了上一次的话题，"所以你在特拉弗斯城看到电脑屏幕的时候……"

"怎么了？"

他们不久前才离开特拉弗斯城，那儿有个发明家在阁楼里捣鼓出一套发电系统。规模不大，就是一辆固定的自行车，用力蹬的时候可以启动一台笔记本电脑。不过发明家还有更大的抱负：他的主要目的不是恢复电力系统，而是寻找互联网。听他这么说，乐团里的几个年轻人有些兴奋。他们曾经听说过无线网络和无法想象的"云"，也想知道互联网是不是也以某种方式留存着，比如看不见的小光点，在他们周围的空气里飘来飘去。

"和你记忆中的一样吗？"

"我其实不记得电脑屏幕是什么样了。"柯尔斯滕回答说。第二辆大篷车总是颠得特别厉害，她每次都觉得浑身骨头都要震碎了。

"可是你怎么会不记得呢？多漂亮啊！"

"我当时才八岁嘛。"

亚历山德拉点了点头。她心有不甘，显然在想，要是她八岁的时候见到了一块亮起来的电脑屏幕，她一定会记得。

在特拉弗斯城，柯尔斯滕目不转睛地看着屏幕上"该网页无法访问"的信息。她并不太相信发明家能找到互联网，但她对电着了迷。她记忆里有一盏放在小桌上、配着粉红色灯罩的台灯，有一盏胖胖的半月形的小夜灯，有餐厅里的枝形吊灯，还有灯光灿烂的舞台。发明家疯狂地踩着脚踏板，以免屏幕上的光亮熄灭，还解释了几句卫星的事。亚历山德拉看得如痴如醉。对她来说，电脑屏幕就像是魔法变出来的，不会唤起任何记忆。奥古斯特怔怔地望着屏幕，神情黯然。

每次柯尔斯滕和奥古斯特闯进废弃的房子——这是他俩的一项爱好，指挥对此睁一只眼闭一只眼，因为他们有时候能找到有用的东西——奥古斯特总会充满渴望地望着电视机。他小时候不爱说话，有点儿腼腆，对古典乐很痴迷。他对体育运动毫无兴趣，也不大善于和人打交道。每天放学后，他总是一个人在陆军基地一间间大同小异的家属宿舍里待上很久，而几个兄弟都在外面打棒球，结交新的伙伴。电视节目的一点好处是在哪儿都能看到，在哪儿看都是一模一样的内容，不管父母是被派驻在马里兰州、加利福尼亚州还是得克萨斯州。大崩溃之前，他每天基本上不是看电视就是拉小提琴，要么就是边看电视边拉小提琴。柯尔斯滕想象得到：九岁、十岁、十一岁的奥古斯特皮肤苍白、身材瘦小，黑头发挡着眼睛，不苟言笑，几乎面无表情，举着一把儿童尺寸的小提琴，笼罩在电蓝色的光线中。现在，每次闯进房子，奥古斯特都要找《电视指南》。疫情袭来的时候，这东西都快销声匿迹了，不过还是有少数人一直在看。奥古斯特喜欢之后找个安静的时候翻阅它们。他自称记得所有的节目：星际飞船、客厅里摆着巨大号沙发的情景喜剧、在纽约街头狂奔的警察、一脸威严的法官主持的庭审。他要找的还有诗集，这甚至比《电视指南》还稀罕。他会在晚上或者乐团赶路的时候研究诗歌。

柯尔斯滕在这些房子里找的是名人八卦杂志。因为在她十六岁的一天，她在一张铺满灰尘的边桌上翻开一本杂志，竟发现了自己的过去：

父子团聚：阿瑟·利安德为儿子泰勒现身洛杉矶机场
打扮邋遢的阿瑟迎接七岁的儿子泰勒。

泰勒的母亲是模特兼演员伊丽莎白·科尔顿，母子二
人现定居耶路撒冷。

照片上，阿瑟顶着三天没刮的胡子，穿着一身皱巴巴的衣服，
头戴棒球帽，怀里抱着一个小男孩。男孩仰头看着爸爸，笑得很开
心，阿瑟则笑容满面地看着镜头。此时距离格鲁吉亚流感来袭还有
一年。

"我认识他，"她对奥古斯特说，快喘不上气来了，"我那套
漫画就是他送给我的，我给你看过的！"奥古斯特听了点点头，还
让她再拿漫画给他看看。

大崩溃前的世界里有无数的东西，柯尔斯滕都不记得了——她
的住址、母亲的面容、奥古斯特张口闭口谈论的电视节目，但是她
一直记得阿瑟·利安德。从第一次无意间再见到他之后，她每次看
到杂志都要翻看一遍，想在里面找到他。她收集了很多剪报，存在
一个自封袋里，放在背包里随身携带。有一张照片是阿瑟一个人站
在海滩上，看起来若有所思，身材也走了样。有一张照片是他和他
的第一任妻子米兰达，下一张则是和他的第二任妻子伊丽莎白——
这个金发女人看起来营养不良，在镜头前从来没笑过。接下来一张
上有他们的儿子，这个孩子和柯尔斯滕年纪差不多。再后面的照片
是和他的第三任妻子，她和第二任长得很像。

柯尔斯滕向阿夏展示自己的发现时，阿夏说："你就像个考古
学家。"阿夏小时候就想当考古学家。她是乐团的第二大提琴手，
也是柯尔斯滕最亲密的朋友之一。

柯尔斯滕那些收藏里的阿瑟·利安德都和她记忆里的不一样。
不过话说回来，她究竟记得什么呢？她对阿瑟只有一个极为短暂的
印象，这个和蔼的、头发灰白的人给了她两本漫画书——"我有一

件礼物送给你。"她几乎可以肯定，他当时这么说了。还有之后的一幕，也是她对大崩溃前最清晰的记忆：舞台上，一个穿西装的男人在跟她说话，而阿瑟仰面躺在一旁，一动不动，急救员俯身对着他；有人说话，有人哭喊，有人聚拢过来；明明是在室内，却不知怎的竟然还下着雪，刺眼的灯光从头顶洒在他们身上。

8

阿瑟·利安德送给她的漫画书一共有两期，但乐团里没有一个人听说过这部漫画——《十一博士》第一卷第一期《第 11 号站》和《十一博士》第一卷第二期《追寻》。到了第二十年，柯尔斯滕对这两本书已是倒背如流。

十一博士是一名物理学家。他生活在一个空间站里，不过这个空间站非常先进，外形就是一个小小的星球。这里有深蓝海洋和岩石岛，岛间架着桥梁，天空的颜色从橙黄过渡到深红，天边挂着两个月亮。低音大管乐手在大崩溃前是做印刷的，他告诉柯尔斯滕，做这两本漫画的花费不菲，绘图色彩鲜艳饱满，用的还是无酸纸，所以肯定不是传统上大批量印制的漫画，有可能是某个人为了满足虚荣心印的。这个人会是谁呢？两期漫画上都没有作者简介，作者的名字也只是首字母缩写——"M. C. 著"。第一期的内页上有人用铅笔写着"十本之二"。第二期的内页上写的是"十本之三"。难道这部漫画全世界就只有十套？

　　柯尔斯滕一直小心翼翼地收藏着这两本漫画，可惜页角还是卷了，边缘也磨得发软了。第一期漫画会自己打开翻到一张跨页画。画里，暮色中，十一博士站在黑黢黢的岩石间，俯瞰着靛蓝色的大海。几艘小船航行在岛屿之间，风力发电机在天边转动。他一只手拿着他的软呢帽，一只白色的小动物立在他身边。（几个年长一点的乐团成员都确认这个动物是狗，但是柯尔斯滕从来没见过这样的小狗。小狗叫露利，看起来像是狐狸和云朵的结合体。）画格下方有一行文字：我站在那里眺望破碎的家园，想要忘记地球生活的甜蜜。

9

下午三点左右，乐团来到了水边的圣德伯勒。大崩溃之前，这里是那种说不清属于哪个镇子的地方——一条马路串起了一个加油站、几家连锁餐厅、一个汽车旅馆和一家沃尔玛超市。这个镇子标志着乐团巡回区域的西南边界，到目前为止，没有人知道镇子以外有什么。

两年前，他们把阿夏和第六吉他手留在了这里，因为阿夏怀了第六吉他手的孩子。两个人住进了加油站旁边的温蒂汉堡店旧址，这样阿夏就不用在路上生孩子了。这一次乐团在镇子最北端遇到了一个岗哨，一个约莫十五岁的男孩正坐在路边的彩虹遮阳伞下放哨。"我记得你们，"他对走近的乐团说，"你们可以在沃尔玛扎营。"

乐团故意放慢速度，穿行在水边的圣德伯勒，第一小号手吹起了维瓦尔第协奏曲中的独奏曲。但奇怪的是，一路上几乎没人循着乐声过来围观。在特拉弗斯城，他们一出现就吸引了一群人跟着走街串巷，足有一百人。但在这里，只有四五个人或走到门口，或从拐角冒出来，一脸严肃地盯着他们看。而且他们当中没有阿夏和第六吉他手。

沃尔玛坐落在镇子南端，停车场在热浪中摇摇晃晃。乐团把大篷车停在破损的大门旁边，接着例行公事：照料马匹，争论是演哪出剧，还是只表演音乐。而阿夏和第六吉他手还是没有出现。

"他们八成是去哪儿干活了。"奥古斯特说。但是柯尔斯滕觉得，镇子里的人太少了。远处出现蜃景，地面上映出了虚幻的水池。有一个推着手推车的男人，就好像走在水面上。两栋建筑之间有一个抱着一堆换洗衣服的女人。柯尔斯滕没看到还有其他人。

"我本来想提议今天晚上演《李尔王》，"说话的是赛伊德，他是个演员，"不过我觉得这么一来，这个地方就更压抑了。"

"你终于有一句话能让我同意了。"柯尔斯滕说。其他演员仍旧争论不休。应该演《李尔王》，毕竟大家已经排练一周了——奥古斯特紧张起来——还是演《哈姆雷特》，因为他们已经一个月没演过了。

"演《仲夏夜之梦》，"吉尔打破了僵局，"我相信今天晚上需要仙子出场。"

"咱们全体人马都到齐了吗？"

"你最好还是照着名单，一个儿一个儿、笔笔统统地点一下名吧。"杰克逊演博顿已经演了十年，今天只有他一个人完全不用看剧本。就连柯尔斯滕都要看两遍剧本。她好几周没演过蒂坦妮雅了。

"这地方看起来很安静，是吧？"迪特尔站在柯尔斯滕旁边，又不至于打扰演员排练。

"叫人心里发毛。你还记得咱们上次来的情形吗？一进镇子就有十几个孩子跟着咱们穿街走巷，还在旁边看咱们排练。"

"该你了。"迪特尔说。

"我没有记错吧？"柯尔斯滕准备回到戏里，"他们全都围着咱们。"

迪特尔皱着眉头，望着空无一人的街道。

"……可是快让开，仙子！"扮演蒲克的亚历山德拉说，"奥伯朗驾到。"

"我家娘娘也来了，"扮演仙子的琳说，"他走开些才好！"

"偏又在月光下碰见你！骄傲的蒂坦妮雅。"赛伊德举手投足间一派帝王威仪，柯尔斯滕当初爱上他就是因为这一点。在这个热浪袭人的停车场里，他的 T 恤腋窝处有几块被汗水打湿了，牛仔裤的膝盖破破烂烂，但他依然不失国王的尊贵。

"什么！妒忌的奥伯朗？"柯尔斯滕强迫自己稳稳地走上前去。他们好了两年，四个月前刚分手。因为她当时和一个流动小贩上了床，虽然多少是出于无聊。此刻和赛伊德一起演《仲夏夜之梦》，她有点儿不敢和他对视。"仙子们，快走吧。我发誓不跟他同起同坐和同床。"旁边传来了清晰的窃笑声。赛伊德自鸣得意地笑了。

"老天，"她听见迪特尔在身后嘀咕，"有这个必要吗？"

"慢着，无礼的女人！"赛伊德故意拖腔拖调，"我不是你老爷？"

10

　　旅行交响乐团的矛盾，也正是大崩溃之前天底下每一个群体都会出现的矛盾，毋庸置疑，这种现象比有文字记录的历史还悠久得多。不妨就从第三大提琴手说起吧：他向迪特尔发起了一场消耗战。起因是几个月前迪特尔无意间说起在危险的地方练琴很冒险，因为天气好的时候，乐声能传到一英里之外。迪特尔对说错话这事毫无察觉。不过，迪特尔对第二圆号手始终心存芥蒂，因为她曾经说他演技不好。这份不满倒是没被忽略，第二圆号手因此觉得他心胸狭窄。但要是让第二圆号手给自己不太喜欢的人排个次序，迪特尔倒是远不及第七吉他手。其实乐团里并没有七个吉他手，只不过吉他手们有个传统，如果一个吉他手去世或者离开了，他们也不会重新编号。所以目前乐团名册上有四号、七号和八号吉他手，而第六吉他手暂时下落不明。他们在沃尔玛停车场结束了《仲夏夜之梦》的排练，开始在大篷车之间悬挂《仲夏夜之梦》的背景布，他们到水边的圣德伯勒有好几个小时了，可他怎么还没来找他们？无论如何吧，第七吉他手是个大近视，所以没办法胜任大部分的日常工作，比如修理、打猎之类的活。倘若他能在其他方面派上点儿用场，那也就没事了，可惜他什么忙也帮不上。因此在第二圆号手看来，他基本上就是个累赘。第七吉他手总是紧张兮兮的，因为他差不多就是个瞎子。要是戴上他那副厚得吓人的眼镜，他就还能看清楚，可惜六年前他把眼镜弄丢了。从那以后，他就生活在一片混乱的世界里，一切景物都浓缩成随着季节更替而变换的颜色：夏天主要是绿色，冬天主要是灰白色。在这样的背景中，一个个模糊的影子走近他又消失，而他根本来不及分辨是谁。他说不清头疼是因为用眼过度，还是因为他对情况一无所知而产生的焦虑，不过他清楚一点，那就是第一长笛手的做法无益于帮他减轻负担。因为每次第七吉他手在排练的时候要求停下来，请其他成员说明他看不清的乐谱时，第一长笛手总是在一旁长吁短叹。

不过，尽管第一长笛手不喜欢第七吉他手，但她更看不惯第二小提琴手，也就是奥古斯特。因为他总是不去排练，而是和柯尔斯滕去私闯民宅，之前还有阿夏。就好像他把乐团当成了拾荒小队，演奏音乐只是副业。（"要是他想加入拾荒小队，"她曾跟第四吉他手这么抱怨过，"那他干吗不干脆加入拾荒小队算了？""你也知道拉小提琴的都是些什么人。"第四吉他手这么回答。）奥古斯特不喜欢第三小提琴手，因为这个人总是含沙射影地说奥古斯特和柯尔斯滕的关系不一般，尽管他俩从来都只是亲密朋友。实际上，两人已经达成了秘密协议——永远只做朋友，别无其他。那是在休伦湖南端的一个镇子里，他们在公交汽车站废墟后面和当地人一起喝酒，其间立下这个誓言。第三小提琴手则对第一小提琴手怀恨在心，起因是很久之前两个人为谁把最后一块松香用完了而大吵一架。而第一小提琴手对赛伊德冷冷的，因为赛伊德拒绝了她的示爱，选择了柯尔斯滕。柯尔斯滕则强忍着不去理会中提琴手时不时卖弄两个法语词的习惯，就好像这个要命的乐团里还有谁会说法语似的。而中提琴手也在暗暗地讨厌另一个人……诸如此类，没完没了。这群小肚鸡肠、神经过敏、无法确诊的创伤后应激障碍患者不断酝酿着恨意，一起生活，一起旅行，一起排练，一起演出，一年三百六十五日如一日，恒久不变地陪伴着彼此在恒久不变的旅途中。但他们能够彼此忍让，因为友谊，当然了，也因为志同道合的情谊、音乐，还有莎士比亚，因为那些超越一切的美和喜悦。在这样的时刻，没人在乎究竟是谁用光了最后一块松香，谁和谁上过床，尽管有人——十有八九是赛伊德——在乐团一辆车的车篷里写了一行字："萨特说：他人即地狱。"后来有人画掉了"他人"，改成了"长笛手"。

有时候会有成员离开乐团，而留下来的人心照不宣。大崩溃后第二十年，人类文明是一个个小镇组成的群岛。在大崩溃后那段血流成河的岁月里，这些镇子共同击退了野兽，埋葬了邻居，一起历经生死、承受磨难。他们奇迹般地活了下来，靠着共同维护平静生存至今。这些地方不会热情地欢迎外来者。

"就算是以前，小镇的生活也并不轻松。"奥古斯特曾这么说过。在柯尔斯滕的印象中，这是她唯一一次和别人聊起这个话题。当时是凌晨三点，在一个寒冷的春夜里，他们来到了新凤凰城附近的小镇。她当时十五岁，那么奥古斯特就是十八岁，那时她加入交响乐团才一年。那段日子她总是睡不着觉，所以常常陪着守夜的人聊天。在奥古斯特的记忆中，疫情前的生活就是不断有孩子对着他打量一番，操着各种各样的口音问大同小异的问题："你不是本地人，对吧？"这些经历和搬家的卡车穿插在一起。在从前的世界里，一切都简单得可笑：食物就摆在超市货架上，旅行就只需要往一台烧汽油的机器里一坐，拧开水龙头就有水。如果说彼时要融入一个新地方很难，那么如今的难度可是高了好几个数量级。乐团叫人难以忍受，不管地狱是其他长笛手，是其他人，是用掉了最后一块松香的人，还是缺席排练最多的人；但事实是，旅行交响乐团就是他们唯一的家。

排练完《仲夏夜之梦》，柯尔斯滕站在大篷车旁边，用手心用力地按住脑袋，想凭意志力赶走头疼。

"你没事吧？"奥古斯特问。

"其他演员就是地狱，"柯尔斯滕说，"还有前男友。"

"专找乐手好了。我觉得我们普遍都更理智。"

"我想四处走走，看看能不能找到阿夏。"

"我很想跟你一起去，不过今天我负责做饭。"

"我一个人去没问题。"她说。

傍晚的懒散笼罩着小镇，光线渐暗，阴影在路面上延伸。和别的地方一样，这里的路面正逐渐分崩离析，深深的裂缝和坑洼里野草丛生。人行道两边是一块块菜地，边上开满了野花。柯尔斯滕伸出手去，聆听俗称"安妮女王的蕾丝"的野胡萝卜花在指尖低语。她经过汽车旅馆，这里住着在镇上住得最久的几户人家。晾晒的衣服在微风中轻轻飘动，一扇扇房门大开着。一个小男孩在菜园的西红柿秧苗之间摆弄一辆玩具汽车。

终于能享受独处的乐趣，远离乐团的吵嚷了。她看着麦当劳的标志。只要一直把目光对准上方，视野中只有那个标志和天空，在这一瞬间，她就还可以相信这是从前的世界，她可以走进去点一个汉堡。上次经过的时候，国际松饼屋连锁店里住了三四家人，但现在她惊讶地发现，那里被封起来了，大门上钉了一块木板，上面还用银色的喷漆涂了一个神秘的符号——有点儿像一个小写的 t，底下还多了一横。两年前，有一群孩子跟着她到处跑，但此刻她只看见两个孩子：一个是玩玩具汽车的那个男孩，还有一个约莫十一岁的女孩，一直站在门口盯着她看。一个戴着反光太阳镜的男人拿着枪在加油站站岗。加油站的窗户拉着窗帘，窗帘布是印花床单做的。一个怀孕的年轻女人躺在加油机旁的躺椅上，闭着眼睛享受日光浴。镇中心派了武装警卫，意味着这里不安全。是不久前遭遇过袭击吗？但肯定不至于那么不安全，毕竟还有孕妇在户外晒太阳。总有点儿说不通。之前麦当劳里也住了两家人，可他们都去哪儿了？现在大门上也钉着板子，喷了那个奇怪的符号。

温蒂汉堡店是一座低矮的方形建筑，看起来是在不注重建筑设计的年代用套件草草一拼了事的，不过前门倒是很美观。这扇门是后换的，实木材质，还有人费心在雕花把手旁边雕了一排鲜花。柯尔斯滕用指尖抚了抚木雕花瓣，然后敲了敲门。

和朋友分别后的这两年旅行里，她曾多少次想象过这一刻？她敲响了雕花木门，阿夏抱着宝宝来给她开门，笑中带泪，第六吉他手咧着嘴站在她旁边。我好想你啊。但是，来应门的女人看着眼生。

"下午好，"柯尔斯滕说，"我找阿夏。"

"不好意思，你找谁？"女人的语气算不上不友好，但她的眼神里写着陌生。她和柯尔斯滕年纪差不多，也许小一两岁，柯尔斯滕觉得她不是很健康。她非常苍白，而且太瘦了，眼睛下面还有黑眼圈。

"阿夏。全名是夏洛特·哈里森。她大约两年前住在这儿。"

"住在温蒂汉堡店？"

"是的。"哦，阿夏，你在哪儿？"她是我的朋友，是个大提琴手。她和她丈夫，第六——她丈夫杰里米一起住在这儿。她当时怀孕了。"

"我在这儿才住了一年，不过兴许有别人知道。你要进来吗？"

柯尔斯滕走进了不通风的走廊，走廊通向建筑背面的公共休息室，那里以前是工业厨房。后门开着，她看见外面是一片玉米地，玉米秆在轻轻摇动。玉米地有十几码长①，再远处就是森林了。一个年长的妇人坐在门口的椅子上做着针织。柯尔斯滕认出她是这里的接生婆。

"玛丽亚。"柯尔斯滕叫了一声。

后门开着，玛丽亚坐的位置刚好逆光。她抬起头来，但柯尔斯滕看不清她的表情。

"你是交响乐团的，"她说，"我记得你。"

"我来找阿夏和杰里米。"

"很抱歉，他们走了。"

"走了？他们怎么走了？去哪了？"

接生婆瞥了一眼那个领着柯尔斯滕进来的女人。女人低头看着地面。谁都没说话。

"起码告诉我是什么时候吧，"柯尔斯滕说，"他们离开多久了？"

"一年多一点儿。"

"她把孩子生下来了吗？"

"是个女孩，叫安娜贝尔。非常健康。"

"你就只能告诉我这些吗？"柯尔斯滕愉快地幻想自己用刀抵着接生婆的喉咙。

---

① 1 码约为 0.9 米。

"阿莉萨，"玛丽亚对那个年轻女人说，"你脸色很苍白，亲爱的。要不你去躺一会儿吧？"

阿莉萨穿过一个挂着帘子的门洞，去了另一个房间。接生婆急忙站了起来。"你的朋友拒绝了先知的追求，"她凑在柯尔斯滕耳边低声说，"他们不走不行。别再问下去了，告诉你们的人，得尽快离开这里。"她坐回到椅子上，继续做针织。"谢谢你来看我，"她提高了嗓音，让隔壁房间也能听见，"乐团晚上有演出吗？"

"演《仲夏夜之梦》，管弦乐伴奏。"柯尔斯滕竭力克制声音里的颤抖。两年之后，乐团回到水边的圣德伯勒，却被告知阿夏和杰里米已经走了，她无论如何也没有想过会是这样的结果。"这个镇子和我们上次来的时候好像不一样了。"她说。

"哦，"接生婆语气轻快地说，"可不是嘛！完全不一样了。"

柯尔斯滕走出房子，大门在她身后关上了。那个她之前看到的、站在门口的女孩一直跟到了这里，这会儿正站在路对面看着她。柯尔斯滕朝女孩点了点头。女孩也冲她点了点头。女孩神情严肃，打扮有些邋遢，头发乱蓬蓬的，T恤领子也被扯坏了，一看就是没人照顾。柯尔斯滕想叫住她，问她知不知道阿夏和杰里米去哪儿了。但是女孩盯着她的眼神让她心生不安。这个女孩是不是被派来监视她的？柯尔斯滕转过身子，继续沿着马路漫步。她装出一副漫无目的的样子，好像吸引她的只是傍晚的光线、野花、乘着风飘飘悠悠的蜻蜓。她扭头瞥了一眼，那个女孩还在不远处跟着她。

两年前，她和阿夏曾结伴沿着这条马路散步，当时乐团还有几个小时就要起程了，两个人把不可避免的告别拖了又拖。"两年很快就过去了。"阿夏当时这么安慰她，如今柯尔斯滕回想起来，这两年的确过得很快。向北去到金卡丁，再向南折返，沿着湖岸，直到圣克莱尔河，在圣克莱尔的某个渔港小镇过冬。他们在市政厅——原来是个高中体育馆——演出《哈姆雷特》《李尔王》《冬天的故事》《罗密欧与朱丽叶》。乐手们差不多每天晚上都有奏乐表演。天气渐渐暖和起来，他们就开始演《仲夏夜之梦》。春天，一场疾病在乐团蔓延，高烧、呕吐，一半成员都病了。不过最后大家都康复了，除了第三吉他手——他葬在了新凤凰城外的路边。之后我们又继续赶路，阿夏，就和往常一样，这十几个月就这样过去了，而我总是想着你住在这个镇子。

前面出现一个人影，正快步朝她走来。这会儿太阳掠过树梢，马路都被罩在阴影里。她过了一会儿才认出来人是迪特尔。

"我们该回去了。"她说。

"我先带你去看一样东西。你一定想看。"

"是什么？"她不喜欢他的语气。有什么事情让他很紧张。柯尔斯滕一边走，一边和他说起接生婆告诉她的话。

迪特尔皱起眉头："她说他们走了？你确定她是这么说的？"

"当然确定了。怎么了？"在末日来临的时刻，镇子最北面正在建新楼。地基才浇筑完毕，格鲁吉亚流感就暴发了。那里余留着一片混凝土平台，上面竖着一条条钢筋，如今爬满了藤蔓。迪特尔走下路面，带她走上了地基后面的小径。

每个镇子里都有墓地，两年前她和阿夏来过这里。和那时相比，水边的圣德伯勒又添了不少新坟。这里大概有三百座坟墓，整整齐齐地排列在废弃的地基和森林之间。最新的那片区域里，新刷的墓碑在草丛间白得刺眼。她远远地看见上面写着的名字。

"不会的，"她说，"不会的，拜托……"

"不是他们，"迪特尔说，"我得带你来看看，不过不是他们。"

傍晚的阴影下，并排立着三块墓碑，上面用黑漆工工整整地写着名字：阿夏·哈里森、杰里米·梁、安娜贝尔（婴儿）。三块碑上的日期是一样的：第十九年七月二十日。

"不是他们，"迪特尔又说了一遍，"看看地面。这几块碑下面没有埋过人。"

看到这几个名字时，她吓坏了。这样的景象让她心慌意乱。但是迪特尔说得对，她明白过来。墓地最远处那些最早的墓碑无疑是立在坟墓上的，碑下有堆成的土丘。这种模式一直延续到一年半前出现的三十座坟墓，死亡日期都在两周之内。死者显然是染了病，这种病在冬天的严寒中暴发，传播迅速，十分凶险。再往后就不合常理了：这场冬季疾病之后出现的墓碑里，有一半看上去确实是有坟墓的；而剩下的，包括阿夏、杰里米和他们的宝宝，则只是一块块插在地里的标记，下面的土地平平整整，并没有翻动过。

"我不明白。"她说。

"咱们可以问问你的小尾巴。"

那个一路跟着柯尔斯滕的女孩站在地基旁的墓地边上，正看着他们。

"你。"柯尔斯滕说。

女孩往后退了两步。

"你认识阿夏和杰里米吗？"

女孩扭头向后瞥了一眼。她再次把目光投向柯尔斯滕和迪特尔，并微微点了点头，动作轻得简直难以察觉。

"那他们……"柯尔斯滕朝着坟墓比了一下。

"他们走了。"女孩轻轻地说。

"小东西会说话！"迪特尔说。

"他们是什么时候……"但柯尔斯滕一句话还没说完，女孩就没了胆子。她飞快地消失在地基后面，柯尔斯滕听见她沿着路面跑了。只剩下柯尔斯滕和迪特尔，面对着坟墓和森林。两个人四目相对，但谁都不知道该说什么。

两个人回到沃尔玛没多久，大号手也回到营地汇报情况。他找到了一个住在汽车旅馆的熟人。对方告诉他说，这里暴发了流行病。三十个人发高烧死了，镇长也是其中之一。那之后，管理层发生了变动，但是大号手的熟人不愿意解释这句话的意思。他只说那之后有二十家人离开了这里，阿夏和第六吉他手带着他们的宝宝也走了。他说谁也不知道他们去了哪里。他还跟大号手说，还是不要问的好。

"管理层变动，"指挥重复了一遍，"跟职场似的。"他们仔细地讨论了墓碑的事。墓碑还能代表什么，不就是死亡吗？难道墓碑预示着未来？

"我跟你们说了，"柯尔斯滕说，"接生婆说这儿有个先知。"

"耶，这可太棒了。"赛伊德一边说话一边拆开一箱蜡烛，他谁都没看。第六吉他手是他最好的朋友。"每个镇子都需要先知。"

"一定有人知道他们去哪儿了，"指挥说，"他们一定跟谁说过。还有谁在这儿有朋友吗？"

"我认得一个哥们，之前住在国际松饼屋。"第三大提琴手说，"但是我下午去过了，那儿封起来了，汽车旅馆里有个人说他去年离开了镇子。没人肯告诉我阿夏和杰里米去哪儿了。"

"这里没一个人肯说话。"柯尔斯滕想哭，但她忍住了。她盯着地面，一只脚把一块鹅卵石踢来踢去。

"咱们当时怎么就把他们留在这儿了呢？"琳说着抖开了她的仙子演出服，一团灰尘立刻弥漫开来。那是一件银色的小礼服，一闪一闪的，像鱼鳞似的。"坟墓，"她说，"我真不敢——"

"不是坟墓，"迪特尔纠正说，"是墓碑。"

"镇子会变的。"吉尔挂着拐杖，站在第三辆大篷车旁边，注视着水边的圣德伯勒的建筑和花园，注视着路边朦胧的野花。落日的余晖照亮了麦当劳的标志。"我们不可能未卜先知。"

"也许有一个解释，"第三大提琴手犹豫着说，"他们离开了这里，但是，我也说不好，有人误以为他们死了？"

"这儿有一个'先知'，"柯尔斯滕说，"有几块墓碑上写着他们的名字。接生婆让我不要再问下去了，我们应该尽快离开这里。我刚才有没有说？"

"你说前六遍的时候我们都回答说知道了，难道是声音不够大吗？"赛伊德反问。

指挥叹了口气。"我们还不能离开，得再问清楚些，"她说，"准备晚上的节目吧，演出结束之后再打听打听。"

三辆大篷车首尾相连，上面挂着《仲夏夜之梦》的背景布——几张缝起来的床单，上面画了森林一角。因为用了很多年，已经变得脏兮兮的。亚历山德拉和奥利维娅折了些枝条，摘了些野花，好让布景更逼真些；一百支蜡烛圈起了舞台。

"我和咱们英勇无畏的首领聊过了，"奥古斯特趁着给乐器调音、准备去弦乐组的间隙对柯尔斯滕说，"她觉得阿夏和第六吉他手肯定是沿着湖岸往南去了。"

"为什么是往南去了？"

"因为西边是湖，他们又没往北走。要不然我们在路上就遇见他们了。"

夕阳西下，水边的圣德伯勒的居民过来看演出了。观众比上一次少得多，顶多才三十个。他们板着面孔，在昔日停车场的沙砾地面上坐了两排。一条像狼一样的灰狗卧在第一排最边上，吐着舌头。之前跟踪柯尔斯滕的那个女孩没有出现。

　　"可是南边有什么吗？"

　　奥古斯特耸了耸肩。"有很长的湖岸，"他说，"不过从这儿到芝加哥肯定得有点儿什么吧，你说呢？"

　　"他们也可以去内陆啊。"

　　"是有可能，不过他们知道我们绝不会去内陆。要是他们去了内陆，那唯一的原因就是他们再也不想见到我们了，可是他们怎么会……"他摇了摇头。怎么都说不通。

　　"他们生了个女儿，"柯尔斯滕说，"叫安娜贝尔。"

　　"阿夏有个姐妹就叫这个名字。"

　　"各就各位。"指挥说。于是奥古斯特去了弦乐组。

11

在大崩溃中失落的：几乎每一样东西，几乎每一个人。但是依然存在这样的美：不复如前的世界里，暮光之中，在一个名为水边的圣德伯勒的神秘小镇的停车场里，正在上演《仲夏夜之梦》，半英里之外是波光粼粼的密歇根湖。柯尔斯滕扮演蒂坦妮雅。她短短的头发上戴着花冠，烛光中，颧骨上那个歪歪扭扭的伤疤看不真切了。观众一语不发。赛伊德穿着柯尔斯滕在东乔丹附近的一个死者衣柜里找到的燕尾服，围着她踱步："慢着，无礼的女人！难道我不是你的老爷？"

"那我少不得做你'娘娘'了。"这出戏剧或许写于1594年。那一年，伦敦的各家剧院在两轮瘟疫之后重新开业了。又或许是写于后一年，即1595年，莎士比亚的独子夭折的前一年。几个世纪之后，在一片遥远的大陆上，柯尔斯滕裹着一条手绘花纹的裙子，飘飘荡荡地走在舞台上，半是愤怒，半是爱慕。她穿的是一件婚纱，是她在新佩托斯基镇附近的一所房子里找到的，雪纺和丝绸上用儿童水彩笔画了一道道深深浅浅的蓝色。

"没有一回不是被你的争吵破坏了我们的游戏。"她接着说。在这些时刻,她总是感到神采奕奕。一站到舞台上,她就无所畏惧。"那阵阵和风,为我们白送来音乐,一气之下,从海里吸来了一片白茫茫的毒雾……"

旅行交响乐团一共有三个版本的剧本。在她最喜欢的那个版本里,"毒雾"这个词旁边有一个注释,写着"瘟疫"。莎士比亚是家里的第三个孩子,也是第一个活过婴儿期的。他有四个兄弟姐妹都夭折了。他的儿子哈姆内特十一岁就死了,但他的孪生姐妹活了下来。瘟疫导致剧院一次次地关门,死亡的阴影在那片土地上忽隐忽现。如今,电气时代来了又去,在这个再次亮起了烛光的黄昏,蒂坦妮雅转过身子,面对她的仙王。"因此,那月亮——掌管潮汐的女神,把脸都气白了,让空气中布满湿气,于是这年头最流行的就是风湿病。"

奥伯朗在一群仙子的簇拥下注视着她。蒂坦妮雅这时就像在自言自语,把奥伯朗忘在了脑后。她清亮的声音传到一语不发的观众间,传到左舞台等待提示的弦乐组。"由于这种种反常,天时也不正了,季节颠倒了。"

旅行交响乐团的三辆大篷车上都写着名号。每辆车两侧都分别写着"旅行交响乐团"这几个白色的大字,而领头那辆车上还写了一句话:"因为能活着还不够。"

12

　　观众纷纷起立鼓掌。柯尔斯滕恍惚地站在那儿，每次演出结束，她都会陷入这种状态，感觉就像本来高高地飞在天上，还没有完全降落，灵魂就从胸口挣脱出来，向上飘去。第一排的一个男人眼睛里含着泪花。后排有一个男人走了出来。柯尔斯滕之前就注意到他了，他独自坐了一把椅子，椅子还是一个女人从加油站搬过来的。经过第一排的时候，他把两只手举到头顶上。掌声渐渐停下。

　　"我的子民，"他说，"都请坐下吧。"他个子很高，二十八九或者三十出头，留着披肩的金发和络腮胡子。他迈过前面的半圈蜡烛，来到了演员中间。卧在前排的那条灰狗也坐直了身，全神贯注。

　　"多么赏心悦目，"他说，"多么了不起的演出啊！"他的面孔隐约有点儿熟悉，但是柯尔斯滕想不起来在哪儿见过。赛伊德皱起眉头。

　　"谢谢你们，"男人对演员和乐手们说，"让我们一同感谢旅行交响乐团让我们忘掉每日的操劳，获得愉快的小憩。"他微笑着逐一看向每一个人。观众顺从地再次鼓起掌来，但是没先前那么热烈了。"我们是有福的。"他举起两只手，掌声立刻停下了。他就是那个先知。"我们是有福的，今天有这些乐手和演员来到我们当中。"他的这种语气让柯尔斯滕只想快跑，感觉就像每一个字下面都是一个陷阱。"我们一直是有福的，"他接着说，"在许多事上，不是吗？我们是有福的，最充分的证明就是我们今天还活着。我们必须扪心自问：'为什么？为什么我们的性命得以保全？'"他沉默片刻，目光扫过交响乐团和聚集的人群，但是没有人回答。"我认为，"先知说，"普天之下发生的每一件事都有其因。"

指挥站在弦乐组旁边，两只手紧握在身后。她一动也没动。

"我的子民，"先知说，"我白天还在思考那场流感，那场大瘟疫。让我来问问你们，你们是否思考过病毒有多么完美？"观众之间传来一阵阵低语和吸气声，先知举起一只手，大家又安静下来。"想想看，"他说，"要是你们记得格鲁吉亚流感之前的世界，请思考一下，这场流感之前的疾病迭代，那些微不足道的疫情，我们孩童时期就接种过疫苗，那是从前的流感。先是 1918 年的流感暴发，我的子民，意义显而易见——第一次世界大战造成的破坏和屠戮遭到了神的惩罚。可之后呢？之后的几十年又是如何？流感季按时到来，不过这些病毒微弱、低效，只会击垮那些老弱病残。接着又出现一种病毒，就像复仇天使一样，不可战胜。这种微生物减少了这个堕落世界的人口，少了有多少？那时候已经不再有统计学家了，我的天使们，我们不妨说是百分之九十九点九九吧？每二百五十个人、三百个人里，只有一个人活了下来吧？我认为，我亲爱的子民，这样一个完美的死亡信使只能是神的旨意。我们都读到过大地是如何净化的，不是吗？"

　　柯尔斯滕和迪特尔隔着舞台四目相对。迪特尔扮演的是忒修斯。他正不安地摆弄着衬衫上的袖扣。

　　"那场流感，"先知说，"就是我们二十年前经历的一次伟大的净化。那场流感就是我们的大洪水。我们体内的光就是载着挪亚及其子民逃脱可怕洪水的方舟。我认为，我们得拯救，"他提高了声调，"不仅是要带去光、传播光，而且我们就是光。我们之所以得拯救，是因为我们就是光。我们是纯洁的。"丝绸裙子下，柯尔斯滕后背上的汗直往下淌。裙子，她心不在焉地想，散发着一股怪味。她有多久没洗过了？先知还在喋喋不休，说着信仰、光、天命、梦里对他显现的神的安排、他们必须为世界末日所做的准备。"因为我已经得到启示，二十年前的那场瘟疫只是个开始，我的天使们，只是初步剔除那些不洁之人。而去年的瘟疫也只是进一步的预示，以后还会有更多的剔除，远远不止这些……"他结束了布道，走到指挥面前，对她轻声说了什么。指挥回答了两句，他哈哈一笑，向后退了两步。

　　"我也不知道，"他说，"有人来，有人走。"

　　"当真？"乐团指挥说，"这附近还有别的镇子吗？兴许沿着湖岸有镇子，一般大家都会往那儿去吗？"

　　"附近没有别的镇子了，"先知说，"但是每一个人——"他扭头看了一眼一语不发的人群，对他们露出微笑，清晰地说："这里的每一个人，当然了，都可以随心所欲地离开。"

　　"自然了，"指挥说，"我没想过别样。只不过我们没想到他们会独自出发，毕竟他们知道我们要回来找他们的。"

　　先知点了点头。柯尔斯滕小心地往前挪了挪，好方便偷听。其他演员纷纷静悄悄地离开了舞台。"我和我的子民，"先知说，"我们所说的光，指的是规矩。这里一切都讲规矩。内心混乱的人无法在这里安居。"

"不过还请你原谅我刨根问底，我不得不问问墓地里那几块墓碑的事。"

"这个问题无可厚非。"先知说，"你们在外面走了很久，是不是？"

"是。"

"乐团从一开始就四处奔波了？"

"差不多吧，"指挥说，"从第五年起。"

"那你呢？"先知蓦地转向柯尔斯滕。

"第一年我一直在流浪。"她知道这么说是骗人，因为她对第一年的事没有一点儿记忆。

"既然你们漂泊了这么久，"先知说，"既然你们一辈子都在四处流浪，那么就和我一样，都经历过那些可怕的混乱。如果你们和我一样，所目睹过的一切都历历在目，那么你们就该知道，死亡的方式不止一种。"

"哦，我是见过很多种死法，"指挥说，柯尔斯滕发觉她在故作镇定，"无论是溺水、砍头、发烧，各种死法都有，但是这些都解释不了——"

"你误会了我的意思，"先知说，"我不是说种种无聊的肉体之死。除了身体的死亡，还有灵魂的死亡。我看见我的母亲死了两次。当堕落者未经允许偷偷溜走，我们就会为他们举行葬礼，在墓地里竖起墓碑。因为在我们心里，他们已经死了。"他扭过头，望向在舞台上捡花的亚历山德拉，接着凑到指挥耳边说了一句什么。

指挥往后退了两步。"绝对不行，"她说，"你休想。"

先知盯着她看了一会儿，转身走了。他对前排的一个男人低声说了什么，他就是白天守在加油站的弓箭手。两个人一起离开了沃尔玛。

"露利！"先知扭头喊了一声，那条灰狗小跑着跟了上去。观众渐渐散了，不出几分钟，停车场里就只剩下乐团了。演出结束后没有一个观众过来和演员攀谈，记忆中，这还是头一次。

"赶快，"指挥说，"套马。"

"不是说要待上几天嘛。"亚历山德拉嘟嘟囔囔着。

"这是个末日教派，"单簧管手边说边取下《仲夏夜之梦》的背景布，"你是没听见还是怎么着？"

"可是咱们上次来的时候——"

"这里不再是咱们上次来的那个镇子了。"画中的森林委顿成几折，无声地掉在路面上。"在这种地方，你根本注意不到周围的人都死了，直到你自己也喝下毒酒。"柯尔斯滕蹲下身子，帮单簧管手一起把背景布卷好。"你的裙子好像该洗了。"单簧管手说。

"他回加油站去了。"赛伊德说。这时加油站大门两边都派了武装守卫，在暮色中看不清楚。汽车旅馆那边升起了炊烟。

不出几分钟，乐团就上路了。他们选了沃尔玛后面的一条小路，没有走镇中心那条街。前方路边有一小团忽明忽暗的火光。他们发现是一个男孩在那儿放哨。他正拿着棍子烤什么吃，棍子尖上插着的有点儿像松鼠。大多数镇子会在明显的入口处派哨兵把守，要是有盗匪出现，也好有个警告。但是这个男孩年纪不大，而且心不在焉，说明这里并不是什么特别危险的岗哨。他看见乐团走近就站起身，把晚饭从篝火上挪开了。

"你们获得允许离开了吗？"男孩喊道。

指挥朝驾着领队的大篷车上的第一长笛手打了个手势，示意

"继续走"，自己则过去和男孩说话。"晚上好。"她说。柯尔斯滕停下脚步，在几英尺外的地方徘徊着，想听他们在说什么。

"你叫什么？"男孩起了疑心。

"大家都叫我指挥。"

"这就是你的名字吗？"

"我只用这个名字。那是你的晚餐吗？"

"你们获得允许离开了吗？"

"我们上次来的时候，"指挥说，"并不需要获得谁的允许。"

"现在不一样了。"男孩还没有变声。听声音，他的年纪还很小。

"要是我们没有获得允许呢？"

"这个嘛，"男孩说，"要是有人未经允许离开，我们就给他们举行葬礼。"

"那他们回来之后会怎么样？"

"要是我们已经举办了葬礼……"男孩说了半句，好像说不下去了。

"这个地方，"第四吉他手嘀咕了一句，"真是个要命的鬼地方。"他从柯尔斯滕身边经过的时候，碰了碰她的胳膊。"还是继续走吧，柯柯。"

"所以你不建议再回来。"指挥说。最后一辆大篷车驶了过去。殿后的赛伊德抓着柯尔斯滕的肩膀，推着她往前走。

"你还嫌不够危险吗？"他压低声音冲她吼道，"继续走！"

"你少命令我。"

"那就别犯傻。"

"你们能带我一起走吗？"柯尔斯滕听见男孩问。指挥说了一句什么，她没听清。她回过头，看见男孩注视着离去的乐团，插在柜子一头的松鼠被忘到了一边。

他们离开水边的圣德伯勒后，夜晚凉爽起来。马蹄哒哒地踩在开裂的路面上，大篷车吱吱呀呀地响，掺杂着乐团的脚步声，还有入夜后森林里沙沙的动静，这就是全部的声音了。空气里弥漫着松树、野花和青草的清香，星空璀璨，大篷车在路上投下摇晃的影子。他们走得太匆忙，甚至来不及换掉演出服，柯尔斯滕提着蒂坦妮雅的裙子，免得自己被绊倒。赛伊德穿着奥伯朗的燕尾服，模样怪怪的。每次回头，白衬衫都亮得晃眼。柯尔斯滕越过他，去和指挥说话。指挥一向走在第一辆大篷车旁。

"你在路边和那个男孩说了什么？"

"我说我们可不敢冒被当成绑架犯的险。"指挥回答说。

"演出结束的时候，那个先知跟你说了什么？"

指挥回头看了一眼："你能保密吗？"

"我大概会告诉奥古斯特。"

"这不用说。但能不告诉别人吗？"

"行，"柯尔斯滕说，"不告诉别人。"

"他说我们可以考虑把亚历山德拉留下，作为乐团和镇子未来保持友好关系的保证。"

"把她留下？我们怎么会……"

"他说他在物色另一个新娘。"

柯尔斯滕等奥古斯特赶上来，把消息告诉了他。他低声骂了一句，摇了摇头。亚历山德拉走在第三辆大篷车旁边，一无所知，正抬头看星星。

过了午夜，乐团才停下来休息。柯尔斯滕把蒂坦妮雅的裙子扔到一辆车的车篷里，换上热天常穿的那条裙子。裙子是棉质的，上面打满了补丁。匕首别在腰间，沉甸甸的，让她感到踏实。杰克逊和第二双簧管手各骑一匹马，往回走了一英里，回来报告说，看样子并没有人尾随。

指挥借着月光，和几个年长的乐团成员研究地图。他们离开的时候慌不择路，沿着密歇根湖东岸往南走了。要想回到他们熟悉的地域，只有三条合理又不绕远的路线：一条是穿过水边的圣德伯勒回去；一条是贴边经过一个对外来者格杀勿论的镇子；最后一条就是走内陆，穿过一片荒野。在大崩溃前，那里是国家森林保护区。

"我们对这片国家森林了解多少？"指挥皱着眉头望着地图。

"我反对走这条路，"大号手说，"我认识的一个小贩从那儿走过。他说那里被烧过，没有镇子，森林里有凶狠的野兽。"

"真够可以的。那南边呢，沿着湖岸？"

"什么也没有，"迪特尔说，"我跟一个去过那里的人聊过，不过估计得有十年了。说是人烟稀少，但细节我都不记得了。"

"十年前。"指挥说。

"我说了，什么也没有。但是，你看，要是咱们一直往南走，那迟早都得走内陆，除非你特别想看看芝加哥变成了什么样。"

"你们有没有听说过西尔斯大厦狙击手的事？"第一大提琴手问。

"我就在现场，"吉尔说，"这儿往南不是有个聚落吗？在塞汶城①那儿？要是我没记错的话，有一群人住在从前的机场里。"

"这个传言我也听说过，"指挥很少犹豫不决，她研究了好一会儿地图才开口说话，"咱们好几年来就说着想扩大活动范围，是

---

① 虚构地名。

吧？"

"有风险。"迪特尔说。

"活着就有风险，"指挥折起了地图，"我思念着那两个乐团成员，而且我始终觉得他们往南去了。如果有人住在塞汶城，那么兴许他们知道怎么回我们原先的活动领域最方便。我们沿着湖岸，继续向南前进。"

柯尔斯滕爬上第二辆大篷车的驾驶座，想喝点水，休息一下。她一耸肩，摘掉了双肩包。这是个儿童背包，红色的帆布料子，上面的蜘蛛侠图案已经皲裂褪色。柯尔斯滕把包里的东西尽量减到最少：两个装水的玻璃瓶，在从前的文明中，这两个瓶子装的是立顿冰茶；一件毛衣；一块用来在尘土飞扬的房子里蒙脸的布；一段用来开锁的铁丝；一个自封袋，里面装着她收集的剪报和两本《十一博士》漫画；还有一个镇纸。

镇纸是一块光滑的玻璃，里面有一团乌云，差不多有李子那么大。镇纸没有任何实用价值，除了增加背包的自重，不过柯尔斯滕觉得它很漂亮。它是大崩溃前一个女人给她的，但她不记得那女人叫什么了。柯尔斯滕把镇纸放在手心里看了一会儿，接着开始查看自己的藏品。

她有时候喜欢翻看那些剪报，这么做能让她静下心来。这已经成了她的习惯。那些照片来自那个影子世界，格鲁吉亚流感之前的岁月。月光下，照片看不清楚，不过每一张的细节她都记得一清二楚：阿瑟·利安德、他的第二任妻子伊丽莎白和他们年幼的儿子泰勒坐在餐厅露台；几个月后，阿瑟身边的人换成了他的第三任妻子莉迪娅；阿瑟在洛杉矶机场接泰勒。还有一张更早的照片，是她在一个堆了三十年八卦杂志的阁楼里找到的，拍这张照片的时候她还没出生。照片中，阿瑟搂着一个脸色苍白、有一头黑色卷发的姑娘。没多久她就成了阿瑟的第一任妻子。当时两个人从一家餐厅走出来，被摄影师拍到了。那个姑娘戴着墨镜，表情难以捉摸，而阿瑟则被闪光灯晃花了眼。

三

我更喜欢你戴着王冠

13

关于八卦小报上的那张照片：

抓拍十分钟前，阿瑟·利安德和那个姑娘正在多伦多一家餐厅的寄存处等着拿外套。格鲁吉亚流感还要等到很多年后才会出现。在大崩溃之前，文明还能延续十四年。阿瑟这一周都在拍一部历史剧，一部分是棚拍，一部分在城市边缘的一个公园里实景拍摄。白天他戴了一顶王冠，而此刻他戴着一顶多伦多蓝鸟队的棒球帽，显得非常普通。这一年，他三十六岁。

"你有什么打算？"他问。

"我打算离开他。"姑娘叫米兰达，她脸上有一块淤青，是最近伤的。两个人说话时都压低了声音，免得被餐厅的工作人员偷听到。

他点了点头。"很好，"他看着那块瘀伤，虽然米兰达化了妆，但是并没有完全遮住，"我正盼着你会这么说。你都需要什么？"

"不知道，"她说，"很抱歉为这事麻烦你。我实在没办法回家。"

"我有个建议……"他没有说下去，因为寄存处的姑娘帮他们把外套拿回来了。阿瑟的衣服精美、柔滑、贵气，而米兰达那件破旧的海军大衣是在旧货店花十美元淘来的。穿外套的时候，米兰达特意转过身子，免得露出开线的内衬。她转身的时候，女迎宾员不屑地笑了笑，表明她的心思白费了。而阿瑟此时已经成了大名人，他亮出最迷人的微笑，塞了二十美元小费给寄存处的姑娘。女迎宾员偷偷地按下短信发送键，收信人是个摄影师，之前给了她五十美元的好处。门外的人行道上，摄影师看到了手机短信：出来了。

"我刚才想说，"阿瑟凑到米兰达耳边，轻声说，"我觉得你应该搬到我那儿住。"

"住酒店？我不能——"米兰达低声说。

"就这么定了。没有附加条件。"

米兰达一时间有点儿分神，因为她看见寄存处的姑娘正一脸崇拜地望着阿瑟。他低声说："你不用马上做出决定。就是让你有一个住的地方，要是你愿意。"

米兰达眼睛里涌起了泪水："我不知道该怎么——"

"回答'好'就行了，米兰达。"

"好，谢谢你。"迎宾员给他们开门的时候，米兰达突然意识到自己的样子一定很难看，她脸上淤青未消，眼睛红红的，还泛着泪光。"等一下。"她说着伸手在手提包里摸索，"对不起，稍等一下——"她戴上了白天戴的一副巨大的墨镜。阿瑟搂住她的肩膀，守在人行道上的摄影师举起相机。两人就这样走进了晃眼的闪光灯里。

"好了，阿瑟。"说话的记者很漂亮，是花了很多钱保养的那种漂亮。她的毛孔做过专业的护理，发型是花四百美元做的，妆容无可挑剔，指甲修得亮泽优雅。她每次微笑，就会露出一口白得不自然的牙齿，弄得阿瑟忍不住分神。尽管他在好莱坞混了好多年，按说也应该习惯了。"跟我们介绍一下你身边那个神秘的黑发女郎吧。"

"我认为那个神秘的黑发女郎应该有隐私权，你说呢？"话里的火药味被阿瑟的笑容化解了，变得充满魅力。

"不会一件事都不能说吧？一句提示总可以吧？"

"她来自我的故乡。"他说着，眨了眨眼睛。

其实那里不是故乡，而是一座故岛。"大小形状都和曼哈顿一样，"阿瑟在派对上总是这么和别人解释，"区别是那儿只住了一千人。"

德拉诺岛位于温哥华岛和不列颠哥伦比亚省的陆地之间，在洛杉矶正北方向。岛上遍布温带雨林和岩石滩，鹿会闯进菜园子，会在挡风玻璃前一跃而过，低垂的树枝上爬满苔藓，雪松林间能听见风的叹息。小岛中央是一片小湖，阿瑟总觉得那是小行星撞击形成的，因为湖面几乎是完美的圆，湖水又非常深。有一年夏天，一个外地来的年轻女人投湖自杀了。她把汽车停在路边，留了遗书，走进了湖水里。后来潜水员下去打捞尸体，却怎么都游不到湖底。反正当地的孩子们私下里是这么传的，大家半是害怕半是兴奋。但多年之后阿瑟回想，湖水深到潜水员都游不到底，这种事好像不大可能。无论如何，总之是有一个女人投湖自尽了，湖虽然不大，但人们仔细搜寻了两周都没有找到尸体。事后想来，这段插曲与阿瑟的童年记忆撞出火花，燃烧后留下了黑暗的气息，不过在当时，他并不这么觉得。实际上，平常日子里，那就是一片湖，是他最喜欢去游泳的地方。大家都最喜欢去湖里游泳，因为海水一年四季都冷冰冰的。每次阿瑟回忆起这潭湖水，就会看到母亲在湖边的树下看书，弟弟套着臂圈在浅水里扑腾，小飞虫落在水面上，转瞬又飞走。不知道为什么，通往湖水的那条路边埋着一个没穿衣服的芭比娃娃，半截身子都埋在土里。

岛上有些孩子整个夏天都光着脚丫，头发里还编着羽毛，他们的父母是 20 世纪 70 年代过来的，当时开来的大众面包车在森林里渐渐锈成了废铁。每年大概有两百天都在下雨。渡轮码头那儿算是个村子：一家配了一台汽油泵的杂货店、一家健康食品店、一家房地产中介、一所有六十名学生的小学，还有一座社区礼堂。礼堂前门两个巨大的美人鱼雕像手拉着手，形成了拱门。礼堂还连着一个小图书馆。岛上其他的地方基本都是岩石和森林，狭窄的公路两边是一条条汽车压出来、消失在树林里的土路。

换句话说，对于这样一个地方，阿瑟在纽约、多伦多、洛杉矶认识的那些人几乎都无法想象。他每次说起，都会收获许多困惑的目光。他一直尝试着描述这个地方，并且总是对那里的沙滩和植物笼统概括。"那些蕨类长得有我这么高。"他一边说，一边伸手比画。这些年来，他比画得越来越高。四十四五岁的时候他才突然意识到，自己口中的那些植物得有七八英尺高了。"现在想起来真是难以置信。"

"一定特别美吧。"必然有这样的回应。

"是啊，"他说，"现在也是。"随后他就想办法岔开话题，因为接下来的那一部分很难解释。是啊，那里很美。那是我见过的最美的地方。那里美不胜收，又与世隔绝。我爱那个地方，又总想从那里逃走。

　　十七岁那年，阿瑟被多伦多大学录取了。他申请了学生贷款，父母帮他凑够了机票钱，他就这样离开了。他当时觉得自己想学经济，等到了多伦多之后，他发现除了经济，他几乎什么都想学。他上高中的时候很刻苦，到了大学却不在乎成绩了。课程很乏味。来到这个城市不是为了念书，他想明白了。念书只是逃走的办法。来到多伦多就是为了这个城市本身。不出四个月，他就退了学，开始到处试镜，因为商业入门课上有个女生说他应该当演员。

　　他的父母为此惶惶不安，半夜里打来一通通带着哭腔的电话。"我就是为了离开那座小岛。"他这样告诉他们，可是这个解释无济于事。因为他们都热爱那座岛，住在那里是他们的选择。退学两个月之后，他在一部在当地拍摄的美国电影里演了一个小配角；再之后，他在一部加拿大电视剧里拿到了一个只有一句台词的角色。他感觉自己其实压根不会演戏，于是一有钱就去上表演课，他就这样认识了他最好的朋友克拉克。那一年他们过得快活极了，两个人形影不离，一周里有四天拿着假身份证出去消遣。后来，两个人都十九岁了。克拉克顶不住父母的压力，回英国上大学去了，而阿瑟成功地通过了纽约一家戏剧学校的面试。他在餐厅里打工赚钱，和四个室友一起住在皇后区一家面包店的楼上。

　　从戏剧学校毕业之后，他有一段时间一直原地踏步，除了试镜，就是起早贪黑地当服务员。接着他演了《法律与秩序》——纽约有哪个演员没演过《法律与秩序》？——他因此签了经纪人，并且演了另一部《法律与秩序》。那是一部衍生剧，他扮演了一个常驻角色。他还拍了两个商业广告和两部没有通过的电视剧试播集。"不过，你绝对应该来洛杉矶，"第二部剧集的导演打电话给阿瑟通知完坏消息，接着又说，"在我家客房先凑合住几周，到处试镜看看，然后再说。"正好这时候阿瑟也厌倦了东海岸的冬天，于是就接受了建议。他处理掉自己的大部分东西，登上了往西去的飞机。

到了好莱坞，他不断参加派对，终于拿到了一部电影里的小角色。他演一个士兵，只有三句台词，开场十分钟就炸死了。不过他因此拿到了一个重要得多的电影角色。从此之后，派对算是真正开始了——私宅和酒店房间里的可卡因，还有皮肤完美无瑕、为人八面玲珑的年轻女孩们。那几年的生活，后来总像闪光灯一样在他的脑海里闪现：他坐在马里布的泳池边上，一边喝伏特加，一边和一个姑娘聊天。对方说她是墨西哥来的非法移民，十岁那年藏在卡车车厢里，躺在一堆辣椒底下，就这么入了境。阿瑟不知道她的话可不可信，但觉得她很漂亮，所以就吻了她。她说会再联系他，可是他再也没有见过她。他和几个朋友一起在山里兜风，敞篷车的车顶打开了，朋友们跟着广播电台唱歌，阿瑟则望着棕榈树从头上一晃而过。在某人地下室的提基酒吧，他和一个姑娘一起跳舞，背景音乐是《不要放弃信仰》[1]——谁都不知道这其实是他最喜欢的歌。奇迹般地，一周之后，他在另一个人的派对上又遇见了她。在这个无边无际的城市里，他在两场派对上遇到了同一个姑娘。她眯着眼睛对阿瑟微笑，拉着他的手，带他去了后院，一起看洛杉矶的日出。那时候，他对这个城市的新奇感正渐渐消退，但是那一次，在穆赫兰道上，他明白这里还有一些神秘的色彩，这个城市里还有他没见过的事物。太阳冉冉升起，山谷中的点点灯火逐渐暗淡，她用指甲轻轻地划过他胳膊上的皮肤。

"我喜欢这个地方。"他说。但是六个月之后，他们闹分手的

---

① 《不要放弃信仰》（*Don't Stop Believin'*），美国旅程乐队（Journey）演唱的歌曲，于 1981 年发行。

时候，她又把这句话甩给他："你喜欢这个地方，但是你永远也不属于这里，你永远也当不上你那些烂电影的主角。"这时的他已经二十八岁，时间在加速飞逝，快得叫他忐忑，派对结束得太晚，玩得也太莽撞。他两次守在急诊室外等着朋友的消息，他们都搞了酒混合处方药的古怪配方，结果服用过量。同一批人出现在一场又一场的派对上，初升的太阳照着花天酒地的无聊景象，每个人看起来都有点儿意兴阑珊。二十九岁生日刚过，他拿到了一个主角。那是一部小成本电影，讲的是一场状况百出的银行抢劫。电影要在多伦多拍摄，这让他很高兴。他喜欢风风光光地返回加拿大，他知道这是种自负心理，可那又如何呢？

一天晚上，阿瑟的母亲打电话过来，问他还记不记得苏茜，就是他小时候杂货店咖啡馆的那个女服务员。他当然记得苏茜了。他清楚地记得苏茜在咖啡馆里给他端来松饼的情景。总之，苏茜的侄女几年前搬到她那儿去住了，虽然岛上的每一个"包打听"都想方设法地刨根问底，但是始终没挖到原因。这个侄女叫米兰达，今年十七岁，非常上进，非常沉稳。她最近到多伦多去念艺术学校了，也许阿瑟有空能和她吃一顿午饭？

"为什么？"他反问，"我跟她又不认识。她是个十七岁的女孩。这事挺尴尬的，不是吗？"他讨厌尴尬，能躲就躲，不遗余力。

"你们有很多共同点啊，"母亲说，"你们上学的时候都跳过一级。"

"我觉得这不能算是'很多'吧。"他嘴里虽然这么说，心里却忍不住想，她知道我从哪儿来。阿瑟始终处在一种迷茫状态，就像持续的低烧，有个问题一直悬在那儿：我是怎么从那儿走到这儿来的？有时候，在多伦多、洛杉矶、纽约的派对上，当他跟别人说起德拉诺岛的时候，他注意到那些人脸上会露出一种表情——觉得有意思，但是还有一点儿不相信，就好像听见他说他是在火星上长大的。很少有人听说过德拉诺岛，原因是明摆着的。在多伦多，要是他说自己来自不列颠哥伦比亚省，那些人总是一成不变地说自己很喜欢温哥华，好像那个距离他的童年故居四小时陆路路程加两趟渡轮的玻璃城市和他长大的小岛有关系似的。在洛杉矶，他说自己来自加拿大，有两次有人问他住冰屋是什么感觉。一个据称受过良好教育的纽约人认真地听他描述自己的故乡——一个在不列颠哥伦比亚省西南、介于温哥华岛和内陆之间的小岛，接着一本正经地问他，那他长大的地方和缅因州很近吧。

"给米兰达打个电话，"母亲说，"就是吃一顿午饭而已。"

十七岁的米兰达：稳重得不可思议，长得也非常漂亮，皮肤白皙。一双灰眼睛，一头黑色卷发。她走进餐厅的时候带来了一阵冷空气，一月的严寒黏着她的头发和外套，阿瑟立即被她的气质震住了。她看上去比实际年龄成熟得多。

"你喜欢多伦多吗？"阿瑟问她。不仅仅是漂亮，他暗想。她确实是个美人，不过是一种不露声色的美，需要慢慢地欣赏。她和那些一头金发、身穿紧身 T 恤、晒成小麦色皮肤的洛杉矶女孩完全相反。

"我喜欢这里。"关于隐私的启示：她走在大街上，绝对没有一个人知道她是谁。不是在小地方长大的人也许理解不了这种感觉是多么美好，隐身于城市的生活有种自由的滋味。她接着对阿瑟说起自己的男朋友巴勃罗，也是学艺术的。阿瑟一边听，一边强装微笑。她太年轻了，他在心里说。她说够了自己的情况，又问起他的事。他努力地解释他的世界是多么超现实，别人都认识他，而他却不认识那些人。他说起洛杉矶如何让他快乐，同时又如何让他筋疲力尽。他一想起德拉诺岛，再和现在的生活相比，就觉得很迷茫。她从来没去过美国，虽然她从小到大生活的地方距离美国边境就只有二百英里。他看得出来，她正竭力想象他在美国的生活，估计她想到的就是将电影场景和杂志照片拼凑在一起的模样。

"你喜欢表演，是吗？"

"是的，通常情况下，是的。"

"做着你喜欢的事，又能赚到钱，这真的很幸福。"她这么说，他也同意这个看法。吃完了饭，她感谢他请客，接着两个人一起离开了。室外的空气很冷，阳光照着脏兮兮的积雪。日后他会把这段日子看成是黄金时期，他们可以一起走出餐厅，没有人守在人行道上抓拍。

"祝你的电影一切顺利。"她说着，上了一辆有轨电车。

"祝你在多伦多一切顺利。"他应了一句，可她已经走了。之后的几年里，他一般都能成功地把她忘在脑后。她离他很遥远，而且是那么年轻。他拍了几部电影；之后回纽约住了十八个月，出演了一部马梅特①的戏剧；接着又回到洛杉矶，在 HBO 的一部剧集里演一个常驻角色。他开始和女人约会，有的是演员，有的不是，有两个太有名了，以至于只要他们一起公开露面，摄影师就会蜂拥而至。等他再回到多伦多拍另一部电影的时候，他每次公开露面都会有人拍照。部分原因是他现在的电影角色比之前重要得多，也更加精彩；还有部分原因是那些摄影师已经习惯了拍他拉着大名人的手。经纪人夸他的约会策略很明智。

---

① 大卫·马梅特（David Mamet），美国剧作家、导演，1947年生，代表作有《拜金一族》（*Glengarry Glen Ross*）、《美国野牛》（*American Buffalo*）等。

"没有什么策略，"阿瑟回答说，"我跟她们约会就是因为喜欢她们。"

"那当然了，"经纪人说，"我就是想说，这么做有益无害。"

他与那些女人约会，真的是因为喜欢她们，还是因为他有意无意地都在为事业考虑？他没想到的是，这个问题竟然一直阴魂不散地纠缠着他。

这一年阿瑟三十六岁，那么米兰达就是二十四岁。他现在成了家喻户晓的名人，但这种出名并不令他愉快。他并没有指望自己会出名，尽管他二十多岁的时候和大家一样，都暗暗盼着出名。而如今他出名了，他却不知道该如何是好。出名带来的主要是尴尬。比方说，他在多伦多的日耳曼酒店办理入住，前台的年轻女人对他说，他能住在这里真是太荣幸了——"我这么说您别介意，我就是特别喜欢那部侦探电影。"遇到这种情况，他总是不知道该怎么回应。他确实看不出对方是真的喜欢那部侦探电影还是跟他客套，又或者是想跟他上床，也可能是同时出于两三种原因。因此他只能笑着表示感谢，心里不知所措，眼睛不知道往哪儿看好，然后接过房卡，转身走向电梯，同时感觉她的目光一直追随着自己。他装出有事在身的样子，同时又要透露出一种心态——他既没注意也不关心大堂里有一半的人都在注视自己。

一进到房间，他就坐在床上，觉得松了一口气，周围只有他一个人，没人盯着他看。但在这种时候，他又总觉得有点儿迷茫，隐隐地有些灰心丧气，有些若有所失。接着，他一下子知道该怎么做了。他拨通了自己存了多年的手机号码。

14

阿瑟·利安德又一次打来电话的时候，米兰达正在上班。她在一家叫海王星物流的航运公司当行政助理。白天她就待在老板办公室门外的私人接待区，安静地坐在一张马蹄铁形状的办公桌后面。她的老板是个年轻的高管，名叫莱昂·普雷万特，他的办公室几乎总是关着门，因为他经常出差。米兰达的办公桌旁边是连绵的灰色地毯，还有一面玻璃墙，正对着安大略湖。她的工作不多，偶尔会占用一两个小时的时间，因此她常常用整个下午来画画——她正在创作一个图像小说系列。长长的茶歇时间里，她喜欢站在玻璃墙边眺望湖面。每次站在这儿，她都有种悬空的感觉，就像在城市上空漂浮着。湖水毫无波澜，地平线被一座座玻璃大厦框了起来，微小的船只在远处漂过。

轻柔的提示音响起，这是收到电子邮件了。很长一段时间里，她这个职位上安排了一个不称职的临时雇员。"我们烦恼的冬天。"[1]莱昂·普雷万特是这么形容的。于是莱昂把自己的行程安排外包给下属汉娜的行政助理西娅。西娅散发着干练的职场范儿，总是无可挑剔，让米兰达暗暗敬佩。刚才的邮件就是西娅转发给她的莱昂下个月去东京的航班确认单。在西娅面前，米兰达总觉得自己衣衫褴褛、蓬头垢面。她的卷发总是朝四面八方支棱着，而西娅的头发总是那么亮泽服帖；她的衣服总是不大得体，而西娅的穿着总是完美无缺。米兰达的口红不是太艳就是太暗，鞋跟不是太高就是太低。她每双丝袜都破了洞，配哪双鞋要讲策略。她的鞋子后跟都磨掉了色，她都用记号笔仔细地涂抹过。

　　衣服是个问题。米兰达的大部分通勤装都是从央街附近的一家折扣店买来的。在试衣间的灯光下看起来都没问题，回到家才发现根本不行，黑裙子的腈纶料子太扎眼，合成纤维的衬衫总是讨厌地往身上贴。每一件衣服都不上档次，又高度易燃。

　　"你是个艺术家啊，"这天早上，她正试着用不同的打底搭配一件洗缩水的衬衫，她的男朋友巴勃罗说，"你干吗要遵从什么狗屁职场着装规范？"

　　"因为工作需要。"

　　"可怜的职场宝贝，"他说，"在机器里迷失了。"巴勃罗动不动就说起有比喻意义的"机器"，还有"大人物"。他有时候还会把两者放在一起说，比如"大人物就希望咱们这样，就是要困在职场机器里才好"。他们是在学校里认识的。巴勃罗比她早一年毕业，起初他的事业好像前途一片光明，所以在他的劝说下，米兰达辞掉了服务生的工作。他有一幅画卖了一万美元，接着一幅更大型的作品卖了两万一千美元，他踌躇满志地要成为"未来之星"。可

---

[1] 莎士比亚戏剧《理查三世》中的台词。

是接着他的一个作品展被取消了，之后的一年里，他一幅作品也没卖出去，真的是没有一点儿进账。于是米兰达就和一家临时工中介签了合同。没多久，她就走进了一座高楼，坐在了莱昂·普雷万特办公室门外的办公桌后面。"坚持一下，宝贝，"这天早上，巴勃罗看着她换衣服的时候说，"你知道这都是暂时的。"

"是啊。"她应道。自从她和临时工中介签了合同，他就一直这么说。但她没有告诉他，上岗六周之后，她就从临时雇员转成了正式员工。莱昂很喜欢她。他说自己很欣赏她总是那么冷静，总是那么处变不惊。他偶尔在办公室的时候，甚至还这么介绍她："这是我处变不惊的助理米兰达。"这句夸赞让她高兴极了，尽管她不大愿意承认。

"我会把那些新画都卖掉的。"巴勃罗说。他半裸着身子躺在床上，摊开四肢，像个海星。她起床之后，他总喜欢看看自己究竟能睡下多大的地方。"你知道回报的日子总会来的，是吧？"

"当然。"米兰达说着，决定放弃衬衫，想找一件能充当通勤装的 T 恤，搭配那件二十美元的西装外套。

"上次的展基本上没一个人卖出作品。"他接着说，这会儿主要是自言自语了。

"我知道这是暂时的。"虽然她嘴上这么说，但她有一个秘密：她不希望这种生活状况结束。她永远无法告诉巴勃罗，其实她更喜欢待在海王星物流而不是待在家里，因为他厌恶一切和职场有关的东西。家是一套光线昏暗的小公寓，尘絮越积越多，走廊很窄，因为巴勃罗那些画都靠墙放着，客厅窗户有一半都被一只画架挡住了。她在海王星物流的工作环境到处是简洁的线条和隐藏式照明。她能连续几个小时扑在那个永无止境的项目上。在艺术学校的时候，他们谈起坐班，总觉得生不如死。她无论如何也想象不到，坐班会是她生活中最平静、最井然有序的那部分。

　　这天上午，她收到了西娅发来的五封邮件，都是莱昂这次去亚洲出差的航班和酒店确认单。米兰达花了点时间核对亚洲的行程。先去日本，之后去新加坡，最后去韩国。她喜欢查看地图，想象自己也去那些地方旅行。她还从来没离开过加拿大呢。巴勃罗没有工作，也卖不出一幅画作。她只能偿还学生贷款的最低利息，勉强交上房租。她把新加坡飞首尔的航班信息加到行程里，再次核对一遍其他的确认单号，随后便发觉自己当天的任务就做完了。这时候是上午九点四十五分。

　　米兰达看了一会儿新闻，又花了点时间研究朝鲜半岛的地图。接着，她发现自己一直呆望着屏幕，心思都飘到了她那个项目里的世界，她的图像小说，她的漫画系列，不管怎么叫，总之是她从艺术学校毕业之后就一直在做的东西。她拉开办公桌最上面的抽屉，拿出了藏在一沓文件下面的素描本。

　　"第 11 号站"项目里有好几个重要人物，但主人公只有十一博士。他是一个出色的物理学家，论相貌，神似巴勃罗，除此之外都和他截然不同。十一博士生活在未来，从不发牢骚。他风度翩翩，偶尔毒舌。他不酗酒。他无所畏惧，不过没什么女人缘。他的名字取自他所生活的空间站。一个来自附近星系的敌对文明控制了地球，并奴役了地球上的人。几百名反叛者设法偷了一个空间站，并逃了出来。十一博士和他的同事们带着第 11 号站穿过虫洞，藏身于未知的深空中。这些都发生在一千年后的未来。

　　第 11 号站大小相当于月球，外观就像一颗行星。不过这颗"行星"能够在星系之间穿梭，并且不需要太阳。但是，空间站的人造天空在战争中损坏了，因此第 11 号站的表面永远是日落、黄昏或者黑夜。控制第 11 号站海平面的几个重要系统也遭到了破坏，因此陆地都被淹没了，只有昔日的山峰露在水面上，成了一连串岛屿。

空间站内出现了分裂。在经历了十五年一成不变的黄昏后，一些人唯一的心愿就是回家。他们想返回地球，祈求赦免，在外星人的统治下讨生活。他们住在暗海，那是一大片彼此连通的辐射掩护所，就在第 11 号站的大海下面。现在他们有三百个人。米兰达正在画的那幅场景中，十一博士和他的导师罗纳根上校一起坐在一只小艇上。

十一博士：这片水域很危险。我们下面有一道暗海大门。
罗纳根上校：你应该试着去理解他们。（后面一格是他的脸部特写。）他们只是想再次见到阳光罢了。你能责怪他们吗？

这两格之后，她想好了，需要接一幅满版跨页。她已经把这一页画好了，几乎闭上眼睛就能看见它夹在家里的画架上。海马是一种铁锈色的庞然大物，盘子般大的眼睛十分空洞。它一半是动物，一半是机器，脑袋一侧的无线电发射机闪着蓝光。海马悄无声息地在海里游走，美丽而又诡异，一个来自暗海的人骑在它弯曲的脊背上。整幅画都漫在深蓝色的海水里，只在最顶上留下宽约一英寸①的空间。水面上，十一博士和罗纳根上校坐在划艇上，在深空陌生的星群下显得那么渺小。

---

① 1 英寸约为 2.54 厘米。

她和阿瑟再次见面的那天下午，巴勃罗打了她办公室的座机电话。下午四点是茶歇时间，她刚喝了几口咖啡，画了几格线稿，讲述十一博士如何挫败暗海组织破坏空间站反应堆，迫使他们返回地球的最新阴谋。她一听到巴勃罗的声音，就知道这通电话来意不善。他问她什么时候回家。

"八点左右吧。"

"我就是不明白，"巴勃罗说，"你究竟给那些人做什么？"

她用手指绕着电话线，看着她刚刚画好的场景。十一博士在第 11 号站主反应堆旁边的地下通道里截住了他的暗海死对头。一个文字气泡：这是在发什么疯？

"这个嘛，我帮莱昂安排行程，"最近有很多来意不善的电话，她试着借此来磨炼耐心，"我帮他处理费用报告，有时候还替他发发邮件，偶尔也发信息。我还负责归档。"

"然后你一整天的时间就这么没了。"

"当然不是了。这件事我们讨论过的，傻瓜。我其实有很多时候都闲着。"

"那你'闲着的时候'都做什么，米兰达？"

"巴勃罗，我在弄我的项目。我不明白你为什么要用这么难听的语气。"但麻烦的是，她心里并不在乎。这种对话曾经一度把她气得直哭，但现在，她转了转椅子，望向湖面，心里想着搬家的货车。她可以打电话请个病假，收拾好自己的东西，几个小时就可以搬家走人。有时候必须做个了断。

"……一天十二个小时，"他说，"你总是不在家。你早上八点出门，晚上九点才回来，有时候连周六也要过去，而我就只能……唉，我不知道，米兰达，假如你是我，你会怎么说？"

"等一下，"她说，"我才意识到你为什么打的是座机。"

"什么？"

"你是为了确认我确实在这儿，是不是？所以你才没有打我的手机。"她气得发抖，她没想到自己会这么生气。房租是她一个人交的，可他还要确认她确实在上班。

"我在说工作时间的事。"他说完顿了一顿，让这句话添了几分指责的意味。

"好吧，"她说，有件事她非常擅长，那就是在生气的时候让声音保持平静，"我之前也说过了，莱昂雇我的时候说得很清楚。他出差的时候，我要在办公桌旁待到晚上七点，而且只要他在这儿，我就也要在这儿。他周末过来的时候会给我发短信，所以我也要过来。"

"哦，他给你'发短信'啊。"

现在的问题是，这样的对话让她厌烦得要命，她还厌烦巴勃罗，以及在贾维斯街的公寓的厨房。她知道巴勃罗就站在厨房里，因为他打电话发脾气的时候一定是在家里。两个人有一点共同之处，那就是他们同样反感在路边哭哭啼啼，对着电话大喊大叫，反感在公共场所处理乱七八糟的私事。而公寓里就属厨房信号最好。

"巴勃罗，这就是一份工作而已。我们需要这笔钱。"

"你眼里就只有钱，是不是？"

"我们的房租就是这么来的，你知道的吧？"

"你是想说我没尽到本分吗，米兰达？你是不是这个意思？"

她实在听不下去了。她把听筒轻轻地挂在听筒架上，忍不住纳闷自己为什么之前没有发觉——比如说八年前，他们刚开始约会的时候——巴勃罗很小气。没过几分钟，他的电子邮件就追过来了。邮件主题是"什么鬼"。正文是这么写的："米兰达，到底怎么回事？你好像莫名其妙地对我不满，有点儿被动攻击。怎么了？”

她没有回复，直接关掉邮件，在玻璃墙边站了一会儿，眺望湖水。她想象着湖水上涨，淹没街道，贡多拉船在金融区的高楼之间穿梭，十一博士站在一座高高的拱桥上。

就在她这么站着出神的时候，手机响了。这是一个她不认识的号码。

她接起电话。“我是阿瑟·利安德，”他说，“我能再请你吃一顿午餐吗？”

“改成晚餐怎么样？”

“今天晚上吗？”

“你有事要忙吗？”

“没有，”他回答说，他坐在日耳曼酒店的床上，琢磨怎么推掉晚上和导演的聚餐，“什么事也没有。请你吃饭是我的荣幸。”

她打定主意，既然是这种情况，也就没必要打电话告诉巴勃罗了。莱昂那儿有个小任务，他马上要坐飞机去里斯本；她找到了他需要的那份文件，用电子邮件给他发了过去。之后她又回到了第 11 号站的世界。这几格画的是暗海，人们在洞穴般的房间里不声不响地工作。他们一辈子都活在忽明忽暗的光线下，时时刻刻都惦记着头上深不可测的海水，痛恨十一博士和他那些同事让第 11 号站永远在深空漂泊。（巴勃罗发来短信：“？？你收到我的邮件了吗？？？”）他们始终都在等待，这些暗海的居民。他们一生都在等待生活重新开始。

米兰达不知不觉画出了莱昂·普雷万特的接待区，但她好一会儿才发觉。草原般广阔的地毯、办公桌、莱昂关闭的办公室大门、玻璃墙、办公桌上的两个订书机——她怎么会弄出两个来？——还有通向电梯和洗手间的几道门。她想表现出这里的宁静与雅致，因为她最愉快的时光就是在这里度过的。不过玻璃墙外换成了另一片风景——黢黑的岩石和高高的桥梁。

"你总是把一半心思都用在'第 11 号站'上，"大概一周前他们吵了一架，巴勃罗这么说，"可我甚至都不明白那个项目。你做这个东西究竟是为什么？"

他对漫画完全没兴趣。他不明白严肃的图像小说和周六上午那些大眼睛崔弟鸟与笨手笨脚的猫咪卡通有什么区别。清醒的时候，他觉得她在浪费才华；喝醉之后，他又说她谈不上有什么才华可挥霍，但过后他又会为这句话道歉，有时候还边说边哭。他已经一年零两个月没卖出过作品了。当时她想再次开口和他解释自己的项目，但话到嘴边又咽了下去。

"你不用明白，"她最后说，"这是我的东西。"

她和阿瑟见面的那家餐厅以清一色的乌木配柔和的灯光，天花板是一道道拱形和穹顶。我用得上，她暗想。她坐在餐厅里等阿瑟，想象着暗海也有一个这样的房间，他们从空间站被淹没的森林里打捞木料，建造了一个地下室。她后悔没把素描本带来。晚上八点零一分，巴勃罗发了一条短信："我在等你。"她把手机关了，丢进了手提包里。

阿瑟气喘吁吁地赶来了，连声道歉。他迟到了十分钟，因为出租车堵在了路上。

"我在画一本漫画，"他问起她的工作时，她这么回答，"也可能是一个图像小说系列。我现在还没想好。"

"你怎么会选择这个形式？"他的兴趣似乎是发自内心的。

"我小时候看了好多漫画。你看过《卡尔文与霍布斯》^①吗？"阿瑟聚精会神地望着她。他看着很年轻，她心里想，不像是三十六岁了。和七年前吃午饭的时候相比，他看上去只是略微老了些。

"当然看过了，"阿瑟说，"我很爱看《卡尔文与霍布斯》。我最好的朋友那儿有一摞，我们是一起长大的。"

"你朋友也是岛上的吗？说不定我也认识他。"

"她是女孩，叫维多利亚。十五年前她举家搬到托菲诺去了。你刚才说到《卡尔文与霍布斯》？"

"是，没错。你还记得太空人斯毕夫吗？"

她尤其喜欢那些分镜。斯毕夫开着飞碟从外星的天空飞过，小小的太空人戴着护目镜，坐在飞碟的玻璃圆顶下面。画面通常很好笑，同时也很美。她对阿瑟说起在艺术学校念了一年之后回德拉诺岛过圣诞节的事。她那个学期一无所成，尝试的摄影也屡屡受挫。她拿起一本陈旧的《卡尔文与霍布斯》翻看，然后想，就是它了。那红色沙漠的景观，那挂着两个月亮的天空。她开始琢磨这种形式，琢磨宇宙飞船、星星和外星球。但又过了一年，她才创造出第 11 号站的美丽残骸。阿瑟隔着桌子注视着她。这顿晚餐一直吃到很晚。

"你还跟巴勃罗在一起吗？"他问。他们走到街上，他打到一辆出租车。有些事情已经注定，虽然他们两个谁都没有明说。

"我们打算分手了。我们性格不合适。"她大声说了出来，所

---

① 《卡尔文与霍布斯》（*Calvin and Hobbes*），又译《卡尔文与霍布斯虎》，美国漫画家比尔·沃特森（Bill Watterson）创作的漫画系列，讲述六岁男孩卡尔文和他的布老虎霍布斯的故事。

以就成真了。他们上了出租车，在后座上接吻。他一只手贴在她背上，引她穿过酒店大堂。她在电梯里亲吻他，跟着他进了房间。

巴勃罗晚上九点、十点、十一点都发了短信：

> 生我的气了？
> ？？
> ？？？

她回复了一条：晚上住在朋友这儿，明天回家再谈。引来的是：

> 算了，干脆别回家了。

她看着第四条短信，有一种奇怪的眩晕感。念头浮现，是关于自由和即将到来的解脱的。没有什么东西是我放不下的，她想，我可以重新开始，"第11号站"会一直陪着我。

早上六点，她打车回到贾维斯街上的家。"我今天晚上想见你。"她吻别阿瑟的时候，他说。他们说好下班之后在他的房间里见面。

公寓幽暗而安静。水槽里堆着碗碟，炉子上的煎锅里粘着食物残渣。卧室的门关着。她收拾了两箱行李，一个装衣服，一个装绘画用具，十五分钟就收拾好了走人。她在海王星物流的员工健身房里冲了澡，从行李箱里拿出一套压得有点儿发皱的衣服，一边化妆，一边和镜子中的自己对视。我没什么可后悔的——这句话来自互联网的迷雾。我是个狠心无情的人，她想。然而，心中有愧的她知道这并不属实。她知道世界上到处都是能让她流泪的陷阱，她知道每次有人向她讨零钱而她不给的时候，她就死去了一点点。这意味着她太软弱，不适合这个世界，也许只是不适合这个城市，她感觉自己在这里是那么渺小。泪水已经涌上眼眶。米兰达很少对什么事有把握，但有一点她很肯定，逃避困难是不光彩的。

"我说不好。"半夜两点的时候，阿瑟说。他们躺在日耳曼酒店那张大得夸张的床上。他还要在多伦多待三周，之后就回洛杉矶。她很想相信他们正沐浴在月光下，但是她知道，窗外透进来的十有八九是灯光。"你能说追求幸福是不光彩的吗？"

"和别人同居的时候还和电影明星上床，这事本身肯定说不上'光彩'吧。"

"电影明星"这个字眼让他不自在，他微微地动了动身子，在她额头上亲了一下。

'我上午要回一趟公寓，再拿几件东西。"她说。这时候是凌晨四点左右，她在半梦半醒之间。她想起了夹在画架上的一幅画，画中一只海马从暗海游上来。他们在讨论种种计划。事情很快就定下了。

"你觉得他不会做什么糊涂事吧？我是说巴勃罗。"

"不会，"她说，"他什么都不会做，除了可能会大吼大叫。"她困得睁不开眼睛。

"你肯定？"

他等着她回答，但她睡着了。他吻了吻她的额头，她喃喃地说了一句什么，但是没有醒来。接着，他拉起羽绒被，替她盖上裸露的肩膀，关上电视，最后关了灯。

15

后来他们在好莱坞山买了一所房子，还养了一条博美犬。米兰达晚上呼唤它的时候，它就像一个小小的幽灵一样闪闪发光，在院子尽头的黑暗中露出一抹白影。街上总会有摄影师跟拍阿瑟和米兰达，这些人让米兰达感到精神焦虑又紧绷。阿瑟的名字现在总出现在电影名上方的位置。三周年纪念日那天晚上，他的面孔同时出现在北美大陆各地的广告牌上。

今天晚上他们办了一场晚宴，博美犬露利在日光室里观察着宴会。它因为在桌子旁边讨吃的被关了禁闭。米兰达每次从桌子上抬起头，都能看见露利隔着法式玻璃门向外面张望。

"你家的狗真像一块棉花糖。"加里·赫勒说，他是阿瑟的律师。

"这个小家伙真是太可爱了。"伊丽莎白·科尔顿说。她的面孔和阿瑟的一起印在那些广告牌上，笑容灿烂，烈焰红唇。不过银幕之外的她没有涂口红，看起来紧张又腼腆。她美得让人一见她就忘了自己要说什么。她说话轻声细语的，大家总是得把身子靠过去才能听见她在说什么。

今天晚上一共请了十位客人，都是熟人，聚在一起庆祝结婚三周年和上映首周末的票房成绩。"一石二鸟。"阿瑟是这么说的。但是晚上的气氛有些不对劲，米兰达感觉越来越难以掩饰内心的不安。为什么庆祝结婚三周年要请夫妻二人之外的人？我家的桌子旁边怎么坐了这么多不相干的人？她和阿瑟分别坐在桌子两端，不知为什么，她一直没能和阿瑟对视。他和每个人都有交谈，就是没和她说话。好像没人注意到米兰达一直没怎么说话。"我希望你能再费点儿心尝试一下。"阿瑟跟她说过一两次，但是她清楚，她永远都不属于这里，她再怎么费心尝试也没有用。这些人和她不属于一个世界。她被困在了一个陌生的星球。她尽力装出处变不惊的样子，心里则一片慌乱。

一小支服务员队伍在桌子旁来回运送盘子和酒水。晚宴结束的时候，厨房里会留下几张大头照，可能还有一两个剧本。玻璃另一边的露利正盯着从赫勒妻子的那份甜点上掉下去的草莓。米兰达紧张的时候记性就会很差，这种情况常常发生在认识圈内人或者办晚宴时。尤其是给圈内人办晚宴时。比如她无论如何也记不住赫勒妻子的名字，尽管她今天晚上至少听过两次了。

"哦，是很抓人，"只听赫勒妻子说，米兰达没有听到上文，"我们在那儿待了整整一周，每天就只是去冲浪。确实能陶冶情操。"

"你说冲浪吗？"坐在她旁边的制片人问。

"你准想不到吧？就是每天都去海上，天地间只有你、海浪和一个私教，最大的感受真的就是专注。你冲浪吗？"

"我很想去，可惜最近办学校的事实在太忙了，"制片人说，"其实呢，也许应该叫孤儿院，是我去年在海地弄的一个小项目。不过重点是让他们接受教育，而不仅仅是让那些孩子有地方住……"

"我不知道啊，我没参与他的项目什么的，"阿瑟聊得正投入，和他说话的是去年在一部电影里扮演他弟弟的演员，"我从来没见过那位老兄，不过我听几个朋友说他很喜欢我的作品。"

"我见过他几次。"那个演员说。

米兰达屏蔽了双耳边同时进行的对话，抬头看向露利，它也正在玻璃后面望着她。她想带露利一起出去，一直待在后院，等这些人离开了再回来。

午夜时分，甜点盘子撤掉了，但是谁都没有离开的意思，桌子周围弥漫着酒足饭饱的慵懒。阿瑟和赫勒聊得正起劲。赫勒那名字不详的妻子神情恍惚地注视着枝形吊灯。

克拉克·汤普森也在，他是阿瑟认识最久的朋友，也是晚宴上除米兰达之外唯一一个和电影行业无关的人。

"不好意思，"只听一个叫特施的女人对克拉克说，"你具体是做什么的？"特施大概就是那种把无礼当犀利的人。她四十岁上下，戴着一副严肃的黑框眼镜，米兰达莫名觉得她像是建筑师。今天晚上米兰达是第一次见到她，也不知道她是做什么的，不过显然特施是圈内人，兴许是电影剪辑师？让米兰达不解的还有特施这个名字：特施究竟是名字还是姓氏？又或者是个艺名，就像麦当娜？不是名人也能用艺名吗？莫非特施其实特别有名，晚宴上只有米兰达一个人不认识她？对了，好像很有可能。就是这些事让她坐立不安。

"我是做什么的？恐怕不怎么光鲜亮丽。"克拉克是英国人，又瘦又高，打扮得很优雅，总是一身复古西装加匡威帆布鞋，搭配一双粉红色的袜子。今天晚上他带来了一份礼物，一块美丽的玻璃镇纸，是从罗马一家博物馆的礼品店买来的。"我的工作和电影行业完全不沾边。"他说。

"哦，"赫勒妻子说，"我觉得很了不起呀。"

"这倒是很与众不同，"特施说，"不过并没怎么缩小范围，是不是？"

"咨询管理。总部在纽约，新客户在洛杉矶。我的专长是维护和修理出了问题的高管。"克拉克抿了一口酒。

"说人话行吗？"

"雇我的那家公司有个理论，"克拉克说，"要是一个老板觉得手下的高管在某些方面有价值，但在另一些方面存在严重缺陷，那么有时候更便宜的做法是'修'好他，而不是换掉他，或她。"

"他是个组织心理学专家，"阿瑟从桌子尽头的对话中冒了出来，"我还记得他当时回英国念的博士。"

"博士，"特施说，"真是循规蹈矩。——那你呢？"她转头问米兰达，"你的作品进展如何了？"

"很顺利，谢谢。"米兰达把大部分时间都用在了"第11号站"项目上。她从八卦博客上得知，这里的人都把她看作一个异类。那个会画漫画的演员妻子，总是神神秘秘的，从来没有人看过她画的是什么。"我太太不喜欢谈论她的作品。"阿瑟在采访里是这么说的。她不开车，喜欢在一个没有人会步行出门的地方散步很久，没有朋友，只有一条博美犬作伴。不过最后这一点真的有谁知道吗？但愿没有。八卦博客里从来没有提过她没有朋友，她对此心存感激。她希望别人眼中的她没有自己想的那么格格不入。伊丽莎白·科尔顿又在以那种光彩夺目的模样看她。伊丽莎白总是不打理头发，但偏偏又那么楚楚动人。她那双眼睛是纯粹的蓝。

"很精彩，"阿瑟说，"我说真心话。等哪一天她把作品展示给世人，到时候我们就会说我们很早就认识她了。"

"什么时候能完成？"

"快了。"米兰达说。这话是真的，现在不需要那么久了。近几个月里，她总觉得就要收尾了，尽管故事分出了十几条支线，大多数时候就像一团乱七八糟的线头。她想迎上阿瑟的目光，但他正望着伊丽莎白。

"完成之后你有什么计划？"特施问。

"我也不知道。"

"你肯定想出版吧？"

"米兰达对这个话题的感情比较复杂。"阿瑟插嘴说。是米兰达想象出来的吗？他好像故意不去直视她。

"哦？"特施笑了笑，挑起眉毛。

"对我来说，创作本身才是最重要的，"米兰达意识到这句话听起来很矫情，但如果这就是真心话，那还算矫情吗？"出不出版不重要。"

"我觉得这样很棒，"伊丽莎白说，"就好比说，关键在于世界上有这样一个东西，对吧？"

"可那有什么意义？"特施问，"费了那么多功夫，却没有一个人看见。"

"我获得了快乐。我能静下心来，每天花几个小时在上面。别人看没看见，对我来说其实无所谓。"

"啊，"特施说，"真让人佩服。对了，这让我想起我上个月看过的一个纪录片，是捷克的一部小片子，讲一个界外艺术家一生都拒绝展示她的作品。她住在布拉哈，还——"

"哦，"克拉克插嘴说，"我相信用英语的时候，可以直接说布拉格。"

特施好像一下子不会说话了。

"那个城市真的很美，是吧？"伊丽莎白微笑的时候，她周围的人也会不自觉地跟着微笑。

"啊，你去过？"克拉克问。

"几年前我在加州大学洛杉矶分校修过几门艺术史课。期末的时候我去了一趟布拉格，去欣赏书上提到的几幅画。那里有很深的历史积淀，不是吗？我当时很想搬到那儿住。"

"因为历史吗？"

"我是在印第安纳波利斯的郊区长大的，"伊丽莎白说，"在我们住的那个街区，最古老的建筑也才建了五六十年。能住在一个很有历史的地方，想想就觉得很吸引人，不是吗？"

"今天，"赫勒说，"我要是没记错，今天是结婚纪念日吧？"

"是的，"阿瑟说，大家都举起了酒杯，"三周年。"他微笑着看向米兰达左耳的方向。她回头看了一眼，等再回过头来，他的目光已经移开。

"你们是怎么认识的？"赫勒妻子问。米兰达很早就发现，好莱坞的特点是，基本上每个人都是西娅，是她在海王星物流的前同事。基本上每个人都穿着恰到好处的衣服，剪着恰到好处的发型，一切都恰到好处，而米兰达手忙脚乱地跟在后面，穿着不合适的衣服，顶着乱蓬蓬的头发。

"哦，恐怕这算不上天底下最激动人心的邂逅。"阿瑟的声音透着几分不自然。

"我觉得凡是邂逅都很激动人心。"伊丽莎白说。

"你比我有耐心多了。"克拉克说。

"我觉得'激动人心'倒是算不上，"赫勒妻子说，"不过的确是很美好的，我是说邂逅。"

"不是的，我就是想说，如果凡事皆有因，"伊丽莎白坚持己见，"我个人是相信有，那么每次我听到两个人走到一起的故事，就像是知道了冥冥之中的安排。"

这句话引来一阵沉默，一个服务员帮米兰达续了一杯酒。

"我们来自同一个小岛。"米兰达说。

"哦，就是你跟我们提过的那个小岛啊，"一个电影公司的女人对阿瑟说，"长满了蕨！"

"所以你们来自同一个小岛，然后呢？然后呢？"说话的人是赫勒，他正看着阿瑟。不是每个人都在聆听。桌子周围的聊天汇成了一个个水塘和漩涡。赫勒的皮肤晒成了橙色。传言他晚上不睡觉。玻璃门的另一边，露利换了个位置，让人更能看清那颗掉在地上的草莓。

"失陪一会儿，"米兰达说，"我得把狗带出去遛一遛。相识的故事阿瑟讲得比我好多了。"她逃进日光室，再穿过另一扇法式门，来到后院的草坪上。自由了！外面是宁静的夜晚。露利蹭着她的脚腕子，融进黑暗里。后院不大，他们的房子是顺着山坡建的，一个小发射台那么大的草坪上堆满了落叶。园丁白天来过，是为晚宴做准备，空气中弥漫着湿润的土腥气和新修剪过的青草味。她转身面对着餐厅，她知道，里面的人只能看见玻璃上重叠的影子，看不见她。两扇门她都留了一条缝，好能听见里面的谈话。此刻，阿瑟的声音传到了院子里。

"就这样，晚餐吃得很愉快，接着第二天晚上，"他说，"我拍了十二个小时的戏，回到日耳曼酒店，坐在房间里等米兰达，好带她去吃晚餐。这是连续两天了。我开着电视机，半睡半醒。这时候我听见了敲门声，然后——瞧啊！她又出现了。不过这一次有一个小小的不同。"他顿了一顿，留一个悬念。她这会儿看见露利了，小狗正在草坪尽头追寻什么神秘的气味。"这一次，真要命，那姑娘把所有的家当都带来了。"

一片笑声。在阿瑟口中，这个故事很有趣。她拖着两个行李箱出现在他的酒店房间门口，穿过大堂的时候显得那么自信，别人都以为她就是酒店的客人。（母亲给过她的最好的建议是："要拿出主人的气势。"）她含糊地说自己要搬去酒店住，询问阿瑟介不介意她把行李箱暂时放在这儿，而他们先去吃饭。但是阿瑟已经动了情，他吻着她，和她上了床。两个人当晚根本没出酒店。阿瑟让她暂时先住几天，而她一直没有搬出去——他们就这样走到了现在，住在了洛杉矶。

但他讲的故事并不完整。他没有告诉围坐在桌旁的客人，她第二天早上又回了一趟公寓，去拿一张她想要的画，一张忘在了绘图桌上的水彩画。而巴勃罗醒着，正在等她，他喝多了，哭个不停。她回到酒店的时候，脸上多了一块淤青。他没有告诉那些客人，他那天把她带去了片场，对外人说她是自己的表妹。而她打电话请了病假，一整天就待在他的保姆车里看杂志，努力不去想巴勃罗的事。阿瑟穿着演出服进进出出，披着一条长长的红色天鹅绒斗篷，还戴着一顶王冠。他的样子是那么雍容华贵。那一天，他每次望向她，她都感觉胸口一紧。

晚上，他收工，司机送他们去了市中心的一家餐厅。他坐在桌子对面，戴着一顶多伦多蓝鸟队的棒球帽，看起来就是个普通人。米兰达注视着他，心里想，我更喜欢你戴着王冠。当然，她绝不会对他说出来。三年半之后，她站在好莱坞山的院子里，好奇客人里面有没有人看到第二天早上登在八卦小报上的照片。当时他们刚从餐厅里出来，阿瑟一只手搂着她的肩膀，米兰达戴着墨镜。阿瑟被闪光灯晃得睁不开眼睛，谢天谢地，米兰达也因此曝光过度。镜头捕捉到她的那一刻，她脸上的淤青消失了。

"这个故事很温馨。"不知是谁说了一句，阿瑟也说是。他倒了一杯酒，举起酒杯，敬她："敬我才貌双全的妻子。"但是米兰达从屋外望去，看到了一切：伊丽莎白突然定在那里，垂下目光；阿瑟感谢每一个人来家里做客，和每一个人对视，唯独没看伊丽莎白；她在桌子底下轻轻地碰了一下他的大腿。这一刻，米兰达突然明白了。太迟了，已经有一阵子了。她吸了一口气，气息有些不稳。

"故事很精彩，"赫勒说，"你太太去哪儿了？"

也许她可以绕到房子前面，从大门溜进去，神不知鬼不觉地躲进画室，然后给阿瑟发短信说自己头疼，这样行得通吗？她从玻璃门前退开几步，走向草坪中央，那里阴影最浓。从这个角度看，晚宴就像一个微型立体布景——白色的墙面、金色的灯光、富有魅力的人们。她转过身，去寻找露利。小狗在草丛里嗅来嗅去，杜鹃丛底下的什么气味让它兴奋不已。就在这时，米兰达听见身后的玻璃门关上了。是克拉克出来抽烟。她想好了，要是有人出来，她就假装在找小狗，不过克拉克什么也没问。他轻轻敲了敲手掌上的烟盒，接着递了一支烟过来，从头到尾什么也没说。

她踩着草地走过去，接过烟，凑过身子，让他帮忙点着，接着一边吸烟，一边观察屋子里的晚宴。阿瑟正在大笑。他的手漫不经心地碰到伊丽莎白的手腕，过了片刻才挪开，替她续杯。为什么伊丽莎白要挨着他坐？他们怎么能这么明目张胆？

"这场面可不好看，是吧？"

她想否认，但克拉克语气里的某种东西让她把话咽了下去。难道每个人都知道了？"这话是什么意思？"她问，但她的声音直发颤。

克拉克瞥了她一眼，接着转过身，背对着那幅场景。过了一会儿，她也转过身。船沉了，再看下去也得不到什么。

"抱歉，刚才我对你的客人很无礼。"

"你说特施？拜托，不用为了我对她客气。我这辈子从来没见过她那么装腔作势的女人。"

"我见过更可怕的。"

她很久没抽烟了，她告诉自己抽烟令人厌恶，但实际上这是一种享受，而且比她记忆中的还美妙。每次吸进一口，烟头就在黑暗中亮成一个光点。她最喜欢晚上的好莱坞，万籁俱静，只有黑黢黢的树叶、阴影和夜间绽放的花朵，边缘柔和起来，散发着柔光的街道盘绕到山上。露利在他们附近徘徊，在草丛里咻咻地吸鼻子。今天晚上有星星，尽管能看见几颗，但大多数都被城市的雾霭遮住了。

"祝你好运，亲爱的。"克拉克轻声说。他的烟抽完了。等她转过身，他已经再次加入派对，坐回到原来的位子上。"哦，她正找小狗呢，"米兰达听见他在回答谁的问话，"估计一会儿就回来。"

十一博士有一条博美犬。她之前没有想到这一点，不过这个设定合情合理。他没什么朋友，要是没有一条小狗陪着，那就太孤单了。这天夜里，她在画室里画下了这样的场景：十一博士站在一块露出水面的岩石上，一个瘦削的剪影，软呢帽檐拉得很低。他眺望着汹涌的海面，身边站着一只白色的小狗，毛发随风飞舞。她画到一半才发觉，她给十一博士画的这条小狗就是露利的克隆。风力涡轮机在天边转动。十一博士的露利凝望着大海；米兰达的露利睡在她胳边的枕头上，在梦中抽动着身子。

米兰达这间画室的窗户对着侧院，院子里的草坪顺着山坡延伸到泳池。泳池旁边立着一盏20世纪50年代的灯，高高的深色灯柱，顶上是一弯新月，角度刚刚好，水里总能映出月亮的倒影。这所房子里她最喜欢的就是这盏灯，尽管她有时候会纳闷原来的主人为什么要把灯摆在那里。也许是一位红伶，非要时刻都能看到月光？也许是一个单身贵族，要借此打动那些年轻的小明星？大多数夜里，总有一段短暂的时间，能看到两个月亮并排映在水面上。假月亮因为离得近，又没有雾霭遮挡，几乎总是比真月亮要皎洁。

凌晨三点，米兰达起身离开绘图桌，走到楼下的厨房，给自己泡第二杯茶。只剩下一个客人没走。到了最后，每个人都喝醉了，不过还是爬进了豪车。就只有伊丽莎白·科尔顿，她默默地、决然地一杯接着一杯，但看起来并不以此为乐，最后她在客厅沙发上昏睡过去。克拉克拿走了她手里的酒杯。阿瑟从她的手提包里摸出车钥匙，扔进了壁炉架上一只不透明的花瓶里。米兰达帮她盖上毯子，又倒了一杯水放在旁边。

"我觉得我们应该聊聊。"米兰达对阿瑟说，这时候除了伊丽莎白，别的客人都走了。但是阿瑟手一挥就打发了她，跌跌撞撞地朝卧室走去，一边上楼梯一边说什么早上再聊。

房子里安静下来，她感觉自己像个外人。"这里的生活从来不属于我们。"她对小狗低语。露利跟了她一路，摇着尾巴，用那双湿润的棕色眼睛望着她。"它不过是我们借来的。"

客厅里，伊丽莎白·科尔顿还是昏睡不醒。即便是醉得不省人事，灯光下的她也还是那么迷人。厨房台面上多了四张大头照。米兰达一边等着水烧开，一边研究这几张照片，并且认出照片上的是晚上的四个服务员，不过样子更年轻，也更深沉。她在日光室里换上一双人字拖，走进凉爽的夜色中。她坐在泳池边上喝了一会儿茶，露利就陪在一边。她用脚撩着水，看着月亮的倒影荡漾着碎开。

街上传来响动，是车门关上的动静。"待在这儿。"她对露利说。小狗于是蹲在泳池边，注视着米兰达打开门，去屋前的车道查看。伊丽莎白的敞篷车停在那儿，在黑暗中闪着光。米兰达从车子旁走过的时候，指尖从车身上拂过，沾上薄薄的一层灰。一群飞蛾疯狂地扑向车道尽头的路灯。街上停了两辆车。一个男人倚着其中一辆，正在抽烟。另一辆车里，一个男人在司机座位上睡着了。米兰达认得这两个人，因为他们常常跟拍她和阿瑟，比别的记者都频繁得多。

"嘿。"抽烟的男人喊了一声，伸手去拿相机。男人跟她年纪差不多，留着络腮胡，黑头发挡住了眼睛。

"别拍。"她语气尖刻，对方犹豫了。

"这么晚了，你在外面做什么？"

"你要拍我吗？"

他把相机放低了一点。

"谢谢，"她说，"关于你的问题，我出来是想问问你还有没有烟。"

"你怎么知道我这儿有烟？"

"因为你每天晚上都在我家外面抽烟。"

"是一周六天，"他纠正说，"我周一休息。"

"你叫什么？"

"吉文·乔杜里。"

"那你能借我一支烟吗，吉文？"

"当然了，给。我原来不知道你抽烟。"

"我又开始抽了。有火吗？"

"这么说，"烟点着了，吉文紧接着说，"这是头一回。"

她没答话，只是抬头看着房子："从这儿看很漂亮，是吧？"

"是啊，"他说，"你的家很美。"这是在讽刺吗？她分不清。她也不在乎。她一向觉得这座房子很美，现在更是如此，因为她知道自己要离开了。以那些名字出现在片名上面的人的标准看，这座房子很朴素；但对她来说，这是她一辈子都不敢想象的豪宅。我这辈子再也不会有一所这样的房子了。

"你知道现在是几点吗？"他问。

"不知道，凌晨三点左右吧？可能三点半了？"

"伊丽莎白·科尔顿的车子为什么还停在车道上？"

"因为她是个酒疯子。"米兰达说。

吉文瞪大了眼睛："真的假的？"

"她喝多了，没办法开车。这话可不是我说的。"

"明白。不是你。谢谢。"

"不客气。你们这种人就是为这种八卦活着，是不是？"

"不是，"他回答说，"我只是'靠'这种八卦活着。比方说，我的房租就是这么来的。我'为'什么活着就是另一个答案了。"

"你为什么活着？"

"真与美。"他不动声色地回答。

"你喜欢这个职业吗？"

"我不讨厌。"

她险些要哭出来了："那你喜欢尾随别人喽？"

他大笑起来："这么说吧，这份职业符合我对工作的基本认识。"

"我没听懂。"

"你当然不懂了。你不需要靠工作来谋生。"

"拜托，"米兰达说，"我一辈子都在工作。我的学费就是靠打工赚来的。过去这几年是异常状态。"虽然她嘴上这么说，但她不由得想起巴勃罗。她靠巴勃罗养活了十个月，直到她意识到，等不到他卖出另一幅画，他们的钱就要花光了。在人生的下一个篇章，她暗暗决定，她要完全靠自己。

"算我没说。"

"不，我是真的很好奇。你对工作的认识是什么？"

"工作就是战斗。"

"这么说你讨厌你的每一份工作，你是这个意思吗？"

吉文耸了耸肩。他正在看手机，显得心不在焉，他的脸被屏幕映得发蓝。米兰达再次注视房子。她感觉自己像在做梦，现在梦随时会结束，只是她不确定她是想拼命醒来还是接着睡。伊丽莎白的车子呈长长的曲线，车身反射着一道道光亮。米兰达思考着告别洛杉矶之后能去哪儿，结果诧异地发觉，出现在脑海里的第一个地方居然是海王星物流。她怀念那里的秩序，怀念让她得心应手的工作、莱昂·普雷万特套间办公室里的凉爽空气，还有湖面的波澜不惊。

"嘿！"吉文突然喊了一声，米兰达转过身，手里的烟正要送到嘴里，相机的闪光灯让她措手不及。闪光灯又快速地闪了五次。她把烟丢在路边，快步从他身边走开，在门锁键盘上输入密码，从侧门溜了进去。第一道闪光灯的视觉残像还浮在眼前。她怎么能放松警惕呢？她怎么会这么蠢？

早上，她的照片就会出现在某个八卦网站上：天堂里的烦恼？阿瑟出轨的消息正传得沸沸扬扬，米兰达凌晨四点在好莱坞轧马路，脸上泪痕分明还在抽烟。旁边还配着照片，就是那张照片：凌晨时分，米兰达独自一人，眼睛里明显含着泪水，脸色苍白，头发乱翘，手指间夹着一根烟，嘴唇张开着，裙子滑落，露出了内衣肩带。

不过，先要熬过这一夜再说。米兰达关上门，在泳池旁边的石凳上坐了很久，浑身哆嗦。露利跳到石凳上，蹲在她旁边。最后，米兰达擦掉眼泪，带露利进了屋子。伊丽莎白还没醒，米兰达走到楼上，在卧室门外停下脚步，听了听动静——阿瑟鼾声大作。

她开门进了阿瑟的书房，这间书房就在画室对面，管家可以进出。阿瑟的书房整洁得令人发指。钢架玻璃桌上摆着四摞剧本。一把人体工学椅，一盏雅致的台灯。台灯旁边摆着一个扁扁的皮箱，上面有一个抽屉，拉手是一条丝带。她拉开抽屉，找到了寻觅的目标——一本黄色的美式拍纸本。她见过阿瑟在上面写东西。不过今天晚上只有他写给童年好友的一封信，而且没有写完：

> 亲爱的 V.，最近过得很离奇。感觉自己的生活就像
> 是一部电影。我实在太

后面就没有了。你实在太什么，阿瑟？是不是写到一半电话响了？这一页上面写的是昨天的日期。她把拍纸本原封不动地放回去，又用裙角擦掉桌子上的一个指印。她的目光落在克拉克晚上带来的礼物上，那是一块乌云密布的玻璃镇纸。

她拿起镇纸，感觉手心里沉甸甸的，很踏实。看着它就好像在凝视风暴的中心。关灯的时候，她告诉自己，她只是拿去画室，好把镇纸的样子画下来。但是她心里知道，她会永远留着它。

回到画室的时候，天快要破晓了。十一博士、背景、小狗，下方是文本框，写着十一博士的内心独白："罗纳根死后，每天的生活都显得格格不入。我变成了一个陌生人。"她擦掉了这段文字，重新写道："罗纳根死后，我感觉自己是个陌生人。"情绪好像对

了，但总觉得配这幅画面不太合适。这一格前面还要加一格特写，是暗海杀手在罗纳根上校的尸体上留下的字条："我们本不属于这个世界。让我们回家吧。"

下一格里，十一博士手里攥着这张字条，站在露出水面的岩石上，小狗立在他脚边。他在想：

> 杀手这张字条上的第一句话是有道理的：我们本不属于这个世界。我回到了我的城市、我破灭的生活和破碎的家园，还有我的孤独中，想要忘记地球生活的甜蜜。

太长了，也太做作。她擦掉这段文字，用软铅笔写道："我站在那里眺望破碎的家园，想要忘记地球生活的甜蜜。"

身后有动静——是伊丽莎白·科尔顿，她倚在门口，用两只手握着一只水杯。

"抱歉，"她说，"我不想打扰你的。我看见这里亮着灯光。"

"请进。"米兰达诧异地发觉自己更多的是好奇。她想起了在多伦多日耳曼酒店的第一个晚上，她躺在阿瑟身边，明白这是一个故事的开始。如今，故事的结局就站在她门口，半醉半醒，紧身牛仔裤里的两条细腿就像烟斗通条，蓬头垢面，眼睛下面蹭上了睫毛膏，鼻子上蒙着一层汗，却依然那么美，依然是洛杉矶美女中最出类拔萃的代表。她们属于洛杉矶，而米兰达知道自己永远不会属于这里，不论她在这里住上多久，不论她怎么拼命尝试。伊丽莎白往前走了几步，接着意外地跌坐在地板上。杯子里的水一滴都没洒，简直是个小小的奇迹。

"抱歉，"她说，"我有点儿晕。"

"谁不是呢。"米兰达说。不过和往常一样，每次她想开个玩笑，周围的人都好像没抓住笑点。伊丽莎白和小狗都望向了她。"拜托你别哭出来，"她对伊丽莎白说，对方的眼睛里泪光盈盈，"别哭，真的，我没开玩笑。这样我受不了。"

"抱歉。"伊丽莎白说了三遍了，声音轻得叫人恼火。她在镜头前面就好像换了一个人。

"别再道歉了。"

伊丽莎白眨了眨眼睛。"你在弄你的秘密项目。"她环视着房间。她沉默下来。过了一会儿，米兰达终于忍不住好奇心，坐到了伊丽莎白旁边，从她的角度观察这个房间。一幅幅水彩画和线稿钉在墙面上。故事结构和时间顺序的笔记占满一块巨大的白板。四页故事大纲贴在窗台上。

"接下来会怎么样？"米兰达问。这样说话要容易些，两个人并排坐着，她不用看着伊丽莎白。

"我不知道。"

"你知道的。"

"我很希望能让你明白我是多么抱歉，"伊丽莎白说，"但是你跟我说别再道歉了。"

"这种事实在很糟糕。"

"我并不觉得自己是个坏人。"伊丽莎白说。

"从来没有人觉得自己是坏人，就算那些真正的坏人也不这么觉得。这算是一种生存机制吧。"

"我觉得，事情之所以发生，是因为它注定要发生。"伊丽莎白轻柔地说。

"我不愿意相信我做什么都是跟着剧本走。"米兰达说。可她累了，她的话里没有苦痛。已经凌晨四点多了，无论从哪个角度来说都太迟了。伊丽莎白没有说话，只把膝盖往胸前靠了靠，叹了口气。

三个月后，米兰达和阿瑟将坐在一间会议室里，由双方律师拟定离婚协议的最终条款，而狗仔队就守在外面的人行道上抽烟。同时伊丽莎白在收拾行李，准备搬进泳池边立着新月灯的房子。四个月后，米兰达将返回多伦多。二十七岁的她结束了一段婚姻，开始攻读商科学位。她用赡养费购买名牌衣服、请造型师，因为她明白了"服装即盔甲"的道理。她将给莱昂·普雷万特打电话询问招聘的事。一周之后，她将回到海王星物流，负责一份更有趣的工作——帮莱昂处理客户关系，并在公司里迅速晋升。四五年之后，她的生活变成了几乎不间断地在十几个国家出差，基本上只带一个随身行李箱。那段时间里，她感觉过上了自由自在的生活，偶尔和楼下的邻居上床，但拒绝和任何人约会。在从伦敦到新加坡的一百间酒店房间里，她对着镜子中的自己轻声说"我没什么可后悔的"。早上，她换上让她所向披靡的衣服，在她的生活中，感到空虚失望的时刻少之又少。到了三十四五岁，她感觉自己坚强干练，在这个世界上多少也算从容自在。她在头等舱休息室里学外语，坐在舒服的座位上漂洋过海，会见客户。工作就是她的生活、她的呼吸，直到她自己也分不清生活和工作的界限。她几乎始终热爱着自己的生活，只是常常觉得孤单。晚上，她会在酒店房间里继续画第 11 号站的故事。

但是此时此刻，在这个亮着台灯的房间里，米兰达坐在地板上，旁边是伊丽莎白，呼吸里带着浓浓的酒味。米兰达把身子向后靠，直到感觉到门框坚实稳定地贴着脊柱。伊丽莎白抽泣了两声，咬住了嘴唇。两个人一起看着墙上每一张线稿和水彩画。小狗昂首而立，盯着窗户，刚刚有一只飞蛾贴着玻璃飞了过去。一时间，一切都静止了。第 11 号站包围着她们。

16

以下是一篇人物采访的文字稿，采访者是新佩托斯基镇的图书管理员、《新佩托斯基新闻》的出版人兼编辑弗朗索瓦·迪亚洛。此时距离米兰达和阿瑟在洛杉矶的最后一场晚宴已过去了二十六年，距离格鲁吉亚流感暴发已过去了十五年。

弗朗索瓦·迪亚洛：谢谢你今天抽出时间来接受采访。

柯尔斯滕·雷蒙德：我很荣幸。你写的是什么？

迪亚洛：这是我的私人速记法。我发明的。

雷蒙德：写起来更快吗？

迪亚洛：快得多。我可以实时记录采访内容，过后再誊写出来。好了，首先感谢你今天下午来接受采访。我昨天说过，我刚开始办报纸，从新佩托斯基镇路过的每一个人我都会采访。

雷蒙德：我好像没有什么新闻能跟你分享。

迪亚洛：你可以聊聊你经过的其他镇子，那些地方的事对我们来说都是新闻。世界变得只有本地大小，不是吗？我们会从商贩那儿听到一些消息，这不用说；不过大多数人都不再离开自己生活的镇子了。我想我的读者们会有兴趣听听大崩溃后去过其他地方的人经历过什么事情。

雷蒙德：那好。

迪亚洛：也不止如此。是这样的，办报纸这件事很令人振奋，不过我又想，何必满足于办报纸呢？何不为我们生活的这个时代创造一部口述史，为大崩溃创造一部口述史呢？要是你同意，我会在下期报纸上刊登一部分采访内容，完整的采访记录会留作档案资料。

雷蒙德：没问题。这个项目很有意思。我知道我是来接受采访的，不过我能不能先问你一个问题？

迪亚洛：当然了。

雷蒙德：你当图书管理员很久了——

迪亚洛：从第四年开始的。

雷蒙德：我刚才给你看的那两本漫画，关于空间站的，你之前有没有看过？或者有没有看过这个系列的其他漫画？

迪亚洛：从来没看过。那两本不属于我看到过的任何漫画系列。你说那是别人送给你的礼物吧？

雷蒙德：是阿瑟·利安德给我的。就是我跟你说过的那个演员。

17

格鲁吉亚流感暴发一年之前，阿瑟和克拉克在伦敦一起吃了一顿晚餐。阿瑟是取道伦敦去巴黎，而克拉克正好回来看望父母，两个人约好在城市的一个角落吃饭，不过克拉克对那个地方并不是很熟悉。他提早出了门，可是出了地铁站才想起来，他把手机忘在了父母家的厨房台面上，屏幕上开着一个地图 App。克拉克总觉得自己对伦敦了如指掌，可事实上他成年之后的大部分时间都生活在纽约。在曼哈顿的街道网格里，就算路痴也不怕走丢。而在这个晚上，伦敦错综复杂的街道让人摸不清东南西北。他要找的那条小巷没有出现，他四处绕圈子。时间越来越晚，他越来越生气、难堪，不断地顺着原路往回走，在不同的路口转弯。下雨了，他只好打了一辆出租。

"我这辈子赚得最容易的两英镑。"司机听他报了地址后这么说。司机飞快地连续两次左转，然后他们就到了餐厅前。克拉克可以发誓，他十分钟前经过的时候根本没有这条小巷。"当然啦，"

司机说，"你要是不知道要去哪儿，那你就会乱走一气。"克拉克进去的时候，阿瑟已经在等着了，后排卡座的射灯刚好打在他身上。曾有很长一段时间，阿瑟在餐厅里绝不会让正脸对着大厅；而在那段时间里，要想安安静静地把饭吃完，他唯一的办法就是背对着大厅，并且祈祷不会有人从背后认出他耸起的肩膀和昂贵的发型。而现在，克拉克意识到，阿瑟想被人看见。

"汤普森博士。"阿瑟说。

"利安德先生。"他有些茫然，和衰颓的同龄人多年后重逢，记忆中那张年轻的面孔猛然撞上现实中的下巴赘肉、眼袋、意料之外的皱纹，接着他惊恐地意识到，自己看上去应该也像对方那么老。你还记得咱们青春帅气的样子吗？克拉克想问，你还记得那种没什么做不到的感觉吗？你还记得那时我们都想象不出你会出名，我会念博士吗？但是这些话他都没说出口，只是祝朋友生日快乐。

"你还记着。"

"那是当然，"克拉克说，"我喜欢生日，一个原因就是这个日子从来不乱变，永远待在日历上的同一个位置，年复一年。"

"不过时间过得越来越快了，你发现没有？"

他们开始点酒水和开胃菜。聊天的时候，克拉克从头到尾只有一个念头——阿瑟有没有注意到邻桌的一对情侣正望着他窃窃私语。如果阿瑟注意到了，那么他好像完全没放在心上。但是那种关注的目光让克拉克坐立不安。

"你明天要去巴黎？"克拉克在第一杯马提尼和开胃菜之间问道。

"去看儿子。这周，伊丽莎白带着他在那儿度假。克拉克，这一年真是糟透了。"

"我知道，"克拉克说，"很遗憾。"阿瑟的第三任妻子最近提出了离婚，第二任妻子则带着孩子搬到了耶路撒冷。

"干吗要去以色列呢？"阿瑟痛苦地说，"我就不理解这一点。明明有那么多地方。"

"她念大学的时候修的是历史吧？大概她就是喜欢那里历史悠久。"

"我看我还是点鸭肉吧。"阿瑟说。这是他们最后一次谈到伊丽莎白，也是他们最后一次谈到有点儿意义的事。"我一直走运得不像话。"这天晚上，阿瑟喝到第四杯马提尼的时候感慨。这一阵子这句话成了他的口头禅。要不是一两个月之前在《娱乐周刊》上看到他这么说过，克拉克还不会觉得烦躁。他们选的这家餐厅空间宽敞，灯光幽暗，四周都好像隐没在阴影里。克拉克发现不远处的昏暗中有一个绿色的光点，说明有人在用手机偷拍阿瑟。克拉克越发觉得精神紧绷。他感到周围的人在窃窃私语，其他桌子的客人纷纷把目光投向他们。阿瑟说起了一个什么代言协议，是关于男士手表的，他的姿态很放松。他绘声绘色地说起和手表公司高管见面的事，双方在会议室里闹了一出滑稽的误会。他在表演。克拉克本来以为这次是来和认识最久的朋友吃一顿饭，但他意识到，阿瑟并不是在和朋友吃饭，或者说他是吃饭给观众看。克拉克觉得一阵反胃。没多久，他们便分别了。他又开始绕圈子，虽然他这会儿已经分清了方向，知道怎么走回地铁站。冰冷的雨，闪着水光的人行道，湿漉漉的街道上汽车轮胎发出吱吱的噪声。萦绕在脑海里的是十八岁和五十岁之间可怕的鸿沟。

18

迪亚洛：我一会儿再细问阿瑟·利安德和漫画的事。首先我想问几个关于你自己的问题，可以吗？

雷蒙德：我的事你都知道，弗朗索瓦。这些年里我们经常来这个镇子。

迪亚洛：是，是，当然了，不过可能有些读者没听说过你，没听说过旅行交响乐团。我会把报纸交给商贩，请他们帮忙沿路发出去。你从很小的时候就开始演戏了，对吧？

雷蒙德：很小。我三岁的时候演过商业广告。你还记得商业广告吗？

迪亚洛：很遗憾，我确实记得。是卖什么的广告？

雷蒙德：其实我根本不记得那个广告，不过我记得我哥跟我说过是竹芋饼干。

迪亚洛：这些我也记得。饼干广告之后呢？

雷蒙德：我其实都不记得，不过我哥跟我说过一些。他说我又拍了几个商业广告，到六七岁的时候接了一个常驻角色，在一个电视……一个电视节目里。

迪亚洛：你还记得是什么节目吗？

雷蒙德：我要是记得就好了。我一点印象也没有了。我好像之前提过吧，我的记忆有点问题。大崩溃前的事我都不太记得了。

迪亚洛：对经历过那段岁月的孩子来说，这种情况并不罕见。那乐团呢？你加入乐团有一段日子了，是吧？

雷蒙德：我十四岁时就加入了。

迪亚洛：他们是在哪儿遇见你的？

雷蒙德：在俄亥俄州。离开多伦多之后，我和我哥最后走到了俄亥俄州。他死了之后，我就一个人住在那儿。

迪亚洛：我都不知道他们往南去了那么远。

雷蒙德：他们就只去过那一次。那次尝试失败了。他们想扩大活动范围，所以那年春天就沿着莫米河一路南下，经过托莱多的废墟，之后又沿着奥格莱士河来到俄亥俄州，最终走到了我住的那个镇子。

迪亚洛：你为什么说那次尝试失败了？

雷蒙德：我永远感激他们经过了我住的镇子，不过那次的长途跋涉对他们来说就是一场灾难。他们到达俄亥俄州的时候，一个演员在路上生病死了，看症状好像是疟疾，而且他们在不同的地方遭到了三次枪击。一个长笛手中了枪，险些丧命。他们——我们——乐团从此就再也没有离开过惯常的活动范围。

迪亚洛：好像这种生活充满了危险。

雷蒙德：没有，那都是好多年前的事了。现在远没有从前那么危险了。

迪亚洛：你们经过的那些镇子和这里的有没有很大的不同？

雷蒙德：我们去过几次的镇子和这里没什么不一样的。有些地方，你去过一次就再也不会去第二次，因为你看得出来，那里的气氛非常不对劲。每个人都心惊胆战，要么是有的人有很多食物，有的人却在挨饿；要么是你看到十一岁的孩子挺着大肚子，你就知道那个地方不是无法无天，就是被什么控制着，比如教派之类的。有的镇子本来有一套合情合理、井然有序的管理制度，可两年后再去，你却发现那里已经变得混乱不堪。每个镇子都有自己的传统。有些镇子和这里一样，对过去感兴趣，有一个图书馆——

迪亚洛：我们越了解从前的世界，就越能理解世界崩溃的时候发生了什么。

雷蒙德：可是人人都知道发生了什么啊。出现了猪流感的新型变种，航班从莫斯科飞往各地，飞机上坐满了零号病人……

迪亚洛：不管怎么样，我相信我们应该了解历史。

雷蒙德：也有道理。有些镇子像我刚才说的，和这里一样，他们愿意说起发生了什么，说起从前。有的镇子就不太愿意讨论过去的事。我们去过一个地方，当地那些孩子根本不知道以前的世界是什么样。可周围全是生锈的汽车和电话线，他们竟然一点儿也不好奇。有的镇子比较欢迎有人去拜访。有的镇子选出了镇长，或者由选举委员会管理。有的镇子会被某个教派掌握，这种镇子是最危险的。

迪亚洛：为什么最危险？

雷蒙德：因为镇上的人做事不按常理。你没办法跟他们讲道理，他们遵循着一套完全不同的逻辑。比如说，你到了一个镇子，发现每一个人都是一身白衣。我想起我们曾经去过的一个镇子，不在我们惯常的活动范围里，在金卡丁北面。他们说，他们能够在格鲁吉亚流感中得救，在大崩溃中幸免，是因为他们生而优越，脱离了罪。对这种话，你能说什么？根本没有逻辑。你没办法讲道理。你只会想起离你而去的家人，要么想放声大哭，要么心生杀念。

四

星舰

19

　　有时候，旅行交响乐团觉得他们在做一件高尚的事。有时候，一群人围坐在篝火旁，有人会说起艺术的重要意义，大家听得倍感振奋，并在当天晚上安然入睡。有时候，这样的生存方式显得艰难而危险，几乎不值得，特别是在镇子之间扎营的时候，在被充满敌意的居民举着枪赶走的时候，在危险地区顶着雨雪赶路的时候——演员和乐手背着枪和弓弩，马匹喷出一团团巨大的水汽，他们又冷又怕，双脚都湿透了。又或者像现在这种时候，热浪灼人，七月压得他们喘不过气来，两边都是密不透风的树林，而他们整小时整小时地赶路，担心那个精神病先知或者他的手下会追上来。他们争论起来，为的是在恐惧中分散注意力。

　　"反正我的意思就是，"迪特尔说，"假如不是从《星际迷航》里抄来的，领队大篷车上写的那句话会更有深意。"这时他们离开水边的圣德伯勒有十二个小时了，迪特尔走在柯尔斯滕和奥古斯特旁边。

"能活着还不够。"柯尔斯滕十五岁那年把这几个字文在了左手小臂上。那之后，她和迪特尔总是为这件事没完没了地争论。迪特尔非常反对文身。他说他见过一个人文身之后感染死了。柯尔斯滕右手手腕背部还文了两把黑色的匕首，不过迪特尔对此就没那么反感。因为那两个文身都小得多，而且是为了纪念特殊事件。

"是，"柯尔斯滕说，"我知道你对这个话题的意见，不过那始终是我最喜欢的一句话。"她把迪特尔当成最好的朋友之一。这些年来，关于文身的争论已经没了刺痛感，变得像是他们曾经相遇的那间熟悉的房间。

上午十点左右，太阳还没有升到树冠顶上。乐团差不多赶了一夜的路。柯尔斯滕走得脚疼，而且累得有点恍惚。真奇怪，她一直在想，先知的狗和她那两本漫画书里的狗名字一样。除了在漫画里，她从来没有听过有谁叫露利，之前没有，之后也没有。

"看吧，这正好说明了最根本的问题，"迪特尔说，"咱们这儿最优秀的莎士比亚女演员，最喜欢的一句话出自《星际迷航》。"

"什么是最根本的问题？"柯尔斯滕感觉自己这会儿其实是在做梦，她发疯般地想洗个冷水澡。

"这肯定是有史以来写得最好的一句电视剧台词，"奥古斯特说，"你看过这集吗？"

"我没印象了，"迪特尔说，"我一直不怎么爱看。"

"柯尔斯滕呢？"

柯尔斯滕耸了耸肩。她不确定自己是真的记得《星际迷航》的情节，还是因为听奥古斯特跟她讲了太多次，所以脑海里出现了相应的画面。

"可别说你从来没看过《星际迷航：航海家号》啊，"奥古斯特满怀期望地说，"就是讲迷航的博格人和九之七那集？"

"说来听听。"柯尔斯滕说，奥古斯特明显面露喜色。柯尔斯滕一边听他说，一边放开思绪，想象自己记得那一幕。他们坐在客厅的电视机前，一艘飞船从寂静又黑暗的太空中飞过。哥哥坐在她身边一起看电视，他们的父母——她要是还记得他们的样子就好了——也在旁边的某个地方。

午后不久，乐团停下来休息。先知是会派人追过来，还是任由他们离开？乐团指挥派了两个侦察员原路返回，查看情况。柯尔斯滕爬上第三辆大篷车的车夫位置。森林里传来无精打采的虫鸣，疲惫的马匹在路边吃草。从这个角度望去，路边的野花显得很抽象，像是草地间画上了粉、紫、蓝色的小圆点。

柯尔斯滕闭上眼睛。她想起童年时的一幕，那是在大崩溃之前：她和一个朋友坐在草地上玩游戏，她们两个一起闭上眼睛，集中精神，感知对方的想法。她始终没有完全抛下这样的念头：如果她的思绪能飘到很远的地方，说不定她就会找到一个等待她的人；如果两个人同时把思绪抛出去，说不定就会在中途相遇。阿夏，你在哪儿啊？她知道这么做很傻。她睁开眼睛。身后的路上还是空无一人。奥利维娅正在大篷车下面摘野花。

"再往前赶一小段。"指挥说，声音是从大篷车下面传来的。马又套上了缰绳，大篷车嘎吱嘎吱地走起来。疲惫不堪的乐团顶着酷热又走了几个小时，最后停在路边扎营。一些人还记得那个失落的世界，即使多年之后，他们仍旧在怀念空调。

"就直接从通风口里出来吗？"亚历山德拉问。

"应该是吧，"柯尔斯滕说，"我太累了，不想动脑了。"

离开水边的圣德伯勒有十八个小时了，他们只休息了五个小时，夜里、上午和大半个下午都在赶路，就是为了离那个先知越远越好。有的成员轮流在赶路的大篷车上睡觉。有的成员不停地走啊走，直到思绪像垂死的恒星那样一个接一个地燃烧殆尽，陷入神游状态，觉得世界上最重要的或者唯一存在的就是这些树、这条路、脚步和马蹄声交错的复调。月光化为黑暗，继而变成夏天的早上，大篷车像幽灵一般在热浪中起伏。而此刻，乐团成员散落在路边，陷在半崩溃状态里，等着吃晚饭。一半成员分成两人一组去打兔子。炊火飘出了一缕白烟，像是要在天空上做记号。

"通风口里有冷气出来，"奥古斯特肯定地说，"你按下按钮，'呼——'！冷气就来了。我卧室里就有一台。"

柯尔斯滕和奥古斯特在搭帐篷，亚历山德拉的帐篷已经弄好了，她正躺在地上望着天空。

"哦，"亚历山德拉说，"那是用电，还是用燃气？"

奥古斯特看了一眼大号手，对方坐在旁边，怀里搂着半睡半醒的女儿奥利维娅。奥利维娅说她太困了，就不等吃饭了，所以大号手给她讲了一个美人鱼的故事哄她睡觉。琳在搭帐篷。

"用电，"大号手说，"空调是电器。"他歪着脑袋，看了看女儿的脸，"她睡着了吗？"

"应该睡着了。"柯尔斯滕说。就在这时，她听见第三辆大篷车里传来一声惊叫。"真他妈的！"一个声音说，"该死，这是怎么回事？"她站起身来，刚好看见第一大提琴手拽着一个小女孩的胳膊从大篷车里出来。奥利维娅坐了起来，迷迷糊糊地眨着眼睛。

"一个偷渡客，"奥古斯特咧着嘴笑了，他自己也当过偷渡客，"咱们多少年都没遇到啦。"

这个偷渡客就是在水边的圣德伯勒镇尾随柯尔斯滕的女孩。女孩哭个不停，浑身汗津津的，裙子全都尿湿了。第一大提琴手把她揪到大篷车下面。

"她躲在演出服底下，"第一大提琴手说，"我进去找我的帐篷，这才发现了她。"

"给她拿点水喝吧。"吉尔说。

乐团指挥低声骂了一句，朝身后的路面张望了一眼，这时交响乐团成员都围拢过来。第一长笛手拿了一瓶自己的水给了女孩。

"对不起，"女孩说，"真的很对不起，求你们别让我回去——"

"我们不能带孩子一起走，"指挥说，"这可不是离家出走去加入马戏团。"女孩露出困惑的表情，她不知道马戏团是什么。"顺便说一句，"指挥对聚过来的成员说，"我们每次出发前都要检查大篷车，就是怕这个。"

"咱们当时太急着离开圣德伯勒。"有人嘀咕了一句。

"我非离开那儿不可，"女孩说，"真的对不起，对不起，让我做什么都行，就是不要——"

"你为什么非离开不可？"

"我被许给了先知。"女孩回答。

"你被怎么了？"

女孩又哭了起来。"我没得选，"她说，"我要当他的下一个妻子。"

"天哪！"迪特尔说，"这个该死的世界。"奥利维娅站在父亲旁边，正在揉眼睛。大号手把她抱了起来。

"他有好几个妻子吗？"亚历山德拉问，她还是那么天真无邪。

"他有四个，"女孩抽噎着说，"他们都住在加油站里。"

指挥从衣兜里掏出一块干净的手帕递给女孩，问："你叫什么名字？"

"埃莉诺。"

"你多大了，埃莉诺？"

"十二。"

"他为什么要娶一个十二岁的孩子？"

"他做了一个梦，梦里上帝吩咐他要让后代遍布大地。"

"这还用说吗？"单簧管手说，"他们不都会做这种梦吗？"

"是啊，我一向认为这是当先知的必备条件，"赛伊德说，"见鬼，我要是先知——"

"你父母都同意吗？"指挥一边问，一边冲着单簧管手和赛伊德比了一个示意"闭嘴"的手势。

"他们都死了。"

"我很遗憾。"

"你在圣德伯勒是在监视我吗？"柯尔斯滕问。

女孩摇了摇头。

"没人吩咐你监视我们吗？"

"没有。"女孩儿说。

"你认识阿夏和第六吉他手吗？"

埃莉诺皱着眉问："你说的是阿夏和杰里米吗？"

"对，你知道他们去哪了吗？"

"他们去了那个——那个文明博物馆。"埃莉诺说"博物馆"的时候咬字非常小心。看得出，这是一个她不确定该怎么念的陌生字眼。

"什么地方？"

奥古斯特轻声打了个呼哨："他们跟你说过要去那儿吗？"

"阿夏说，要是我哪天有办法逃出去，我可以去那儿找他们。"

"我还以为文明博物馆就是个传说。"奥古斯特说。

"那是什么地方？"柯尔斯滕以前从来没听说过。

"听说是有人在机场里建了一个博物馆，"吉尔说着展开地图，因为近视，他不停地眨眼睛，"我记得一个商贩跟我提起过，有好几年了。"

"和我们现在的方向倒是一致，是吧？据说是在塞汶城外。"指挥从吉尔的肩膀上方看着地图。她在一个位置上点了一下，要沿着湖岸，往南走出很远。

"我们对那个地方了解多少？"大号手问，"现在还有人住在那儿吗？"

"我完全不清楚。"

"这可能是个陷阱，"大号手嘀咕说，"这个女孩可能故意把我们引到那儿去。"

"我知道。"指挥说。

该怎么处理埃莉诺？他们清楚，他们可能会背上绑架的罪名，况且他们长期以来一直恪守一条原则，那就是不干涉途经的镇子的政治。但是谁都不忍心把一个儿童新娘交还给先知手里。写着她名字的墓碑是不是已经竖起来了？如果他们把她送回去，那些人会不会又挖一个坟墓？他们没有别的办法，只能带上这个女孩，继续深入未知的南方，沿着密歇根湖东岸，前往从未涉足的地域。

吃晚饭的时候，他们试着和埃莉诺聊天。她始终是一副警惕又安静的样子，那是孤儿特有的警觉。她坐在第一辆车的车篷里，这样要是有人从后面过来，至少不会立刻发现她。她很有礼貌，不过没露出过笑脸。

"你知道文明博物馆的事吗？"大家问她。

"知道得不多，"她回答说，"我就是有时候听别人提起过。"

"那阿夏和杰里米是从商贩那里听说的吗？"

"先知也是从那里来的。"她说。

"他在那儿有亲人吗？"

"我不知道。"

"跟我们说说先知的事吧。"指挥说。

他到水边的圣德伯勒的时候，乐团把阿夏和杰里米安顿在那儿还没多久。他是一个宗教流浪团体的领袖。这支教派最初在沃尔玛——从前的"草坪与花园区"建起了公共营地。他们对镇里的居民说，他们是为和平而来。有几个居民觉得不自在，因为这群人含糊地说起曾在南方游历，去过从前叫作弗吉尼亚州的地方，还有更南边。传言说，南方极其危险，整天枪林弹雨，他们为了活命都做过什么？不过这些新来者都很友善，并且自给自足。他们打猎回来会把肉分给镇里的居民。他们会帮着干杂活，看起来没有恶意。他们一共有十九个人，基本上也不结交外人。过了一段时间，镇里的居民才知道那个看上去像是领袖的高个子金发男人只有"先知"这一个称呼，而且有三个妻子。"我是一个使者。"他会这样介绍自己。没人知道他的本名。他说有异象和神迹在指引他。他说他会在梦中得到启示。他的追随者说他来自一个叫"文明博物馆"的地方，他从童年起就四处漂泊，传播光的预言。他们说过一个故事：一天他们在清晨出发，只赶了几个小时的路就停下不走了，因为先知看见三只乌鸦在路的前方飞得很低。其他人都没看见乌鸦，但是先知坚持己见。第二天早上，他们路过一座坍塌的桥，河边在举办葬礼，女人们在哀歌，歌声飘在三张白色的裹尸布上方。桥面坍塌的时候，三个男人死了。"看到了吧？"先知的追随者说，"如果不是他看到异象，死的就是我们了。"

冬天的热病席卷了水边的圣德伯勒，镇长死了。之后先知把镇长的妻子占为己有，带着他的追随者住进了镇中心的加油站。在此之前，谁也没有注意到他们有那么多武器。他们在南方游历的故事开始说得通了。不到一周，情况就显而易见了，镇子已经成了他的地盘。埃莉诺也不知道为什么先知养的狗叫露利。

20

　　离开水边的圣德伯勒两天后，乐团来到了一个被烧毁的度假小镇。几年前，一场大火席卷了这里，如今的镇子就只剩下草地间黑黢黢的废墟。瓦砾之间绽放着一片粉红色的花海。湖岸边矗立着一排烧焦的酒店废墟。几个街区之外，一座砖砌的钟楼依旧完好，大钟的指针永远停在了八点十五分。

　　乐团一路全副武装，高度戒备。安全起见，奥利维娅和埃莉诺都坐在领头马车的车篷里，不过她们并没有看到有人活动的迹象。只有鹿群在野草丛生的林荫大道上吃草，兔子在铺满灰烬的荫蔽处打洞，海鸥站在路灯上放哨。乐团打了两头鹿留作晚饭。他们把嵌在肋骨里的箭头撬出来，然后把鹿挂在前面两辆大篷车的引擎盖上。湖岸边的路错综复杂，由破碎的路面和草地拼凑而成。

　　他们走到镇子尽头，看见大火就烧到这儿。这一片的树长得更高，杂草和野花的种类也不一样。火线外不远处，他们看到了一个旧日的棒球场，于是在那儿停下来，让马匹吃草。塌了一半的露天看台斜在高高的草丛里。球场上本来装了三排泛光灯，如今已经掉了两排。柯尔斯滕蹲在地上，摸了摸一盏大灯上厚厚的玻璃，想象着以前通电的样子，光线从头顶倾泻而下。一只蟋蟀落在她手上，又跳开了。

"这种灯你根本不能直视。"杰克逊说。他以前不怎么喜欢棒球，不过小时候还是去看过几场比赛，只是顺从地和父亲坐在看台上。

"你要在那儿站上一整天还是怎么着？"赛伊德说，柯尔斯滕瞪了他一眼，但还是接着干活了。他们在割草，要给马预备一些草料带着，以防前方没有给牲口吃的东西。埃莉诺一个人坐在第一辆大篷车的阴影里，一边哼着不成调的歌，一边拿草叶翻来覆去地编辫子。从他们发现她到现在，她一直不怎么说话。

侦察员报告说附近有一所学校，就在球场尽头的那片林子后面。"再带上两个人，去学校里看看有没有乐器。"指挥吩咐柯尔斯滕和奥古斯特。他们和杰克逊以及中提琴手一起出发了。林子的阴影里要凉快一两度，地上铺了一层松针，踩上去软软的。

"能离开球场可太好了。"薇奥拉说。她小时候叫的是另一个名字，不过大崩溃之后就用她的乐器当名字了①。她一直微微地吸鼻子，她对青草过敏。林子已经蔓延到学校停车场，还向校内建筑派了一支"先遣队"——路面上越来越宽的裂缝里长出了几棵小树。有几辆汽车停在这儿，车胎已经瘪了。

"我们先观察一会儿。"奥古斯特说，于是他们就站在林子边缘等了一会儿。停车场里的树苗在微风中摇曳，鸟雀飞来飞去，热

---

① 英语中，viola（中提琴）一词也可作人名，译作薇奥拉。

浪蒸腾，除此之外，周围的一切都静止不动。学校黑洞洞、静悄悄的。柯尔斯滕用手背擦了擦额头上的汗。

"我看这儿没人，"最后，杰克逊说，"这地方看着荒无人迹。"

"我说不好，"薇奥拉嘀咕说，"学校总是让我心里发毛。"

"是你主动说要来的。"柯尔斯滕说。

"那还不是因为我讨厌割草。"

他们先绕着学校走了一圈，从窗户向里面张望，映入眼帘的只有废弃的教室和墙上的涂鸦。后门敞开着，进去是一个体育馆。天花板破了一个洞，阳光从洞里洒下来，落在残破的地板上，几丛杂草从中生长而出。这里曾经是一个避难所，也可能是野战医院。一个角落里乱七八糟地堆放着折叠床。有人在天花板破洞的下方生过火，积灰里混着动物骨头。这个体育馆大致的历史轮廓一目了然，先是避难所，后来成了做饭的地方。不过一如既往地，所有的细节都已消失。这里住了多少人？都是些什么人？他们去哪了？体育馆对面，在一道道门后面是一条有一排教室的走廊，阳光透过走廊尽头破损的前门泼洒在地面上。

学校规模很小，只有六间教室。地上散落着碎玻璃、难以辨认的垃圾、残缺的活页夹和课本。他们仔细地把教室之间的各个角落都找遍了，可惜看到的只有残骸和凌乱。一层又一层的涂鸦，黑板上用胖乎乎、湿淋淋的字体写着无从分辨的人名，以及很久之前的留言："贾丝明·L.，你要是看到这条留言，就去我爸爸的湖边小屋。——本。"书桌翻倒在地。一间教室的角落被烧得一片黢黑，之后火被扑灭了，又或者是烧尽了。乐队排练室一下子就能认出来，因为地上堆着几个扭曲的谱架。乐谱都不见了，也许拿到体育馆里生火做饭了，也没有乐器。不过薇奥拉在一个壁橱里找到了半罐松香，柯尔斯滕在垃圾堆下面翻出了一个长笛的笛头。北墙上用喷漆写了一行字："终点在此。"

"见鬼，我要吓死了。"薇奥拉说。

杰克逊出现在门口："男卫生间里有一具骷髅。"

奥古斯特皱起眉头："新还是旧？"

"很旧了。头骨上有个弹孔。"

"你去卫生间里找什么？"

"我以为能有肥皂呢。"

奥古斯特点了点头，接着消失在走廊里。

"他要干什么？"薇奥拉问。

"他喜欢为死者祈祷，"柯尔斯滕蹲在地板上，用一把破尺子翻弄一堆垃圾，"走之前先帮我看看储物柜吧。"

然而，每个学生储物柜都被清空了，柜门歪歪斜斜地挂着。柯尔斯滕拿起一两个发霉的活页夹，研究上面的贴纸和记号笔写的符咒——"Lady Gaga 炸裂""伊娃 + 贾森 永远""我 ♥ 克里斯"，等等。要是天气没这么热，她也许会在这里多待一会儿。关于失落的世界的任何线索她都感兴趣，但是这里空气污浊又不流通，天气热得受不了。奥古斯特从男卫生间里回来之后，他们走进阳光、微风和蟋蟀的鸣唱中，这才松了口气。

"老天，"杰克逊说，"我真不明白你们两个怎么受得了这种地方。"

"这个嘛，首先，我们不会去公共卫生间。"奥古斯特说。

"我就是想找肥皂而已。"

"嗯，这个想法很傻。总有人在卫生间里被处决。"

"嗯，就像我说的，我真不明白你们两个怎么受得了。"

我们受得了，柯尔斯滕在心里说，是因为世界终结的时候，我们比你年纪小，但不至于小到什么都不记得。因为时间不多了，因为现在所有的房子都行将倒塌，用不了多久，那些老建筑都将不复存在。因为我们始终在寻找昔日的世界，在它的痕迹还没有消失殆尽前。然而，解释清这些好像太难了，于是她没有回答，就只是耸了耸肩。

乐团在路边的树荫里休息。大多数人都在打盹。埃莉诺在教奥利维娅编雏菊花环。单簧管手懒洋洋地做了一组瑜伽。指挥和吉尔则在研究地图。

"笛头！"看到奥古斯特展示此行的发现，第一长笛手惊喜地喊了出来。奥古斯特其实是她在乐团里最讨厌的人，但她竟然拍起手，接着搂住了他的脖子。

交响乐团套好马，再次上路。这时，亚历山德拉问："学校里都有什么？"她特别想跟着柯尔斯滕和奥古斯特一起去房子里探索，不过柯尔斯滕从来都不肯带她去。

"没什么特别的，"柯尔斯滕说，她小心地不去想男卫生间里的骷髅，眼睛一直望着路面，"就只有那个长笛笛头，再就是一堆垃圾。"

21

第十五年的采访，接上文：

弗朗索瓦·迪亚洛： 好了，据我所知，格鲁吉亚流感暴发，大崩溃来临的时候你还很小。

柯尔斯滕·雷蒙德： 我当时八岁。

迪亚洛： 请见谅，有个问题一直让我很着迷，就是每次我采访当年的孩子，那些经历了大崩溃的孩子——我也没太想好这个问题该怎么问——总之我想听听，你在想到有生之年经历过世界剧变的时候会想些什么。

雷蒙德： ［沉默］

迪亚洛： 或者我换一个说法——

雷蒙德： 我明白你的问题。我不想回答。

迪亚洛： 好吧，没事。你的文身让我很好奇。

雷蒙德： 你是说我胳膊上的字吗？"能活着还不够"？

迪亚洛：不是，不是，是另一处。你右手腕上那两个黑色匕首。

雷蒙德：这样的文身代表什么，你是知道的。

迪亚洛：不过也许你可以跟我说说——

雷蒙德：我不会说的，弗朗索瓦，而且你清楚，还是不问的好。

22

　　每次柯尔斯滕想到有生之年经历过的世界剧变，她的思绪最终都会绕回到亚历山德拉身上。亚历山德拉会射击，不过世界越来越平和了。这是好事，柯尔斯滕想，亚历山德拉这一辈子可能都不用杀人。她十五岁的时候比柯尔斯滕十五岁时更天真。

　　这会儿，亚历山德拉一声不响地走着路。她正在生闷气，因为她没能参与学校探险。乐团走了一下午，乌云密布，空气憋闷，柯尔斯滕汗流浃背。傍晚时分，天空低沉昏暗。他们正穿过一片乡野，没有车道。路两边零星停了几辆生锈的汽车，是汽油耗尽之后被扔在那儿的，车队得小心地绕着走。电闪雷鸣起初很远，渐渐地就逼近了。暮色中，他们在路边的树底下等着暴雨停歇，雨过之后，他们在潮湿的地上支起了帐篷。

　　"我昨天晚上梦见了一架飞机。"迪特尔轻声说。黑暗中，柯尔斯滕和他一起躺在他的帐篷里，中间隔了几英尺的距离。他们一直都只是朋友，柯尔斯滕隐约把他当成了亲人。她那顶用了三十年的帐篷在一年前终于散架了，她还一直没找到新帐篷。显而易见，她不能再和赛伊德住一个帐篷了，而迪特尔的帐篷是乐团里最大的，所以他就收留了柯尔斯滕。柯尔斯滕听见外面传来低低的说话声，是守夜的大号手和第一小提琴手。几匹马焦躁不安地动来动去。安全起见，马被围在了三辆大篷车中间。

"我已经很久都没想到过飞机了。"

"那是因为你太年轻了，"他的声音里透出一丝怒意，"你什么都不记得了。"

"有些事我确实记得。我当然会记得了。我当时八岁了。"

世界末日来临的时候，迪特尔二十岁。迪特尔和柯尔斯滕主要的不同是迪特尔什么都记得。柯尔斯滕聆听着他的呼吸。

"我以前常常会寻找飞机，"他说，"我常常在想大洋彼岸的那些国家，不知道那里有没有人活下来。要是我真的看到了飞机，那就意味着在某个地方，飞机还能起飞。疫情之后整整十年的时间里，我总是会朝天上看。"

"是个好梦吗？"

"我在梦里开心极了，"他喃喃地说，"我抬头一看，飞机终于来了。某个地方还有文明存在。我跪在地上，又是哭又是笑，然后我就醒了。"

帐篷外面又传来说话声，有人在呼唤他们的名字。"换第二班守夜了，"迪特尔轻声说，"起来了。"

第一班守夜人准备去睡觉了。没有异常情况。"就只有该死的树和猫头鹰。"大号手嘟囔着说。第二班的几个人同意和往常一样：迪特尔和赛伊德侦察他们后方的半英里路，柯尔斯滕和奥古斯特守在营地放哨，第四吉他手和双簧管手侦察前方的半英里路。侦察员各自出发，留下柯尔斯滕和奥古斯特。两个人绕着营地边缘察看了一圈，接着站在路上，聆听着、观察着，分辨周围的动静。云层散去，露出头顶的星星。一道亮光倏忽而逝，也许是流星，也许是坠落的卫星。飞机在夜里看上去也是这样吗？只是几道光从天空中划过？柯尔斯滕知道飞机每小时能飞越几百英里，快得难以想象，可是她也不知道一个小时飞越几百英里会是什么样。森林里充斥着微小的噪声：雨水从叶子上滴落，动物在活动，微风轻拂。

她不记得飞机飞行的样子，但她记得自己坐过飞机。这一段记忆比她对旧日世界的大部分记忆都要清晰，她觉得这一定是因为当时距离末日很近了。她应该是七八岁，母亲带着她去了纽约，不过她不记得是去干什么了。她记得飞回多伦多的时候是晚上，母亲手里那杯饮料里加了冰块，发出叮当的脆响，还闪着光。她记得那杯饮料，却不记得母亲的样子。她把额头贴在舷窗上，看见黑暗中亮着光，有的是一团，有的是一点。这些三三两两散落的星座有的被道路连成一串，有的孤立着。那样的夜景美丽又孤独，那么多人过着属于自己的生活，门廊的每一盏灯都代表一座房子，一户人家。二十年后，站在森林里的这条路上，云开月现，周围突然明亮起来，奥古斯特朝她瞥了一眼。

"我后脖颈上的汗毛都竖起来了。"他喃喃地说，"你觉得这里是只有咱们俩吧？"

"我没听见什么动静。"他们又绕着营地缓缓地察看了一圈。一两个帐篷里传出微不可闻的声音，马匹喷着鼻息，轻轻地踏着步子。他们聆听着、观察着，不过路上还是静悄悄的。除了森林，她没有听到别的动静。

"这种时候，我就会想要停下来，"奥古斯特低声说，"你有没有想过停下来？"

"你是说不再旅行？"

"你想过吗？肯定会有一种更安定的生活。"

"那当然，不过还有哪种生活能让我演莎士比亚呢？"

就在这时，他们听见一个动静。有什么扰乱了夜的表面，稍纵即逝，快得就像石头掉进水里。是惊叫声，蓦地被截断了？是有人在呼救吗？如果柯尔斯滕是独自一人，她说不定会觉得这只是自己想象出来的，但她看向奥古斯特，他点了点头。声音是从远处传来的，是从他们来路的方向。两个人一动不动，竖着耳朵聆听，但是什么都没有听见。

"咱们得把第三班叫起来。"柯尔斯滕说着，从腰带间抽出两把最好用的匕首。奥古斯特消失在帐篷里。柯尔斯滕能听见他沉闷的说话声——"我也不知道，有一个动静，可能是远处有人。你们替我们守着营地，我们得去看看情况。"接着两个人影走了出来，呵欠连天，摇摇晃晃。

奥古斯特和柯尔斯滕循着声音传来的方向走去，他们尽量加快脚步，又不发出一点儿动静。路两侧的林子连成一片黑影，充满了生气和难以辨认的窸窣响动，阴影像浓墨一般衬着皎洁的月光。前方有一只猫头鹰低低地飞过路面。片刻之后，就听见远处传来小翅膀拍打的声音——鸟雀被惊醒了，点点黑影腾空而起，在星光下盘旋。

"有什么东西惊扰了鸟。"柯尔斯滕对着奥古斯特耳语。

"猫头鹰吗？"他的声音也同样轻柔。

"我觉得猫头鹰是朝另一个方向飞的。鸟更靠近北边。"

"先等一等。"

他们在路边的阴影里等待着，尽量把呼吸放得很轻，尽量同时望向四面八方。林子会引发人的幽闭恐惧。她能看见最前面的几棵树，黑色的树影和白色的月光形成了单色对照，再远处是整块大陆，大洋与大洋之间是连绵不断的荒野，海岸之间人烟稀少。柯尔斯滕和奥古斯特观察着路面和树林，也许有一双眼睛在观察他们，但没有露出任何迹象。

"再往前走一段。"奥古斯特低声说。

他们小心翼翼地沿着路继续前进，柯尔斯滕紧紧握着匕首，她都能感觉到脉搏在手心里跳动。他们走出去很远，远远超出侦察员侦察的范围。两英里、三英里，他们一路寻找迹象。天一亮，他们原路返回营地，在鸟雀肆意欢歌的世界里，他们默默无语。侦察员没有留下任何踪迹，而树林边缘什么也没有，没有脚印，没有大型野兽的痕迹，没有明显的断枝或血迹。就好像迪特尔和赛伊德从地球表面被带走了。

23

　　"我就是想不明白。"大号手说。此时是上午十点左右，他们已经找了好几个小时，可还是找不到赛伊德和迪特尔。谁都想不明白。没有人接话。两个人的失踪让人百思不得其解。他们找不到一点儿痕迹。乐团四人一组，面色凝重、有条不紊地搜寻，但是林子很密，而且灌木丛生，很难下脚。也许迪特尔和赛伊德就在几英尺之外，但他们毫无察觉。最开始那几个小时里，柯尔斯滕脑海里的念头是：一定是个误会，迪特尔和赛伊德一定是在黑暗中和他们擦身而过，只是走岔了路，他们随时可能出现，嘴里还说着对不起。但是，侦察员来来回回找了好几英里也没有看到他们的身影。柯尔斯滕一次又一次地在林子里停下来，一动不动地聆听着。会有人在监视她吗？就在刚才，是不是有人踩在了树枝上？然而，唯一的动静就是其他的搜索队，每个人都感觉有人在监视自己。他们隔一段时间就会在森林和路面上碰头，面面相觑，无话可说。太阳在天上慢吞吞地移动，路面上热气蒸腾，显得飘浮不定。

夜幕降临，他们聚在领头的大篷车旁边，这辆车原本是一辆加长型福特皮卡车。"因为能活着还不够。"写在车篷上的这句话回答了自上路以来就一直纠缠着乐团的问题。夜色渐浓，衬得那几个字白得晃眼。柯尔斯滕站在迪特尔最喜欢的马伯恩斯坦旁边，把手掌贴在马的侧腹上。伯恩斯坦用大大的黑眼睛注视着她。

"我们一起走了这么久。"指挥说。光线的某些特质会模糊岁月。柯尔斯滕和奥古斯特有时候会守黎明那班岗，她会在日出时望向他。在那一瞬间，她能看到他小时候的样子。此刻，在这条路上，指挥显得比一个小时之前要老得多。她捋了一把灰白的短发。"一共有四次，"她说，"这些年来，乐团成员和乐团走散的情况发生过四次。每一次，他们都遵守了分离守则，后来我们都在目的地重聚了。亚历山德拉？"

"在！"

"请你重复一遍分离守则，好吗？"他们每个人都背得滚瓜烂熟。

"每次出发必有目的地，"亚历山德拉说，"万一我们，万一有人在途中和乐团走散，应设法前往目的地等待。"

"我们现在的目的地是哪里？"

"塞汶城机场的文明博物馆。"

"对。"指挥静静地看着他们。此刻林子已经笼罩在黑影里，不过路面上方的那一线天空还亮着，夕阳的最后一抹余晖染红了云层。"我东奔西走的有十五年了，"她说，"赛伊德跟了我十二年。迪特尔还要更久。"

"他和我从一开始就一路同行，"吉尔说，"我们是一起从芝加哥走出来的。"

"我不想抛下他们任何一个人，"指挥的眼睛亮晶晶的，"但我不会在这里多逗留一天，拿大家去冒险。"

这天夜里，守夜的人手多了一倍，每组从两个人增加到了四个。第二天，天还没亮，他们就出发了。两排密林之间空气潮湿，头上的云层布满大理石花纹。空气里弥漫着松树的清香。柯尔斯滕走在第一辆大篷车旁边，尽量什么也不去想。她感觉就像陷在了一个噩梦里。

他们走了一个下午才停下来。这个世纪的夏天像烧着了，热得不可思议。透过树的缝隙能看见波光粼粼的湖面。这里既算不上城郊也算不上城内，介于两者之间，房子就建在一块块林地里。他们距离机场还有三天的路程。柯尔斯滕坐在一根木头上，两只手捧着脑袋，心里在问，你在哪儿，你在哪儿，你在哪儿……没人过来打扰她，最后奥古斯特走过来，坐到了她旁边。

"我很替你难过。"他说。

"我觉得他们是被抓走了，"她头也不抬地说，"圣德伯勒那个先知的话不停地在我脑袋里回响，就是他说的光。"

"我好像没听到。我当时正在收拾东西。"

"他们自称是光。"

"那又怎么了？"

"如果你是光，那你的敌人就是暗，对吧？"

"应该是吧。"

"如果你是光，你的敌人是暗，那么你不管做什么都合情合理。你无论如何都能活下来，因为没有什么是你不会做的。"

奥古斯特叹了一口气，说："我们只能抱着希望。我们只能假设情况会明朗起来。"

然而，四队人去找吃的，只有三队半回来。

"我一转身，她人就不见了。"杰克逊说的是悉妮，乐团的单簧管手。他一个人回到营地，吓得不轻。杰克逊说，他们两个找到一条小溪，沿着原路的方向走了大约有四分之一英里远。他跪在岸边装水，等他再一抬头，单簧管手已经消失得无影无踪。她是不是掉进水里了？不是，他回答说，不然他会听见扑通一声，而且他当时在下游，要是她漂过去的话，他肯定会看见。溪流不宽，溪岸也并不陡峭。不过他周围全都是树，感觉有人在暗中盯着他。他大喊她的名字，但是到处都找不到人。他留意到鸟鸣也没了，整片林子都一动不动。

他说完之后，没有一个人说话。乐团成员都围在他身边。

"奥利维娅呢？"琳突然问。奥利维娅坐在第一辆车的车篷里，正在玩破布娃娃。"我需要你待在我能看见的地方，"琳低声嘱咐说，"不仅要能看见，还要伸手就能够到，明白吗？"

"她和迪特尔关系很好。"第一双簧管手说。这是实话，大家默默想着单簧管手，在回忆里寻找线索。她最近状态正常吗？谁都说不好。在这种难以言说的日子里，什么叫正常？一个人应该是什么状态？

"我们是不是遭到'追捕'了？"亚历山德拉问。看来是。柯尔斯滕扭头望着林子的阴影。搜寻队组织好了，但是天已经黑了。生火好像太危险，于是大家晚餐只吃了储备的食物，兔肉干和苹果干，之后就惴惴不安地休息了。早上，他们又延迟了五个小时，四处寻找，但还是找不到人。他们再次顶着酷热上路。

"迪特尔、赛伊德和单簧管手他们'全部'被抓走了，这说得通吗？"奥古斯特边和柯尔斯滕走着边说道。

"怎么会有人悄无声息就把他们制伏了？"她感觉喉咙哽住

了，说话很吃力，"说不定他们就是一走了之了。"

"抛下我们走了？"

"是啊。"

"他们为什么要抛下我们？"

"不知道。"

到了下午，有人想到去翻翻单簧管手的东西，结果找到一张字条。是一封信，只写了个开头："亲爱的朋友们，我感到疲惫得无以复加，我决定去林子里休息了。"没有下文。看日期，这封信要么是十一个月前写的，要么是单簧管手记错了年月，非此即彼。可这两种情况都不大可能。在这个时代，准确的日期几乎没什么意义，而记准日子是需要一定毅力的。这张字条被反复折过好几次，折痕的地方已经磨软了。

"看起来更像是一时的念头，"第一大提琴手说，"可能是她一年前写的，之后又改变了主意。这也说明不了什么。"

"前提是这是她一年前写的，"琳说，"也可能就是上周写的。我觉得这是要轻生的意思。"

"我们一年前在哪里？还有人记得吗？"

"麦基诺城，"奥古斯特说，"新佩托斯基、东乔丹，某个沿岸的小地方，在去往新萨尼亚的路上。"

"我记得她一年前好像没什么异样，"琳说，"她那时候情绪低落吗？"

谁也说不好。他们都觉得应该多留心些的。侦察员的报告结果仍然是两个方向的路上都没有人。林子里有人在监视他们——实在没办法不这么想。

没有了迪特尔、单簧管手和赛伊德的乐团还是乐团吗？柯尔斯滕意识到，她把迪特尔看成了亲哥，或者堂表哥，总之是在她的生活中、在乐团的生活中固定不变的角色。从某种抽象的角度看，没有了他，乐团也就不存在了。她和单簧管手的关系一直不怎么亲近，但单簧管手一不在，就觉得明显少了什么。她现在和赛伊德除了吵架都不说话，但是一想到他遇到了危险，她只觉得痛苦。她喘不过气来，止不住地默默流泪。

晚上，她在衣兜里摸到一张折了几折的纸。她认出是奥古斯特的笔迹。

> 写给朋友的断章——
> 若你的灵魂离开地球，我会跟去找到你
> 静静地，我的星舰悬在夜色中不移

她以前从来没读过他写的诗，她感动得不得了。见到他的时候，她说了一句："谢谢你。"奥古斯特点了点头，什么也没说。

林地越发荒芜，房屋也越来越少。他们有三次被迫停下来，清理横倒的树木。他们拿了双人锯，拼命加快速度，汗水都湿透了衣服。侦察员守在各处观察道路和林子，一听见什么轻微的动静就一个惊跳，举起武器瞄准。柯尔斯滕和奥古斯特不顾指挥的反对，执意向前走去。他们离开停在原地的大篷车，走出半英里，看到一片连绵起伏的草地。

"是个高尔夫球场，"奥古斯特说，"你知道这代表什么。"他们有一次在一个高尔夫俱乐部找到两瓶满满的苏格兰威士忌，还奇迹般地找到一罐还能吃的鸡尾酒橄榄。那之后，奥古斯特就一直心心念念地想再体验一回。

俱乐部建在一条长长的车道尽头，掩映于一片树林之后。房子烧毁了，屋顶像帘子似的垂在还没坍塌的三面墙上。高尔夫球车都翻倒在草坪上。天色越来越暗，暴风雨即将来临，这种光线下很难看清俱乐部里面的情况，只能看见窗框间的碎玻璃片闪闪发光。屋顶塌了一半，进去太危险。他们绕到俱乐部后面，看到有一个小小的人工湖，码头已经腐烂了，湖面下有影子一晃而过。他们回到大篷车拿抓鱼的工具。第一大提琴手和第三大提琴手正在锯最后一棵横倒的大树。

他们又来到高尔夫球场的池塘边。鱼太多了，单用渔网就够，收了网再从鱼群密集的水里捞上来。这是一种褐色的小鱼，摸起来很不舒服。远处雷声轰鸣，没多久就开始掉雨点。奥古斯特永远是乐器不离身，他从背包里拿出一块塑料布，把琴盒裹好。他们顶着倾盆大雨继续捕鱼，柯尔斯滕从水里拖渔网，奥古斯特把鱼开膛破肚，清理干净。他知道柯尔斯滕受不了杀鱼。离开多伦多之后的第一年，她在路上看到过一幕，具体什么事她已经记不清，只是留着一丝印象，她每次回想起来都会犯恶心。他一直很照顾她的感受。隔着雨帘，柯尔斯滕几乎看不到他。一时间，三个伙伴失踪的事几乎被忘在脑后。暴雨终于停了。他们用渔网兜着鱼，沿着车道往回走。路面上水汽氤氲。他们回到树木被锯开并挪走的那段路上，可是乐团已经离开了。

"一定是我们捞鱼的时候，他们从路上过去了。"奥古斯特说。这是唯一合理的结论。他们拿了渔网准备回高尔夫球场的时候还和指挥确认了路线。水塘离路面有点儿远，而且是在俱乐部后面，所以他们看不见乐团经过。又因为下着暴雨，乐团的声音也被盖住了。

"他们走得很匆忙。"柯尔斯滕说，但她胃里发紧。奥古斯特摆弄着衣兜里的零钱，丁零丁零地响。还有些地方说不通。乐团为什么要冒着瓢泼大雨赶路？除非是遇到了什么意外的紧急情况。暴雨冲掉了路上的车辙印，路面上散落着一团团旋涡似的落叶细枝，热气又一次上升。这会儿天空像裂开了一道道口子，云层间露出一块一块的蓝天。

"这么热，鱼很快就要臭了。"奥古斯特说。

这是一个两难的选择。柯尔斯滕身体里的每一个细胞都急着去追赶乐团，但更安全的做法是趁着天还没黑把火生好，况且他们上午就只吃了一两条兔肉干。于是他们开始捡树枝生火。不用说，树枝都被打湿了，他们弄了很久才终于燃起小火苗。烟熏火燎，烤鱼的时候眼睛被熏得很疼，不过烟味倒是掩盖了衣服上的鱼腥臭。他们使劲吃鱼，实在吃不完的就用渔网兜着，然后拖着病恹恹的身体再次上路。他们经过高尔夫球场，又经过一座座房子。很明显，这些房子多年前就被洗劫一空，草地上散落着破烂的家具。走了一阵子，他们就把鱼都扔了，因为暑气中鱼已经腐烂。他们加快了速度，能走多快就走多快，但还是看不到乐团的影子。按理说，这会儿肯定能看到些踪迹了，比如路上的马蹄印、脚印、车辙印。两个人都没说话。

接近黄昏时分，他们看到马路上方架着一条高速路。柯尔斯滕爬上天桥，好看得远一点儿，说不定交响乐团就在前面。可惜她只看到马路蜿蜒到远处波光粼粼的湖面，继而消失在树林之后。高速路上是几英里长的大堵车，车辆之间已经长出小树，成千上万的挡风玻璃映照着天空。离她最近的那辆车里，驾驶座上有一具骷髅。

他们在天桥附近选了一棵树，把奥古斯特的塑料布铺在地上，并排睡在上面。柯尔斯滕睡得很不安稳，每次醒来都觉得周围空空荡荡的，身边少了伙伴、马匹和大篷车。地狱是见不到你渴望的人。

24

　　和乐团走散的第二天，柯尔斯滕和奥古斯特看到一排汽车沿着路肩停着。快到中午了，天越来越热，周围一片寂静。他们看不见湖面了。汽车投下弯曲的影子。这些车子被清理过，后排座椅上没有骷髅，也没有遗弃的财物，这说明附近住了人，还从这条路上走过。他们又走了一个小时，看到一个加油站。那是一栋低矮的房子，孤独地建在路边，一个印着黄色贝壳的标志还矗立着。加油机旁边停满了车子，堵得水泄不通。有一辆车子的颜色像是融化的黄油，车身上印着黑字。是芝加哥的出租车，柯尔斯滕认出来。在那个暴乱的城市里，有人在最后的日子里打到了硕果仅存的出租车，谈好价格，准备向北边逃命。司机那一侧的车门上留着两个整齐的弹孔。耳边传来狗叫声，两个人身子一僵，都摸向了武器。

　　一个男人带着一条金毛犬，从加油站侧面走了出来。男人有五六十岁，灰白的头发剪得很短，走路时姿势僵硬，说明身上有旧伤，一只手握着一把步枪。他脸上有一道纹路复杂的疤痕。

"有何贵干？"男人问。他的语气不是不友好，这是活在第二十年里值得欣慰的事，因为这是个相对平静的时代。若是在大崩溃后的前十年、前十二年，他很可能不由分说就朝他们开枪了。

"路过而已，"柯尔斯滕说，"我们没有恶意。我们要去文明博物馆。"

"去哪儿，嗯？"

"塞汶城机场。"

奥古斯特默默地站在她旁边。他不喜欢和陌生人说话。

男人点了点头："那里还有人吗？"

"我们盼着我们的朋友会在那儿。"

"你们走散了？"

"是啊，"柯尔斯滕说，"我们走散了。"奥古斯特叹了口气。他们已经意识到，交响乐团走的显然不是这条路线。一路走来，松软的地面上没有任何痕迹。没有马粪，没有新的车辙印或是脚印，完全没有二十多个人、三辆大篷车和七匹马经过的迹象。

"好吧！"男人说着摇了摇头，"真倒霉。我很同情你们。对了，我叫芬恩。"

"我叫柯尔斯滕。他叫奥古斯特。"

"你拿的是小提琴琴盒吗？"芬恩问。

"是的。"

"你们是从乐队跑出来的？"

"是他们撇下我们先跑了，"柯尔斯滕急忙说，因为她看见奥古斯特揣在衣兜里的手攥成了拳头，"你一个人住这儿吗？"

"当然不是了。"芬恩说，柯尔斯滕意识到自己犯了个错误。即使是在这个较为平静的时代，又有谁会承认自己寡不敌众？他正注视着柯尔斯滕的匕首。她很难从对方脸上的那道疤痕上移开目光。从这个距离看不太清楚，不过看形状像是有意为之。

"这不是一个镇子吧？"

"不是。还称不上是镇子。"

"不好意思，好奇而已。我们很少遇到你这样的人。"

"我这样的？"

"就是不住在镇子里的。"柯尔斯滕说。

"哦，好吧。这里很安静。你刚才说的那个地方，"他说，"那个博物馆，你们了解吗？"

"不怎么了解，"柯尔斯滕说，"不过我们的朋友要去那里。"

"我听说那里保存了很多旧世界的文物。"奥古斯特说。

男人笑了两声，听起来像咆哮。金毛犬抬头望着他，一脸关切。"旧世界的文物，"男人重复说，"是这样的，孩子们，旧世界的文物保存在整个世界里。你们什么时候见过一辆新车吗？"

两个人面面相觑，没有说话。

"行吧，不管它了，"芬恩说，"要是你们想接水，房子后面有一个水泵。"

两个人道了谢，跟着他绕到后面。加油站后面有两个小孩子正在削土豆。那是一对红头发的双胞胎，八九岁的模样，性别难辨。两个孩子光着脚，不过一身衣服很干净，头发也理得很整齐。他们看到陌生人走近，就一直盯着看。柯尔斯滕每次看到小孩子都忍不住想，像他们那样只知道格鲁吉亚流感之后的世界，究竟是好是坏？芬恩指了指泥地里，只见基座上有一个手摇泵。

"咱们见过面，"柯尔斯滕说，"是不是？两年前你是不是在水边的圣德伯勒？我记得这对红头发的双胞胎小不点儿。我在镇子里散步的时候，他们一直跟着我走来走去。"

芬恩神色一紧，柯尔斯滕看见他手臂一抖，是要举枪的意思。

"是先知派你们来的？"

"什么？不是不是，不是这么回事。我们只是从那儿路过而已。"

"我们以最快的速度离开了。"奥古斯特说。

"我们是旅行交响乐团的成员。"

芬恩露出微笑。"哦，怪不得背着小提琴呢，"他说，"我记得交响乐团，没错。"他握枪的手放松下来，危机过去了，"我对莎士比亚一直没什么兴趣，不过你们的演出是我这么多年来听过的最优美的音乐了。"

"谢谢。"奥古斯特说。

"你是在先知接管镇子之后离开的吗？"柯尔斯滕问。奥古斯特摇起水泵，柯尔斯滕把瓶子凑在出水口下面接水，清凉的水花溅到了手上。

"他们是我这辈子见过最疯的疯子，"他说，"危险得要命。我们几个人带着孩子逃走了。"

"你认识阿夏和杰里米吗？"柯尔斯滕盖上瓶盖，把水瓶放在自己的背包和奥古斯特的包里。

"是乐手吧？女的是黑人，男的是亚裔？"

"对。"

"不熟。我认识他们，见面会打招呼。他们带着孩子走了，比我早几天。"

"你知道他们去哪儿了吗？"

"完全不知道。"

"你知道前面有什么吗？"

"好几英里都荒无人烟。有两个废弃的镇子，据我所知已经没人住了。再往前就是塞汶城和湖了。"

　　"你去过那里吗？"他们一边说一边走回路上。柯尔斯滕瞥了一眼男人的侧脸，一下子看清了那道疤——一个小写的"t"，底下有一横。在水边的圣德伯勒，她见过有的建筑上用喷漆画着同样的记号。

　　"你说塞汶城？大崩溃之后就没去过。"

　　"住在这儿，住在镇子外面，是什么感觉？"柯尔斯滕问。

　　"很安静，"芬恩耸了耸肩说，"要是十年八年前，我也不敢冒这个险。不过除了那个先知，这十年都过得十分平静，"他犹豫了片刻，"听着，我刚才没和你们说实话。我知道你们说的那个地方，那个博物馆。听说那里住着不少人。"

　　"你离开圣德伯勒的时候，没动过去那儿的心思吗？"

　　"听说先知就是从那儿来的，"他说，"机场里的那些人，也许他们和先知是一伙的呢？"

　　柯尔斯滕和奥古斯特一路上没怎么说话。一头鹿从前方的路上穿过，先停在那儿看了看他们，之后就消失进林子里。一个人类消失殆尽的美丽世界。如果他人即地狱，那么一个几乎没有人的世界算什么？兴许人类很快就灭绝了。不过这个念头让柯尔斯滕觉得很平静，而不是难过。在这个星球上，有那么多的物种出现过又消失了，再少一个又如何？如今又有多少人还活着？

　　"他那道疤。"奥古斯特说。

　　"我看到了。还有，乐团究竟能去哪儿？为什么要改变路线呢？"奥古斯特没有回答。乐团偏离原定路线的理由有十几个：他们感到了某种危险，于是决定绕路走；他们仔细考虑了一番后认定走另一条路更快，并且知道柯尔斯滕与奥古斯特会和他们在机场会合；他们在岔路口走错了，于是消失在荒野中……

午后不久，奥古斯特发现了一条车道。当时他们正在树荫底下休息，他突然站起来，走到路对面。柯尔斯滕也注意到对面有一排小树，但是她太累了，还热得发昏，没精力去思考这意味着什么。奥古斯特单腿跪地，戳了戳地面。

"碎石路面。"他说。

这是一条车道，不过杂草丛生，一时难以发现。林间有一片空地，上面矗立着一栋二层楼的房子，两辆生锈的汽车和一辆皮卡车，都瘫在瘪了的轮胎上。他们在林子边缘观望片刻，不过没发现有动静。

前门上了锁，这可不寻常。他们绕着房子查看了一圈，结果后门也锁着。柯尔斯滕撬开锁。他们走进客厅的那一刻就意识到，这里从来没人进来过。抱枕整齐地摆在沙发上。茶几上放了一个遥控器，上面落满灰尘。他们对望了一眼，蒙着布条的脸上挑眉的动作一模一样。他们好多年都没遇到过原封不动的房子了。

厨房里，柯尔斯滕用手指拂过碗碟架上的一排盘子，拿了几把叉子，留着以后用。楼上有一个房间本来是儿童房。房间的主人仍然留在这里，但已经变成了床上的一副尸骨。柯尔斯滕拉起毯子，盖住孩子的脑袋，而此时奥古斯特还在楼下的浴室里翻找。墙上挂着一幅镶框的照片，照片里是男孩和他父母，三个人都露出灿烂的笑容，那么鲜活。男孩穿着少年棒球联盟的球衣，他的父母蹲在左右两边。她听见奥古斯特走了过来。

"看我发现了什么。"他说。

他发现了一个"进取号"星舰的金属模型。他对着阳光举了起来，蜻蜓大小的星舰闪闪发光。柯尔斯滕这时才注意到床头贴着一张太阳系的海报，地球只是太阳旁边的一个小蓝点。这个男孩喜欢棒球，也喜欢太空。

"咱们该继续赶路了。"过了一会儿，柯尔斯滕说。奥古斯特的目光也落在床上。她先离开了房间，好让他进行祈祷，尽管她也不知道说"祈祷"到底恰不恰当。他对着死者低语的时候，好像只是在和他们交谈。"希望你走得很安详。"她曾听见奥古斯特这么说。或者："你的家真的很漂亮。抱歉，我要把你的靴子拿走了。"或者："不论你在哪里，希望你的家人都与你同在。"他对床上的孩子说话的时候声音很轻，柯尔斯滕听不清楚，只听见了"在群星之间"几个字。她急忙走去主卧，免得被他发现自己在偷听。不过她看出奥古斯特已经来过这儿了。男孩的父母也是在床上去世的，奥古斯特刚才拉起毯子遮住了他们的脸，扬起的灰尘还在上空弥漫着。

在主卧浴室里，按下电灯开关的那一瞬间，柯尔斯滕闭上了眼睛。自然，什么也没有发生，但在这样的瞬间，她总是情不自禁地努力回想这个动作本来的效果：走进房间，按下开关，接着房间里便充满了光亮。问题是，她不确定这是她的记忆还是想象了。她用指尖拂过浴室洗脸池上那个蓝白相间的瓷罐，先把罐子里那一排排棉签欣赏了一番，然后才装进口袋。看起来棉签可以用来清理耳朵和乐器。柯尔斯滕抬起头，和镜子中的自己四目相对。她该剪头发了。她对着镜子露出微笑，接着调整了一下笑容，好让她最近缺掉牙的位置看着没那么明显。她拉开一扇柜门，看见里面放着一叠干净的毛巾。最上面那条毛巾是蓝色的，绣着几只小黄鸭，一角还连着兜帽。如果一家三口同时感染，父母为什么没有和孩子睡在一起呢？也许父母先死了。她不愿意再想下去。

客房的门一直关着，窗户裂了一条缝，地毯报废了，不过衣柜里的衣服没有沾上死亡的气味。她翻到一条喜欢的裙子，柔软的蓝色丝绸裙，还有口袋。趁着奥古斯特还在男孩的卧室里，她换上了裙子。衣柜里还有一件婚纱和一套黑西装。她拿上这两件衣服，留着当演出服。乐团在做的，他们一直在做的，就是施展魔法，而服装是很有用的道具。和他们萍水相逢的那些人过得辛苦而艰难，而且一辈子只有一个任务，就是活下去。有几个演员认为，要想让莎士比亚的戏剧引发共鸣，他们也应该和观众一样，穿着打了补丁、洗得褪色的衣服。但柯尔斯滕觉得，让蒂坦妮雅一袭礼服，哈姆雷特身穿衬衫领带，这样更有意义。大号手也同意她的看法。

"新世界有个问题，"大号手这么说过，"那就是优雅匮乏得令人发指。"他对优雅略有所知。大崩溃之前，他和指挥曾属于同一个军乐团。他有时候会说起军队的舞会。他现在在哪儿呢？不要去想乐团，不要去想乐团。只有此时此地，她这么告诉自己，只有这个房子。

"裙子不错。"奥古斯特说。他人在楼下客厅里。

"原来那件沾了一股烟熏和臭鱼味。"

"我在地下室找到两个行李箱。"他说。

他们走的时候一人拖了一个行李箱，里面装了毛巾、衣服、一叠柯尔斯滕准备之后翻看的杂志、一盒没打开的盐，还有他们觉得可能有用的各种东西。走之前，柯尔斯滕在客厅里徘徊了几分钟，查看书架上的书，奥古斯特则到处找《电视指南》和诗集。

奥古斯特放弃了寻找，问她："你要找哪本书？"她看得出来，他想拿走那只遥控器。他一直把遥控器拿在手里，漫不经心按着那些按钮。

"《十一博士》，不用说。不过《亲爱的 V.》也行。"

两三年前，她不知怎么把《亲爱的 V.》丢在路上了，从那以后她就一直想再找一本。这本书是她母亲的，是在世界终结之前刚买的。《亲爱的 V.：阿瑟·利安德未经授权的肖像》，封面最上方有一行白色的文字，宣称本书荣登畅销榜第一。封面上是一张黑白照，阿瑟上车之前回头看了一眼。从他脸上的表情看不出发生了什么，好像有点儿魂不守舍，也可能是有人喊了他的名字，于是他回头张望。这本书里全是他写给一个朋友的信，也就是那个姓名不详的 V.。

　　柯尔斯滕跟着哥哥离开多伦多的时候，哥哥对她说她可以在背包里带一本书，就一本。于是她就挑了《亲爱的 V.》，因为母亲不让她看这本书。她哥哥当时诧异得挑起了眉毛，不过什么也没说。

25

书信选摘：

亲爱的 V.，

　　多伦多很冷，不过我喜欢住在这里。让我没办法习惯的是，每当阴云密布快要下雪的时候，天总是一片橙黄。橙黄。我知道这只不过是城市里的反射光，但是看起来很诡异。

　　我最近走了很多路，因为除去房租、自助洗衣店和吃穿的费用，我实在没钱坐车了，昨天我在水沟里捡到了一枚亮闪闪的一分钱硬币，我觉得这是个幸运符。我把硬币贴在这封信上了。异常地亮，是吧？为了庆祝十九岁生日，昨天晚上我去了市中心的一家舞厅，花了五块钱服务费。我浪费了五块钱，因为我现在在餐厅里干不了几个小时，不过无所谓了。我喜欢跳舞，虽然我根本不会跳，八成别人都以为我癫痫犯了吧。我和我的朋友克拉克一起走着回家，他说他看了一场实验性的表演，演员们都戴着巨大的混凝纸浆面具，听着挺酷的，但是有点儿装。我这么跟 C.[1] 说了，他反问："你知道什么叫装吗？你的头发。"他没有挖苦我的意思，不过我那天早上给一个室友做了早饭，好让他帮我剪个头发，效果还不赖，我觉得。我这个室友是学美发的。马尾辫没有了！你肯定认不出我了！我爱这座城市，也恨这座城市，我也很想你。

A.[2]

亲爱的 V.，

　　我昨天晚上梦见我们还是在你家里，和你母亲一起打麻将（是这么写？）。我想现实中我们就打过那一回，而且我知道那次我俩都喝高了，不过我玩得很开心，那些小小的麻将牌。言归正传，今天早上我在想，你家里有个地方我很喜欢，就是大海的视错觉：从客厅看去，感觉大海就在前院草坪的尽头；可等你走到外面才发现，玻璃和海水之间还隔着一道悬崖。悬崖上架着的那个摇摇晃晃的梯子还是什么的，总吓得我魂飞魄散。

　　我说不上想家，也说不上不想。我经常和克拉克一起混，他是我在表演班的同学，我觉得你会喜欢他的。C. 留着朋克摇滚发型，一半头发剃光了，没剃的那一半染成了粉红色。C. 的父母希望他去念商学院，或者起码得拿到

---

[1] 克拉克（Clark）的英文首字母缩写。

[2] 阿瑟（Arthur）的英文首字母缩写。

一个有用的学位。不过 C. 跟我说他死也不干，听起来挺极端的。不过话说回来，我记得我当时也是宁愿死也不想留在岛上，所以我对他说我能明白。今天晚上这节课很棒。希望你一切安好。盼复。

A.

亲爱的 V.，

你还记得我们曾在你悬崖小屋的房间里听音乐吗？我最近在想，那段时间真是美好啊，尽管我那时候就要动身去多伦多了，所以那段时间也叫人难过。我记得我当时望着你房间窗户外的树叶，幻想眼前是一栋栋摩天大楼，想象那会是什么感觉，我还会不会想念这些树叶，诸如此类的。后来我就来了多伦多，我的房间窗户外面正好也有一棵树，所以我一抬眼就是树叶。不过这是棵银杏树，我在西边从来没见过。银杏树很美，树叶就像小扇子。

A.

亲爱的 V.，

我是个烂演员，这个城市太他妈冷了，我很想你。

A.

亲爱的 V.，

你还记得我们熬夜看彗星的那个晚上吗？就是百武彗星。当时是三月份①，那天晚上特别冷，草地上全是霜。

---

① 百武彗星于 1996 年 3 月 25 日最接近地球。

我记得我们一遍又一遍喃喃地念着它的名字，百武，百武。我觉得彗星很美，那道光就那么悬在天空中。总之，我就是刚刚想起那晚来了，不知道你是不是也记得这么清楚。在这里不大能看见星星。

A.

亲爱的 V.,

　　我之前没跟你说过，上个月的一节表演课上，老师说他觉得我有点儿平，其实就是觉得我演得很烂的意思。他说了几句模棱两可的话，几乎是在安慰我，说什么要想提高很难。我说，等着瞧吧。他听了一脸诧异，好像朝我眨了眨眼睛。之后的三周里，他基本上就对我视而不见。不过昨天晚上，我正在演一段独白，一抬头，发现他正在注视着我，真的是注视着我。之后他跟我说了一声晚安，这是几周以来的第一次。我觉得我还是有希望的。我就好像坐着轮椅看着别人奔跑。我能看出什么是好演技，可是我自己没办法做到那么好，不过我有时候就只差了一点点，V.。我真的很努力。

　　我刚才想到了小岛。不知道为什么，小岛好像成了过去时，就像我做过的一场梦。我走在街道上，在公园内外漫步，在夜店里跳舞，心里却在想："曾经我和我最好的朋友 V. 在海滩上漫步，曾经我和我弟弟一起在森林里垒城堡，曾经我放眼望去只有树。"这些真实发生过的事听起来都像是假的，就像是我听过的童话故事。我站在多伦多的街角等红绿灯，而那一整个地方，那个小岛，就像是另一个星球。别见怪，但是一想到你还住在那儿，总感觉怪怪的。

你的

A.

这是我最后一次给你写信了，亲爱的 V.，因为你四个月都没回过我一封信，五个月来写给我的最长的就是一张明信片。今天我一出门，看见春花开满了枝头。我是不是梦见你和我一起走在这些华丽的街道上？（V.，抱歉，我室友回家的时候心情很好，还带了些很棒的大麻，我有点儿精神错乱，也很孤独。你不知道离家这么远是什么滋味，因为你这辈子都不会离开的，是不是，V.？）我之前在想，要了解这个城市，你首先得变得身无分文，因为身无分文（是真的身无分文，连坐地铁的两块钱也掏不出来）才能逼着你无论去哪儿都得走路，而走路是欣赏这个城市最好的办法。言归正传，我要成为一名演员，而且是一名好演员，这点很重要。我想做点儿了不起的事，可我不知道该做什么。昨天晚上我跟一个室友说起这件事，他哈哈大笑，还说我太年轻了。但是我们都越来越老了，时间过得太快了。我都已经十九了。

我在考虑去纽约参加一个表演课的面试。

我最近在思考一件事，很抱歉它听起来会很伤人：你说你永远都是我的朋友，可你并不是，对吧？我是最近才想明白的。你对我的生活完全不感兴趣。

这么说好像我心有怨气，但这不是我的本意。V.，我只是实话实说：你从来不主动打电话给我，都是我先打电话给你。你发现了吗？要是我给你打电话留言，你会回过

173

来，但是你从来不主动打电话给我。

我觉得这件事很糟糕，V.，因为朋友是不会这样的。我总是想着你。你总说你是我的朋友，但你从来不想着我。我觉得我不能再单听你说了什么，V.，而是要好好想想你都做了什么。我的朋友 C. 觉得我对友谊的期望太高了，可我觉得他说的不对。

保重，V.，我会想你的。

A.

V.，

好多年（几十年？）没给你写信了，但我常常想着你。我很高兴在圣诞节的时候见到你。我不知道我母亲请了客人。我每次回来她都会这样，我觉得有点儿炫耀的意思。不过要是当初听她的，我根本不会离开小岛，而是子承父业开扫雪机了。突然和你共处一个房间感觉挺尴尬，不过这么久之后能再见到你，和你聊两句，真的太好了。你有了四个孩子！我都没法想象。

我好多年没给人写过信了，不只是没给你写信，不得不承认，我已经生疏了。不过我有个消息，一个重大消息，这件事我第一个想告诉的人就是你。我要结婚了。很突然。圣诞节的时候我没提，因为我当时还没想好，不过现在我想好了，我觉得这个决定完全正确。她叫米兰达，也来自岛上，不过我们是在多伦多认识的。她是个艺术家，会画奇异美丽的连环漫画之类的。她下个月就跟我搬去洛杉矶了。

咱们怎么变得这么老了，V.？我还记得我们五岁的

时候一起在树林里垒城堡。我们能重新做朋友吗？我一直
都特别想你。

A.

亲爱的 V.：

　　最近我过得很离奇，感觉自己的生活就像是一部电
影。我实在太迷茫了，V.，真的没办法形容。突如其来地，
我发觉自己在想：我是怎么走到这儿的？我是怎么过上这
种生活的？因为我回想着一连串的事件，总觉得不可能是
这样一个结果。我认识几十个比我有天分的演员，可他们
一直都不出名。

　　我遇到了一个人，我们相爱了。她叫伊丽莎白。她是
那么优雅、美丽，而最最重要的是，她有一种轻盈的气质，
我以前从来没意识到那正是我所缺少的东西。她除了当模
特、拍电影，还会去上艺术史课。我知道这是不道德的，
V.。我觉得克拉克知道了。昨天的晚宴上（非常尴尬，现
在想来也非常不明智，说来话长，不过我当时觉得是个好
主意），某一刻我一抬头，他正看着我，表情好像我让他
失望了。我意识到他的确有资格这么想。我也让自己失望
了。我不知道，V.，我现在一团乱。

你的
A.

亲爱的 V.，

　　昨天克拉克来吃晚饭了，离上次有六个月了吧。见到
他还挺紧张的，一部分是因为我觉得和十九岁那会儿相

175

比，他没那么有意思了（我承认这么说很刻薄，但我们难道不能老实承认人是会变的吗？），另一部分原因是上次他来家里的时候，我和米兰达还没离婚，伊丽莎白当时还是晚宴上的客人。好在伊丽莎白准备了烤鸡，并且完美地扮演了 20 世纪 50 年代的主妇，克拉克对她很有好感，我觉得。整个晚上她都保持着光彩照人的形象，一言一行都充满魅力之类的。这一次她总算没喝太多。

你还记得我们高中那个疯狂崇拜叶芝的英语老师吗？他那种热情有点儿把你也传染了。我记得有一阵子你在湖边小屋的卧室墙上贴了一句诗，我最近常常会想起来——爱情就像狮子的牙齿。[1]

你的

A.

---

[1] 出自叶芝的《可谱曲的歌词之七：变老的疯简看着舞者》（*VII of Words for Music, Crazy Jane Grown Old Looks at the Dancers*）。

26

　　"拜托快说你是开玩笑。"克拉克说。伊丽莎白·科尔顿打电话来通知他书的事。她没有开玩笑。她还没看到书，书要一周后才上市。不过一个可靠的消息来源告诉她说书里提到了他们两个人。她怒不可遏。她正考虑采取法律手段，可她拿不准该起诉谁。是出版商还是 V.？她拿定了主意，她没理由起诉阿瑟，尽管她很想这么做，但看来他也不知道书的事。

　　"他都说咱们什么了？"克拉克问。

　　"不知道，"伊丽莎白说，"不过看来他很详细地讨论了婚姻和友谊。用我朋友的话形容是'不留情面'。"

　　"不留情面，"克拉克重复说，"这不一定是什么意思。"不过十有八九不是好话，他断定。从来没听说一个人善良起来不留情面的。

　　"显然，他喜欢描述他生活中的人。起码我给他打电话的时候，他也很苦恼，算他知趣。"电话里传来一阵刺啦刺啦的静电声。

"是叫《亲爱的 B.》吗？"克拉克把书名写了下来。此时距离疫情暴发还有三周。他们仍然奢侈得不像话，还能为一本书信集操心。

"《亲爱的 V.》。对方是他的朋友维多利亚[①]。"

"前朋友吧，我琢磨。我明天打电话给他。"克拉克说。

"他只会东拉西扯、转移话题、胡搅蛮缠，"伊丽莎白说，"也可能他只是对我才这样。你和他说话的时候有没有一种他是在演戏的感觉？"

"我得出门了，"克拉克说，"我上午十一点有一个访谈。"

"我过几天要去纽约。也许咱们可以见个面，聊聊这件事。"

"可以，行，"他好几年没见过伊丽莎白了，"让你的助手联系我的行政助理吧，咱们约个时间。"

他放下电话，满脑子都是《亲爱的 V.》。他离开办公室，路上没有和一个人对视，他尴尬得要死，简直不敢和同事们说话。有谁读过那本书了吗？接着他走上了二十三街。他想马上拿到《亲爱的 V.》。他认识的人里头肯定有谁能帮他弄到一本，但访谈之前是来不及了。他正在给中央车站附近的一家供水系统咨询公司进行三百六十度评估。

这几年来，这些评估成了他的专长。每一份评估的中心都是客户公司希望改变的某个高管，也就是他们所谓的"靶子"。这么叫没有任何讽刺的意思。克拉克目前的几个"靶子"包括：一个给公司赚了几百万美元但是对下属大呼小叫的销售员，一个赶工到凌晨三点却还是赶不上最后期限的优异律师，一个面对客户八面玲珑但是管理团队一塌糊涂的公关主管。克拉克每做一份评估都需

---

① 英语中维多利亚（Victoria）的首字母是 V。

要找十几个和"靶子"经常打交道的员工进行访谈，给"靶子"提供一系列报告，包括匿名的访谈评价——正面评价放在前面，好减缓对其自尊心的打击。接着，就是项目的最后阶段——连续几个月的培训。

二十三街上并不拥挤，吃午饭还有点儿早，可他总是被挡在"手机僵尸"后面。这些人年纪只有他一半，走路都像在梦游，眼睛死死地盯着屏幕。他故意撞开了两个人，走得比平常快，打心底里烦得要命，想拿拳头砸墙，想狂奔，想冲进舞池翻跟头，尽管他已经有二十年没那么做过了。阿瑟跳舞的时候，总是比音乐的拍子慢那么一点儿。一个年轻女人走到地铁台阶入口那里突然站住了，克拉克差点撞到她身上。超过去的时候，克拉克瞪了她一眼，女人没注意，她正如痴如醉地看着手机屏幕。之后他在车门就要关上的一瞬间冲进了车厢，这算是这天里第一个小小的安慰。他一路上都在生闷气。到了中央车站，他一步两个台阶地爬上楼梯，走上车站大厅旁边的大理石走廊，快步穿过中央市场香气扑鼻的空气，顺着连接通道，来到了格雷巴大厦[①]。

"不好意思，我迟到了。"他对访谈对象说。对方耸了耸肩，示意他坐到访客椅上。

"要是你觉得两分钟都算迟到，那我们可没法好好相处了。"是得克萨斯口音吗？戴利娅四十左右，齐发尾，戴着一副红框眼镜，和口红颜色一样。

克拉克照例介绍铺垫一番，说这次三百六十度评估的"靶子"是她的上司；他约了十五个人访谈，都是匿名的；评价会分门别类

[①] 格雷巴大厦（Graybar Building），建于 1925 年，和中央车站通过格雷巴通道相连。

地写进下级、平级和上级的报告，每一级最少三个人；等等。他远远地听到自己的声音，并欣慰地发现自己语气沉稳。

"那这件事的目的，"她说，"我理解正确的话，是要改变我的老板吗？"

"这个，不妨说是找到潜在的弱点吧。"克拉克说。说这句话的时候，他又想到了《亲爱的 V.》，毕竟"出言不慎"不正是对"弱点"恰如其分的诠释吗？

"就是要改变他。"她微笑着，坚持己见。

"大概也可以这么看吧。"

她点了点头。"我认为人不可能十全十美。"她说。

"啊。"他说。他脑海里冒出的念头是，她都这个年纪了，说起话来怎么还像个哲学系大学生。"那不断完善自我呢？"

"我不知道。"她靠在椅背上，抱着胳膊思考这个问题。她一副不以为意的口气，但克拉克渐渐意识到，她为人绝不轻浮。他想起前几次访谈中谈到团队的时候，几个同事无意间说起过她。有一个人说她"有点儿不一样"。还有一个人，他想起来了，当时用的词是"较真"。"你刚才说你做这一行很久了，是吧？"

"二十一年了。"

"你培训的那些人，他们真的改变了吗？我是指持续的、明显的改变？"

他犹豫了。他其实也想知道答案。

"他们会改变自己的行为，"他说，"其中一些人。人们往往根本不知道自己某些方面需要改进，不过他们看到报告之后……"

她点了点头："这么说，你会区分改变一个人和改变一些行为。"

"当然了。"

　　"是这么回事，"戴利娅说，"我打赌你可以给丹上培训课，他十有八九会表现出一副改头换面的样子，他会在具体的方面有所改善，但他依旧是个郁郁寡欢的混蛋。"

　　"一个郁郁寡欢的……"

　　"不对，等一下，先别记。我换个说法吧。好，比如说你给他上培训课，他改了一点儿，十有八九会这样，可他依旧是个事业有成但不快乐的人。他每天工作到晚上九点，因为他们夫妻关系很差，他不想回家。别问我是怎么知道的，夫妻关系很差这种事人人都知道。这就像口臭，要是你和这个人离得近了，很明显就能察觉。知道吗？我这是揣测了，不过我觉得他这个人一直后悔这辈子没做点儿别的，我是说差不多干什么都行的那种——我是不是说得太多了？"

　　"没有，请接着说。"

　　"行。我喜欢我的工作，我这么说不是因为老板会看见我的访谈评价。对了，我不信他看不出谁都说了什么，不管匿名不匿名。言归正传，有时候我环顾四周，心里想——这话听起来可能怪怪的——职场的世界里好像全都是幽灵。说起来，我得更正一下，我父母都是搞学术的，所以那种恐怖秀上我可是前排观众，我知道学术界也没什么不同。所以更公平的说法应该是，成人世界里全都是幽灵。"

　　"不好意思，我好像没太——"

　　"我说的这些人选择了一种生活，放弃了另一种，结果失望透顶。你明白我的意思吗？他们做了别人期许的事。他们想做点儿别的，但是现在想改也改不了了，房贷、孩子，不管是什么，他们被困住了。丹就是这样。"

　　"这么说，你觉得他不喜欢他的工作。"

"正解，"她说，"不过我觉得他甚至都没意识到这一点。你八成常常遇到这样的人吧。高功能梦游者，说穿了就是这样。"

为什么这句话听得克拉克想哭？他连连点头，尽力都记下来。

"你觉得他会承认自己在工作中不开心吗？"

"不会，"戴利娅说，"因为我觉得他这种人觉得工作本来就是件苦差事，偶尔穿插着快乐的瞬间。不过我说的这种快乐，其实主要是指消遣。你知道我的意思吧？"

"不知道，麻烦仔细说说。"

"行。比如说，你走进休息室，看见两个跟你投缘的人，有个人讲了一件很好笑的事，你跟着笑了，你感觉自己是其中一员，每个人都很有趣。你走回到办公桌前，身上还笼罩着一种，什么呢，不知道该怎么说，我觉得可以用'余晖'来形容吧？你回到办公桌前，身上还笼罩着余晖。可到了四五点钟，这一天又变得和平常一样。你之后就是这种状态，盼着五点下班，盼着周末，盼着你每年两三周的带薪休假。日复一日，一辈子都是这样。"

"是的。"克拉克说。这一刻，他心里充满了一种难以言表的渴盼。前一天他走进休息室的时候，一个同事模仿了一段《每日秀》，他笑了有五分钟。

"不如这么说，这就算是生活了。对大多数人来说，这就算是快乐了。丹这样的家伙，他们就像是梦游的人，"她说，"他们是怎么摇晃都不会醒的。"

他完成了剩下的采访，和她握手告别，穿过格雷巴大厦的拱顶大厅，走上莱克星顿大道。天气很冷，但他想待在外面，远离其他人。他选了一条绕远的路，往东多走出两条街，来到了相对安静的第二大道。

他想着那本书，想着戴利娅说的梦游，脑海里冒出了一个奇怪的念头：阿瑟是不是看出了他在梦游？写给 V. 的信里会这么说吗？因为他一直以来就是在梦游。克拉克明白过来，他半睡半醒地在生活中走过场已经有一阵子，不，有好多年了。他说不上不快乐，可他上一次真正感觉到工作的乐趣是什么时候？他上一次为某件事情深深地感动是什么时候？他上一次感到敬畏或者深受启发是什么时候？他真希望能有办法回去，找到他之前在人行道上撞开的手机党，跟他们道歉："对不起，我才意识到，我和你一样，我在这个世界上也是微不足道的存在，我无权评判你们。"还有，他想打电话给每一个三百六十度报告的"靶子"，向他们道歉，因为出现在别人的报告里是一件很可怜的事。他现在明白了，被当作"靶子"是一件很可怜的事。

五

多伦多

27

　　地球上曾有过这样一个瞬间，让人事后回想起来简直不可思议。和人类历史相比，这个瞬间其实还要短暂，根本是一刹那。在这一瞬间中，仅靠拍摄和采访名人就可以谋生。距离世界末日还有七年的时候，吉文·乔杜里约到了阿瑟·利安德的采访。

　　吉文之前当了几年的狗仔队，收入尚可，不过他厌烦透了躲在人行道绿植后面跟踪和在汽车里蹲守名人的生活，所以他想转行当娱乐记者。他虽然觉得干这一行很不入流，但没有他现在的职业那么不入流。"我认识这位老兄。"他和一个编辑喝酒聊天的时候提到了阿瑟·利安德，对方以前买过他的几张照片，"我看过他所有的电影，有几部还看过两次。我跟着他满城跑，我拍过他老婆。我有办法让他松口。"编辑答应让他试一下，于是到了约定的采访日期，吉文开车去到酒店，向守在顶层套房外的年轻公关出示了身份证件和资格证。

　　"你有十五分钟时间。"她说着，放他进去了。套房里是一水的镶木地板和自然采光。其中一个房间里，桌子上放着卡纳佩点心，不少记者在看手机。阿瑟在另一个房间里。吉文眼中同辈里最优秀的演员就坐在窗前的扶手椅上，窗外是洛杉矶市中心。吉文一向很会鉴别昂贵的物件，他暗暗注意到窗帘的厚重、扶手椅柔滑的面料，还有阿瑟那身西装的剪裁。没理由，吉文反复这么告诉自己，阿瑟没理由会知道那次抓拍米兰达的人就是吉文。可他当然有理由知道了，吉文只能怪自己太蠢，那天晚上他不该告诉米兰达自己叫什么。当娱乐记者的想法是个错误，他这会儿看出来了。他走在镶木地板上，脑袋里胡思乱想，比如趁阿瑟还没抬头，假装自己突发疾病，立刻闪人。但是公关在引荐的时候，阿瑟面露微笑，把手伸了过来。看起来阿瑟对吉文这个名字没有任何感觉，对他的样子显然也没有印象。吉文下了很多功夫改变自己的形象。他把络腮胡子刮了；摘掉隐形，换上了框架眼镜，希望能显得严肃一些。他坐到阿瑟对面的扶手椅上，把录音笔放在两人之间的茶几上。

这两天，他把阿瑟所有的电影都重看了一遍，又额外查了大量的资料。但是阿瑟不想谈他正在拍的那部电影、他的表演训练或者影响、他成为艺术家的动力，以及他是否仍然把自己看成外人（若干年前他在最早期的一次采访里曾这么说过）。对吉文的前三个问题，他的回答都只有一个字。他好像精神恍惚，宿醉未醒。看他的样子像是很久没睡过好觉了。

"说来听听。"在一段吉文感觉长得叫人尴尬的沉默之后，阿瑟开口了。公关刚刚把一杯救急的卡布奇诺递到他手里。"一个人是怎么会当上娱乐记者的？"

"这是那种后现代理论吗？"吉文说，"你反过来采访我，就像那些名人反过来给狗仔队拍照？"当心，他暗想。他对阿瑟没兴趣和他交流的失望渐渐浓缩成敌意。这种情绪之下还隐藏着许多让他夜不能寐的深层问题：采访演员要好过跟踪他们，可这又算是什么新闻事业？算什么生活？有些人就有办法去做真正有意义的事。有些人，比如他哥哥弗兰克，现在是路透社派驻阿富汗的战地记者。吉文并不希望自己是弗兰克，只不过他忍不住觉得，相比之下，自己在好多个路口都选错了方向。

"我不知道，"阿瑟说，"我就是好奇而已。你是怎么干起这一行的？"

"一步一步，又突如其来。"

阿瑟皱起眉头，好像在回忆什么。"一步一步，又突如其来。"他重复了一遍，沉默了一会儿，"不，我是认真的，"他回过神来，接着说，"我一直好奇你们这些人的动力是什么。"

"赚钱，一般来说。"

"这是当然，不过难道没有更轻松的工作吗？娱乐新闻这档子事……我的意思是，听着，我不是说你这种人和狗仔队一样，"多谢你这么不当回事，吉文暗想，"我知道你的工作和他们不一样，但是我看见有的家伙……"阿瑟举起一只手，示意还没说完，接着灌了半杯卡布奇诺。摄入的咖啡因让他的眼睛略微睁大了。"我看见有的家伙还会爬到树上去，"他说，"我不是开玩笑。是在我离婚那会儿，米兰达要搬出去的时候。我正在刷碗，我往窗外一看，上边有个家伙正举着相机。"

"你在刷碗？"

"嗯，管家跟媒体乱说话来着，所以我把她解雇了，然后洗碗机坏了。"

"屋漏偏逢连夜雨，是吧？"

阿瑟咧嘴笑了。"我喜欢你这个人。"他说。

吉文尴尬地笑了，这句话让他觉得受宠若惊。"干这一行很有意思，"他说，"总能遇到一些有意思的人。"同时也会遇到一些天底下最无聊的人，不过他觉得奉承两句又没什么坏处。

"我一直对人感兴趣，"阿瑟说，"他们的动力是什么，让他们感动的是什么，诸如此类。"吉文想在他的脸上寻找讽刺的表情，但他说的似乎是真心话。

"我也是，说老实话。"

"我就是想问问，"阿瑟说，"因为你和他们中的大多数人都不一样。"

"我不一样？真的吗？"

"我的意思是，你是从一开始就想当娱记吗？"

"我以前是摄影师。"

"拍什么的？"阿瑟快把咖啡喝光了。

"婚礼摄影和人物照。"

"然后你不做那个了，跑去采访我这样的人？"

"是啊，"吉文说，"就是这样。"

"为什么？"

"我去婚礼去得都烦了。这一行报酬更好，也没那么麻烦。为什么这么问？"

阿瑟向前探过身子，关掉了吉文的录音笔："你知道我聊自己聊得有多累吗？"

"你确实接了很多采访。"

"是太多了。这话可别写下来。只演话剧、演电视剧那会儿还容易些，偶尔有一篇人物侧写、专稿、访谈之类的。可等你演电影出名了之后，老天爷，那就完全是另一码事了。"他举起杯子，做了一个要续卡布奇诺的动作。吉文听见身后的公关踩着高跟鞋哒哒哒地走远了。"不好意思，"他接着说，"我知道，我这种工作还抱怨，是有点儿虚伪。"

你是压根不明白，吉文心说，你是有钱人，以后也是有钱人，要是你愿意，你今天就可以不上班，以后也不用上班。"不过你演电影也有好多年了。"他装出了最不偏不倚的语气。

"嗯，"阿瑟说，"大概是我现在还没习惯吧。我还是觉得有点儿尴尬，不习惯万众瞩目的感觉。我对他们说我已经对狗仔队视而不见了，其实不是。我就是不敢看他们。"

那可得多谢了，吉文心说。他意识到安排给他的十五分钟正一点一滴地流逝。他拿起录音笔，好让阿瑟能看见，接着按下录音键，又把录音笔放在两人之间的茶几上。

"你取得了相当大的成功，"吉文说，"随之而来的，自然就是失去一些隐私。是不是可以说，你觉得被人审视让你很难应付？"

阿瑟叹了口气。他把两只手握在一起，给吉文的感觉是他在给自己打气。"知道吗？"阿瑟的声音清晰而放松，他演起了一个无所顾忌的新角色，听录音回放的时候，绝对想不到他面色苍白，顶着两个黑眼圈，显然没睡好，"我明白有得必有失，是吧？我们处在这样的位置上太幸运了，我是说我们这些以当演员为生的人，我觉得再抱怨被侵犯隐私很虚伪，老实说。我的意思是，咱们有一说一，我们本来就想出名，对吧？又不是说我们当初不知道未来要面对什么。"这番话好像让他耗尽力气。他明显没了精神，接着从公关手里接过一杯新的卡布奇诺，并点头致谢。之后是一段尴尬的沉默。

"你是刚从芝加哥飞回来的吧。"吉文不知说什么好。

"是啊。"阿瑟再一次探过身子，关掉吉文的录音笔。"告诉我，"他说，"你刚才说你叫什么来着？"

"吉文·乔杜里。"

"要是我打算告诉你一件事，吉文·乔杜里，在见报之前我有多少时间？"

"这个嘛，"吉文反问，"你想告诉我什么？"

"一件任何人都不知道的事，我希望消息公开之前给我二十四小时的时间。"

"阿瑟，"吉文身后的某个地方传来公关的声音，"现在是信息时代。他还没走到停车场，TMZ①就该曝出来了。"

"我这个人言而有信。"吉文说。在他目前漫无目的的人生阶段，他也拿不准这句话是真是假，不过他愿意认为有可能是真的。

"什么意思？"阿瑟问。

"意思是我说到做到。"

"好，听着，"阿瑟说，"如果我告诉你一件事……"

"保证是独家消息？"

"对。我不会再告诉其他任何人，条件是你要等二十四个小时。"

"好，"吉文说，"我可以等二十四个小时再发布。"

"不只是公开发布，是二十四个小时之后才能告诉第三个人，因为我不希望你们那家见鬼的杂志有哪个实习生走漏风声。"

"行，"吉文说，"二十四个小时之后我再告诉第三个人。"密谋的气氛让他心情愉快起来。

"阿瑟，"公关说，"我能单独和你聊几句吗？"

"不用，"阿瑟说，"我必须这么做。"

"没有什么是你必须做的，"她说，"想想跟你说话的是什么人。"

---

① TMZ，美国娱乐新闻网站。

"我这个人言而有信。"吉文重复说。第二遍听起来更是添了一分傻气。

"你是个记者，"公关说，"——别犯糊涂，阿瑟……"

"行了，听着，"阿瑟对吉文说，"我一下飞机就直接过来了。"

"好的。"

"我早到了两个小时，差不多有三个小时，因为我不想先回家。"

"为什么不……？"

"我要和我的妻子分开，和莉迪娅·马克斯在一起。"阿瑟说。

"老天哪。"公关说。

莉迪娅·马克斯和阿瑟联袂主演了一部刚刚在芝加哥杀青的电影。吉文有一次拍到她从洛杉矶的夜店里出来。当时是凌晨三点，而她精神焕发，打扮光鲜得简直不自然。她是那种喜欢被狗仔队拍的人，有时候她还会提前打招呼。她当时对吉文亮出了一个迷人的微笑。

"你要和伊丽莎白·科尔顿分手，"吉文说，"为什么？"

"因为我不得不这么做。我爱上了别人。"

"你为什么要告诉我？"

"下个月我会搬去和莉迪娅住，"他说，"伊丽莎白还不知道。一周之前我跟剧组请了一天假，特地飞回来准备跟她摊牌，可我就是开不了口。听着，伊丽莎白有一个情况你得了解：她从来没有经历过一件不好的事。"

"一件也没有？"

"这话可别写进去。我不该说的。重点是，我一直没办法跟她开口。每次跟她通电话的时候，我都开不了口，今天也开不了口。但是如果你跟我说这个消息明天就会见报，那我就没得选了，是吧？"

"这会是个很敏感的新闻，"吉文说，"你和伊丽莎白仍然保持朋友关系，你希望她一切安好，除此之外你无可奉告，并且恳请公众在这段困难时期给予她空间。这样行吗？"

阿瑟叹了口气，看他的样子好像不止四十四岁了。"能不能写是共同的决定？这是为了她着想。"

"双方共同并且，呃，友好地决定分手，"吉文说，"你和伊丽莎白仍然保持朋友关系。你们相当地……相当地尊重彼此，并且共同决定分开，这也是最好的选择。同时恳请公众在这段，怎么说，这段困难时期给予你们空间？"

"好极了。"

"你希不希望我提到……"吉文没有问完，不过也没必要问完。阿瑟露出痛苦的表情，抬头看着天花板。

"是的，"他的声音透着不自在，"可以说孩子的事。有什么不能说的？"

"你最关心的是你们的儿子泰勒，你和伊丽莎白会共同抚养孩子。我会让这句话读起来没这么尴尬。"

"谢谢你。"阿瑟说。

28

　　阿瑟向他道谢，之后呢？阿瑟去世八天后，在多伦多南端的一栋高楼里，吉文躺在哥哥的沙发上，望着天花板，回忆后来又发生了什么。公关有没有请他喝卡布奇诺？没有，虽然他会欣然接受，但她没请。（吉文这几天总想喝卡布奇诺，因为卡布奇诺是他的最爱。他突然想到，假如情况真有电视里报道的那么糟糕，那他也许再也喝不到卡布奇诺了。我们执着的东西啊，吉文在心里感叹。）对了，那个公关，她送吉文出门时，看也没看他一眼，就把他关在了门外。而这竟然已经是七年前的事了。

　　吉文躺在沙发上，任凭一段段记忆在脑海里浮现，想着卡布奇诺、啤酒之类的，而弗兰克在一旁忙着他最近接的代笔任务。他正替一个慈善家写回忆录，根据合同规定，他不能透露此人的名字。吉文总是不由自主地想到他的女朋友，想到他在椰菜镇的家，不知道以后还能不能再见到了。这时候，手机已经没信号了。哥哥家里没有座机。公寓外的世界正走向终结，雪还是下个不停。

29

　　但他确实遵守了诺言。在自己的职业生涯中，这是吉文为数不多的引以为傲的时刻。采访之后的整整二十四小时里，他没有把阿瑟和伊丽莎白分手的消息告诉给任何人，一个也没有。

　　"你在笑什么呢？"弗兰克问。

　　"阿瑟·利安德。"

　　在另一段人生中，吉文曾守在阿瑟家门外，一站就是几个小时。他一边抽烟，一边抬头望着那几扇窗户，无聊得直发愣。一天夜里，他骗了阿瑟的第一任妻子，拍到了她状态不佳的一幕。那张照片让他大赚了一笔，但他到现在还是心中有愧。她看向吉文，脸上露出诧异而难过的表情，手里夹着一支烟，头发乱蓬蓬的，裙子肩带从肩头滑了下来。在冬天的城市里想到这些，总有种异样的感觉。

30

　　"你可别再唱这首歌了。"弗兰克说。

　　"对不起，可这首歌多应景啊。"

　　"这我不反对，问题是你唱得太难听了。"

　　这就是我们眼中的世界末日[①]！从吉文推着购物车出现在哥哥家门口到现在已经过去好几天，这首歌一直在他脑海里盘旋。几天来，他们每天都守在电视新闻前，音量开得很低。一连串的噩梦在他们耳边低语，让他们精疲力尽、心神不宁，就这样睡睡醒醒。这么短的时间里怎么会死那么多人？那些数字让人不敢相信。吉文拿了塑料布和胶布，封住了公寓里所有的通风口，但他不知道这么做管不管用，不知道病毒会不会穿过胶布或者顺着胶布的缝隙钻进来。他用弗兰克的浴巾蒙住窗户，免得晚上有光透出去，又用弗兰

---

① 《这就是我们眼中的世界末日（而我感觉很好）》（*It's the End of the World as We Know It*〔*And I Feel Fine*〕），美国摇滚乐队 R.E.M. 的歌曲，1987 年发行。

克的五斗橱挡住了公寓门。有时候会传来敲门声，这时吉文和弗兰克就一语不发。他们害怕每一个外人。有两回有人想破门而入，弗兰克和吉文听见了什么金属工具撬锁的动静，两个人一动不动，焦灼地等待着，好在门锁够结实。

就这样过了一天又一天，新闻无休无止，最后好像变成了抽象的背景，好比一部演不完的恐怖电影。播音员的声音麻木而沮丧，有时候还会边播边哭。

弗兰克的客厅位于大厦的一角，能同时看见城区和湖水。吉文更喜欢看向湖水。如果他把弗兰克的望远镜对准城区，就会看见高速路，而眼前的景象会让人心烦意乱。头两天里，车流一直缓慢地前进，有的挂着拖车，有的在车顶上绑着塑料箱和行李箱。但到了第三天早上，高速路彻底堵死了。于是人们拉着行李箱，牵着孩子和狗，在车辆之间徒步前进。

第五天，弗兰克开始忙他代笔的活，不再看新闻。他说新闻会把他们俩都弄疯，而且这时候大多数的新闻播音员也不是播音员了，而是新闻网的工作人员，看样子并不习惯在摄像机的另一头露面。摄影师和行政人员对着镜头说得磕磕绊绊。接着，各国相继陷入黑暗，城市一个接一个地没了音讯——先是莫斯科，接着是北京，之后是悉尼、伦敦、巴黎，等等。社交媒体上充斥着歇斯底里的传言，本地新闻越来越聚焦于本地，电视台一个接一个地没了信号。最后唯一一个还在播报的频道就只有一个对着新闻编辑室的镜头，电视台的员工轮流站到镜头前播报他们掌握的所有信息。一天夜里，吉文在半夜两点醒来，看见新闻编辑室里空空荡荡。所有的人都离开了。他盯着屏幕上空无一人的新闻编辑室，怔怔地看了很久。

此时，其他的频道要么只剩下静电噪声和测试图案，要么就在反反复复地播放政府的紧急广播，无谓地提醒大家足不出户，避开人群密集场所。过了一天，终于有人关掉了新闻编辑室里的摄影机，但也可能是摄影机没电了。又过了一天，互联网闪灭了。

多伦多陷入了寂静。每过一天，安静的气氛就越发深沉，城市永恒的嘈杂声渐渐远去。吉文对弗兰克说起这事，弗兰克回答说："大家都没汽油了。"望着停在高速路上的汽车，吉文意识到，即便车里还有汽油，那些人也走不了了。所有的道路都堵满了被遗弃的汽车。

弗兰克一直写个不停。那位慈善家的回忆录差不多要写完了。

"他十有八九已经死了。"吉文说。

"十有八九。"弗兰克表示同意。

"那你为什么还在写他的事迹？"

"我签了合同的。"

"可是其他签合同的人都已经……"

"我知道。"弗兰克说。

吉文对着窗户举起他那只用不了的手机。屏幕上闪过一条"服务不可用"的提示。他把手机扔在沙发上，望着窗外的湖面。说不定会有一条船开过来，然后……

寂静的下午，吉文待在哥哥的公寓里，不自觉地想着这个城市是多么依赖人，万事万物都是多么依赖人。人们总抱怨说现代世界冷漠非人，但在他看来，这是在说谎。现代世界从来不是冷漠非人的，从始至终都有一个由人组成的庞大而精巧的基础设施。这些人在我们身边默默无闻地工作，一旦他们不再工作，整个系统就停滞下来。没有人往加油站和机场运送汽油，汽车就开不了，飞机也飞不起来。卡车停在原点。食物送不到城市里，店铺关门。公司锁了门，接着被洗劫一空。发电厂和变电站里没人上班，砸坏电线的树木无人清理。吉文正站在窗户前，这时候停电了。

有那么一刻，他傻乎乎地站在前门旁边，反反复复地按电灯开关。开、关，开、关。

"别弄了，"弗兰克说，他借着从百叶窗透进来的灰暗光线，在手稿的页边记笔记，"我要被你烦死了。"弗兰克一直躲在他的工作里，吉文明白过来，但他没办法因此对弗兰克不满。假如吉文也有工作，他也会躲在里面的。

"有可能只是咱们家呢，"吉文说，"兴许是地下室里的保险丝烧断了？"

"当然不只是咱们家。你应该诧异的是居然坚持了这么久才断电。"

"就像在树屋里一样。"弗兰克说。这时大概到了第三十天，几天前水也停了。有时候他们一整天都不说一句话，有时候说不清为什么，日子过得很祥和。吉文觉得自己从来没和哥哥这么亲近过。弗兰克在写那个慈善家的回忆录，吉文就看书。他透过望远镜观察湖面，能看上好几个小时，不过天空和水面都空空荡荡。没有飞机，没有船只，还有，互联网去哪儿了？

他很久都没想起过树屋了。他们小时候住在多伦多郊区，后院有一个树屋，兄弟俩常常在里面看漫画，一待就是好几个小时。绳梯能收起来，防止侵略者来犯。

"咱们能坚持好一段时间。"吉文说。他正在查看存水，情况尚可。在水龙头不再出水之前，他就已经把公寓里所有的容器都接满了水，这几天他还把锅碗瓢盆拿到阳台上接雪。

"是啊，"弗兰克说，"那又怎么样呢？"

"这个嘛，我们只要在这里待着，等着来电，或者红十字会出现之类的。"最近吉文常常做些电影般的白日梦，各种画面掺在一起，相互重叠。他最喜欢的电影情节是某天早上，他被扬声器惊醒，军队来了，宣布事件结束了，这场流感已经被消灭干净，一切都恢复正常了。他推开五斗橱，走到楼下，来到停车场，也许会有一个士兵给他递来一杯咖啡，拍拍他的后背。他想象着那些人称赞他有先见之明，知道要囤够吃的。

"你凭什么认为还会来电？"弗兰克头也不抬地问。吉文想回答，却无话可说。

31

第十五年，新佩托斯基镇的图书管理员、《新佩托斯基新闻》的出版人弗朗索瓦·迪亚洛对柯尔斯滕·雷蒙德的采访，接上文：

迪亚洛：对不起。我不该问匕首文身的事。

雷蒙德：没关系。

迪亚洛：谢谢。不知道我能不能问问大崩溃的事？

雷蒙德：当然可以。

迪亚洛：你当时是在多伦多吧。是和父母在一起吗？

雷蒙德：不是。那天晚上，也就是多伦多的第一天，或者应该说是第一夜？随你怎么叫吧。我当时在演《李尔王》，主演在舞台上猝死了。他叫阿瑟·利安德。你记得吧，咱们几年前说过这件事，你保存的一份报纸上还登了讣告。

迪亚洛：为了报纸的读者，也许你不介意再说一遍……

雷蒙德：好的，可以。我之前说了，他当时在舞台上突发心脏病。他的事我不记得多少细节了，因为那一段时间的事情我基本上都不记得了。不过我对他还留着一点儿印象，这么说你能明白吧。我知道他很照顾我，我们有点儿像朋友。我非常清楚地记得他去世的那天晚上。我和剧组的另外两个女孩当时都在舞台上，我站在阿瑟身后，所以看不见他的脸。不过我记得舞台前面一阵骚动。接着我记得我听见了一个声音，很响的啪的一声，是阿瑟的手重重地打在了我脑袋旁边的胶合板柱子上。他跌跌撞撞地后退了几步，胳膊无力地挥舞着，接着观众席里有一个男人冲上舞台，朝他跑了过去——

迪亚洛：是那个会做心肺复苏的神秘观众。《纽约时报》的讣告里提到他了。

雷蒙德：他很照顾我。你知道他叫什么吗？

迪亚洛：好像没人知道。

32

第四十七天，吉文看见远处腾起了浓烟。他感觉火势不会蔓延太远，毕竟到处都是积雪，只是他之前一直没想过没有消防员的城市着火了该怎么办。

有时候吉文会在夜里听见枪声。不管是塞毛巾、蒙塑料布还是贴胶布，都挡不住走廊里传来的腐臭味，他们只能一直开着窗户，身上套好几层衣服。晚上他们挤在弗兰克的床上，紧紧靠在一起，好暖和一些。

"咱们最后还是得离开。"吉文说。

弗兰克放下笔，目光越过吉文望向窗外，望向湖面和晴冷的蓝天。"我不知道我能去哪儿，"他说，"我不知道我怎么才能做到。"

吉文在沙发上伸了伸懒腰，闭上眼睛。很快就得拿定主意了。剩下的食物只够吃两周。

吉文每次望向高速路都苦恼万分，他根本不可能推着弗兰克的轮椅绕过那些被遗弃的车辆。他们得选别的路，但是如果所有的路都一样，该怎么办？

一周多了，他们一直没听见走廊里有人走动，于是吉文决定晚上冒险去公寓外面看看。他推开挡门的五斗橱，顺着楼梯爬到了楼顶。接连好几周都待在室内，现在站在寒冷的空气中，让他觉得暴露无遗。月光洒在玻璃上，银光闪闪，此外看不到其他的光。寂静的大都市冷冷清清，有苍凉而意想不到的美。远处的湖面上，星星逐渐被一片云海遮住，一颗接一颗地消失了。他闻到了雪的气味。他拿定主意，就借着这场暴雪的掩护离开。

"可是还能有什么地方可去？"弗兰克问，"吉文，我不是傻瓜。我听见枪声了。电视台停播之前，我也看到了新闻报道。"

"我不知道。某个镇子吧，或者农场。"

"农场？你是农夫吗，吉文？而且就算现在不是仲冬，没有电，没有灌溉系统，农场里还能干农活吗？你觉得到了春天能长出什么吗？这期间，你在那儿吃什么？"

"我不知道，弗兰克。"

"你会打猎吗？"

"当然不会。我从来没开过枪。"

"你会捕鱼吗？"

"别说了。"吉文说。

"我中枪之后，他们告诉我说我再也不能走路了，我躺在医院里，花了很多时间思考文明，思考文明意味着什么，有什么是我认为有价值的。我记得我当时想，我这辈子都不想再见到战场了。我现在也是这么想的。"

　　"外面有一整个世界呢，"吉文说，"就在这间公寓之外。"

　　"吉文，我觉得外面只有生存。我觉得你应该出去，努力活下去。"

　　"我不能扔下你自己走。"

　　"我会先走一步的，"弗兰克说，"这件事我已经想过了。"

　　"什么意思？"他问，不过他明白弗兰克的意思。

33

雷蒙德：阿瑟·利安德的那篇讣告你还有吗？我记得几年前你给我看过，不过我不记得里面有没有提到那个人的名字——

迪亚洛：你问我还有倒数第二期的《纽约时报》吗？这还用问，当然有了。不过报道里没提到名字。给利安德做心肺复苏的那个观众，没人知道他是谁。正常情况下会有后续报道。有人会把他找出来，查到他在哪儿。不过还是跟我说说当时的情况吧。利安德先生跌倒了，之后……

雷蒙德：对，他瘫倒了，接着有一个男人从舞台前跑了过去，我意识到他是一个观众。他给阿瑟施救，做了心肺复苏。接着急救员来了，他们抢救阿瑟的时候，那个观众就陪着我坐在一边。我记得幕布合上了，我坐在舞台上，看着急救员工作，接着那个观众跟我聊了一会儿。他特别冷静，我就记得他这一点。我们走去侧舞台坐了一会儿，直到负责照看我的女人找过来。她是个保姆吧，我猜。她负责照顾我和剧组里的另外两个孩子。

迪亚洛：你记得她叫什么吗？

雷蒙德：不记得了。我记得她哭了，泣不成声的那种，弄得我也跟着哭了起来。她帮我卸了妆，之后还送了一个礼物给我，就是我之前给你看过的那块镇纸。

迪亚洛：我认识的人里，只有你在背包里背了一块镇纸。

雷蒙德：也不是很沉。

迪亚洛：对孩子来说，这个礼物好像很不寻常。

雷蒙德：我知道，不过我当时觉得它很美。我现在也觉得它很美。

迪亚洛：所以你离开多伦多的时候就把它带在身上了？

雷蒙德：是啊。言归正传，她把镇纸送给了我，我估计我们后来都平复下来。我记得之后我们在更衣室里玩了一会儿扑克。后来她一直给我爸妈打电话，但他们始终没来接我。

迪亚洛：他们给她回话了吗？

雷蒙德：她一直打不通。不得不说，之后的事我不记得了，都是我哥哥告诉我的。最后她打给了我哥哥彼得，那天晚上他在家。他说他也不知道爸妈在哪儿，不过她可以把我送回家，他会照顾我的。彼得比我大好几岁，那时候他十五六岁了，所以经常会照顾我。于是那个女人开车送我回了家，让我和哥哥待在一起。

迪亚洛：那你的父母？……

雷蒙德：我再也没见到他们。我有几个朋友也是一样的情况。有些人就这么消失得无影无踪了。

迪亚洛：如果这是多伦多的第一天，那就是说，他们是最先走的。

雷蒙德：是，应该就是这样。我有时候会琢磨他们遭遇了什么。我觉得也许是他们在办公室里病了，于是去看了急诊。我觉得最有可能是这种情况。等他们去了医院之后，唉，我想医院里没有一个人能活下来吧。

迪亚洛：所以你就和你哥待在家里，等着他们回来。

雷蒙德：我们不知道当时发生了什么。最开始那一阵子，等待好像合情合理。

34

　　"念点儿什么给我听吧。"吉文说。这是第五十八天。他躺在沙发上望着天花板，之前他一直睡睡醒醒。这是两天来他说的第一句话。

　　弗兰克清了清嗓子："有什么想听的吗？"他也两天没说话了。

　　"就你现在写的那一页吧。"

　　"真的假的？你想听一个享尽特权的慈善家怎么看待好莱坞演员的公益活动？"

　　"有何不可？"

　　弗兰克清了清嗓子。"一位慈善家不朽的思想，我不能透露他的名字，不过就算我说了你也没听过。"他说。

　　　我喜欢看到演员利用名气去做一些有意思的事。有些
　　演员设立了慈善基金，努力让大家关注阿富汗妇女和女童
　　的困境，或者拯救非洲白犀牛，或者突然热衷于成人扫

盲，不管是什么吧。当然了，这些都是崇高的事业，我知道他们的名气有助于宣传。

但是咱们实话实说好了。他们没有一个人进娱乐圈是为了为人类做贡献。就说我自己吧，在我成功之前，我甚至从来都没想过要做慈善。我那些当演员的朋友成名之前整天都忙着试镜，拼命要获得注意，什么活都愿意接，免费出演朋友的电影、在餐厅里打工或者在宴会上当服务生，只为糊口。他们当演员是因为热爱表演，不过说句实话吧，他们也喜欢受到关注。他们最想要的就是受到瞩目。

我最近常常在思考不朽的意义。被人记住意味着什么，我希望别人记住我什么，就是一些关于记忆和名声的问题。我爱看老电影。我看着屏幕上那些早已作古的演员的面孔，心里想，他们永远不会真正地死去。我知道这是老生常谈了，不过说得确实没错。不光是那些家喻户晓的明星，像克拉克·盖博、艾娃·加德纳那些，还有那些小角色，比如端着托盘的女仆、管家、酒吧里的牛仔、夜总会里左数第三个姑娘。在我看来，他们也都是不朽的。一开始我们只是想受到瞩目，可是等我们受到瞩目之后，又觉得不满足了。在那之后，我们又希望被人记住。

35

迪亚洛：你离开多伦多之前那几天，那段最后的日子，都发生了什么？

雷蒙德：我就待在地下室里看电视。附近的人渐渐都走光了。彼得晚上会出门去，应该是去偷吃的吧。后来有一天早上，他说："柯柯，咱们得走了。"他靠搭电打火启动了一辆被遗弃的汽车，我们开了一段路就被困住了。所有上高速的匝道都堵满了被遗弃的汽车，辅路上也一样。最后我们就只好和大家一样徒步前进。

迪亚洛：你们是往哪儿走的？

雷蒙德：先往东，再往南。沿着湖岸，到了美国。这时候边境都开放了。所有的边境警卫都不在了。

迪亚洛：你们当时有一个目的地吗？

雷蒙德：应该没有吧。但是不离开的话就只能在多伦多等着，有什么可等的呢？

　　吉文打算沿着湖岸走。岸边全是沙砾和岩石。雪天里很难走，而且又是黄昏。他担心自己会扭到脚，还担心会留下脚印。不过他打定主意，只要可能他就不走公路。他迫切地想要避开其他人。

　　在公寓的最后一个晚上，他站在窗前，用望远镜观察高速路。整整三个小时里，他只看到了两个人，都是朝着远离市区的方向，鬼鬼祟祟地，一路上不断扭头察看身后。这三个小时里，他每时每刻都能感受到从弗兰克的卧室里蔓延出来的寂静。他检查了两次，确认弗兰克真的没有了呼吸。他知道第二次检查是不合理智的，可是万一弗兰克醒来发现只剩下自己一个人，那该多糟糕啊。他觉得头晕目眩，双腿发软，好像踩在即将塌陷的悬崖上，他能保持理智，靠的完全是意志力。他状态很不好，不过现在有谁状态好吗？

　　他坐在弗兰克的办公桌前眺望湖面，等着夜幕降临。他努力想要抓住最后的宁静，在这间他住了这么久的公寓里。弗兰克的手稿还放在书桌上。吉文翻到弗兰克正在写的那一页，是一个慈善家对老电影和名望的思考。页眉留着弗兰克无可挑剔的字迹：我最近常常在思考不朽的意义。这么说，这是弗兰克自己的想法，而不是那个慈善家的？很难说。他把这一页折起来，揣进了口袋里。

日落之后，他背着背包离开了公寓。那是弗兰克在脊柱受伤之前徒步旅行用的包，已经落满了灰。它为什么还留着是一个谜。莫非弗兰克想象着自己有朝一日还能站起来走路？还是他打算把这包送人？湖面上的最后一线光亮消失了，吉文推开挡门的五斗橱，迈进散发着死亡和垃圾腐臭味的可怕走廊，顺着黑黢黢的楼梯下了楼。他在通向大厅的门后站了几分钟，聆听着外面的动静，接着缓缓地推开门，蹑手蹑脚地走了出去，一颗心怦怦直跳。大厅里空无一人，不过玻璃门被砸碎了。

从躲进公寓到现在，外面的世界已经清空了。广场、街道和远处的高速路上连一个人影也没有。空气里弥漫着一股烟味，其中有化学物的刺鼻气味，说明着火的是办公室和住宅。不过最引人注意的是电灯彻底不见了。他二十出头的时候，曾有一次走在央街上，当时是晚上十一点左右，街上的电灯突然闪烁着熄灭了。一瞬间，他周围的城市消失了，紧接着，灯光又马上亮了起来，快得让人以为是自己出现了幻觉。街上的行人都纷纷问同伴有没有看到。"是我的错觉吗？"当时他想到城市陷入黑暗，就一阵浑身发冷。现在的情形就像他想象中的那么可怕。他只想逃走。

夜空中挂着一弯新月。他尽量放轻脚步。每走一步，他都能感觉到背包沉甸甸地压在身上。他尽量避开公路。湖在他左手边，黑沉沉的水面闪着波光。幽暗中，湖岸显得一片苍白。他无法不去想弗兰克——一动不动躺在床上，床头柜上放着空了的安眠药瓶。但他不能沉溺在对弗兰克的怀念中，因为每一个声响都可能意味着结束，每一团影子里都可能隐藏着一个想抢背包的持枪分子。他感觉自己的感官变得敏锐起来，达到了全神贯注的状态。只有这样才能活下去。

湖面上有什么东西在动，一个白色的轮廓上下起伏。是帆船，他这么断定，八成就是几周前他在公寓里看到的那艘船，八成船上没人。他继续赶路，而城市不断地引着他偏离湖岸。他爬上湖堤，沿着湖滨的街道，直到又回到水边，终于看不到城市。每走一段路，他就停下脚步聆听动静，不过传到耳边的只有湖水冲刷湖岸沙砾的声音，还有轻柔的风声。

走了几个小时，他听到了枪响，是从很远的地方传来的，连续两下，刺耳至极，接着夜色淹没了所有声音。天地间只剩下吉文，只剩下湖水，只剩下一个个惊恐的幸存者。他真希望自己能走快些。

月亮要落下去了。他走到了一片工业废墟的边缘。这时他意识到自己累坏了，也意识到睡着了会很危险。不知道为什么，他没有仔细想过在野外该怎么睡觉，他没有任何保护。他很冷。脚趾已经冻麻，舌头也是，因为他担心脱水，一直在吃雪。他把一撮雪放在舌头上，不由得想起小时候和弗兰克还有母亲一起做冰激凌的情景。"先来搅拌香草。"弗兰克站在凳子上，两条腿活动自如，利比亚的那颗子弹在二十五年后才会切断他的脊髓[①]，不过已经在逼近：一个女人生下了一个孩子，这个孩子有一天会扣动扳机；一个设计师绘制了那把武器或者武器前身的草图；一个独裁者做出了决定，点燃了战火；而弗兰克将成为路透社派驻海外的记者。一块块碎片渐渐地拼凑完整。

---

① 指利比亚战争，爆发于 2011 年。

吉文坐在一根浮木上，看着太阳升起。他不知道女朋友劳拉怎么样了。她好像离自己很远。他想到自己的房子，不知道还能不能再回去，而几乎是马上，他就意识到，他再也不会回去了。天渐渐亮了，他用浮木和背包里的垃圾袋搭了个帐篷，其实就是一个临时的架子，能挡风，但愿从远处看起来就是一堆垃圾。他抱着背包，蜷起身子，时断时续地睡了几个小时。

上午醒来的时候，他一时间想不起自己身在何处。他从来没这么冷过。

他一连走了五天，都没有看到一个人。最初他还为形单影只而庆幸。在他的想象中，这个世界已经变得无法无天。他无数次想象背包被人抢走，自己忍饥挨饿，只能等死。但日子一天天过去了，他才渐渐领会到空虚的含义。格鲁吉亚流感太厉害了，几乎没有什么人还活着了。

但到了第五天，他看见远处的岸边有三个人影，一颗心都跳到了嗓子眼。他们和吉文是去往同一个方向的。这一整天，吉文一直和他们保持着一英里左右的距离。夜幕降临，三个人在岸边生起篝火，吉文决定豁出去了。那三个人听见脚步声，都注视着他走近。在二十英尺远的地方，他停下脚步，举起双手，示意自己没有武器，又大声打了一声招呼。最后其中一个人伸手示意他可以过去。他们是两个二十岁左右模样的年轻男人和一个年长一些的女人，分别叫本、阿卜杜勒和珍妮。火光中，他们都露出疲惫憔悴的神色。他们比他出发的日子早一天，从北边的郊区穿过城市一路南下。

"城里是不是犯罪横行？"

　　"是啊。"阿卜杜勒说。他很瘦，整个人紧张兮兮的，长及肩膀的头发披散着，他一边说话一边把一缕头发绕在手指上："无政府状态，是吧？没有警察。太他妈可怕了。"

　　"但实际犯罪没有想象的那么多，"珍妮说，"因为根本没那么多人。"

　　"他们是离开了，还是都……"

　　"要是你病了，"本说，"四十八小时内人就没了。"他经历过。他的女朋友、父母和两个姐妹在第一周里相继去世。他不懂为什么自己没死。他一直在照顾这些亲人，因为到了第三天所有的医院都关门了。他在后院里挖了五座坟墓。

　　"你肯定是免疫了。"吉文说。

　　"是啊，"本怔怔地望着火苗，"我是天底下最幸运的人了，是吧？"

　　他们结伴走了将近一周，接着吉文打算继续沿着湖岸前行，而另外三个人打算去东边，因为珍妮有个姐妹住在那边的镇子。他们为此争论了一两个小时。吉文坚定地认为去镇子里是错误的决定，另外三个人不这么看，而且珍妮怕自己以后再也见不到自己的姐妹。最后他们祝福对方好运，就这样分道扬镳了。吉文一个人走在路上，感觉自己要在天地间消失了。他是一个微不足道的存在，在湖岸边漂泊。有生以来，他第一次如此强烈地感觉到自己活着，也是第一次如此强烈地感觉到悲伤。

　　几天之后，一个晴朗的早上，他一抬头，看见了对岸的多伦多，远远地，像幽灵一般。一个细细的蓝色尖顶刺入天空，那就是玻璃之城。远远望去，就像是童话里的世界。

他有时候会遇到别的行人，不过寥寥可数。基本上每个人都是往南去的。

"这好像灾难片啊。"两个多月前，在公寓里的第三还是第四个晚上，言文曾这么对弗兰克说。那时候世界上还有电视。他们吓坏了，但是还没有完全领悟自己的处境，领悟这一切。而那天晚上，他们产生了一种可怕的天旋地转的感觉。种种证据都表明中心难以维系。这些都是真的吗？他们向对方确认。所幸他们囤够了吃的喝的，起码暂时是安全的，也没有发病。"知道吧，"吉文当时说，"在电影里，先是世界末日，之后是——"

"你凭什么觉得咱们能活到'之后'？"不管发生什么事，弗兰克始终都是该死的冷静。

周围一片寂静。积雪，停在路边的汽车，车里的景象惨不忍睹。从一具具尸体上迈过。路上好像危机四伏。吉文避开公路，基本上都在林子里穿行。路上，行人全都是一副惊吓过度的表情，孩子们在衣服外面裹着毯子，人们会因为背包里的东西而被杀死，还有饥肠辘辘的流浪狗。他听见镇子里有枪声，所以也绕着走。他偷偷溜进乡下的房子找罐头吃，房子的主人已经死在了楼上。

保持清醒越来越难了。他试着一边走一边重复一长串关于自己的事，好把自己拴在尘世，拴在地球上。我叫吉文·乔杜里。我是个摄影师，不过我打算改行做急救员。我的父亲叫乔治，来自加拿大渥太华，母亲叫阿玛拉，来自印度海得拉巴。我出生在多伦多郊区。我住在温彻斯特街。但是这些思绪在脑海里支离破碎，取而代之的是一个个奇怪的片段：我的灵魂和世界都正在分崩离析，我的心脏在无风的冬天里跳动。最后，他只会喃喃地念叨三个字，反反复复："往前走，往前走，往前走。"他抬起头，一只猫头鹰立在积雪的树枝上，和他四目相对。

37

迪亚洛：所以你们离开的时候，就只是不停地往前走，完全没想目的地的事，是吗？

雷蒙德：印象里是。那一年的事，我其实根本不记得了。

迪亚洛：什么都不记得了？

雷蒙德：一点儿都不记得。

迪亚洛：嗯，你一定吓得不轻。

雷蒙德：当然，不过我们后来在一个镇子停了下来，那之后的每一件事我都记得。没什么是适应不了的。我觉得其实孩子更容易适应。

迪亚洛：孩子好像都遭受了极大的创伤。

雷蒙德：当时确实是那样。每个人都是。不过两年、五年、十年之后呢？你看，我当时才八岁，不再流浪的那年是九岁。我不记得在路上的那一年里发生了什么，我觉得这意味着我不记得的是那些最可怕的事。不过我想说的是，你难道不觉得，在这个、这个年代——不管你愿意怎么叫，总之是格鲁吉亚流感之后的世界——你难道不觉得，最痛苦的是那些对旧世界记得一清二楚的人吗？

迪亚洛：我从来没想过。

雷蒙德：我想说的是，你记住的越多，就意味着失去的也越多。

迪亚洛：可你也记得一些事……

雷蒙德：只有那么一丁点儿。大崩溃之前的记忆现在就好像是一场梦。我记得曾经透过飞机舷窗往下面看，这肯定是在最后一两年里发生的事，我看到了脚下的纽约市。你有没有见过？

迪亚洛：见过。

雷蒙德：一片灯火通明。我每次想起来都害怕得直打哆嗦。我其实已经不记得我父母了，就只剩下一点儿印象。我记得冬天从通风口吹出来的热气，还有播放音乐的机器。我记得电脑屏幕亮起来是什么样。我记得打开冰箱，会有冷气和灯光洒出来。还有冷冻室，温度还要更低，里面的托盘上放着方方正正的小冰块。你还记得冰箱吗？

迪亚洛：当然了。现在冰箱都被当成储物柜，我好一阵子没见过冰箱还有别的用处了。

雷蒙德：冰箱里面除了冷气，还有灯光，对吧？这不是我想象出来的吧？

迪亚洛：冰箱里面的确有灯光。

六

飞机

38

柯尔斯滕和奥古斯特离开了林间的房子，拖着新找来的行李箱穿过林地，回到路面上。其间奥古斯特停下来整理东西，把背包里的诗集和水瓶放到滚轮行李箱里，好减轻身上的重量。柯尔斯滕则转身望向杂草丛生的车道。有那么一刻，她恍惚觉得那所房子是他们想象出来的，但是种种证据都摆在眼前：行李箱里装着的毛巾、洗发露和他们在厨房里找到的那盒盐，她身上穿着的蓝色丝绸裙，以及把奥古斯特的背心口袋撑得鼓起来的"进取号"星舰。

"一所没被洗劫过的房子。"奥古斯特说，这时他们已再次上路。行李箱的轮子很不灵活，在路面上格楞楞的动静让柯尔斯滕有些不安，除此之外，行李箱再好不过。"我还以为我再也看不到了呢。"

"的确不可思议。离开的时候，我简直想把门锁上。"住在房子里原来就是这样的啊，柯尔斯滕明白了。出门的时候要锁门，并且一整天都把钥匙带在身上。迪特尔和赛伊德八成还记得住在房子里、随身带着钥匙的生活。所有的思绪最终都会回到他们身上。

　　奥古斯特相信多重宇宙理论。他信誓旦旦地说这是货真价实的物理学。用他的话来说，即使不能算是主流物理学，也和量子力学沾边，总之绝对不是他自己胡编乱造的理论。

　　"恐怕我是完全不懂。"几年前，柯尔斯滕找大号手确认过，对方是这么回答的。后来她发现，根本没有一个人懂。乐团里那些年长的成员都没有多少科学知识。这简直能把人气疯，毕竟世界末日之前这些人有大把时间在互联网上搜索资料。吉尔说起他隐约记得曾经看过一篇文章，里面好像说什么亚原子粒子总是忽隐忽现。据他理解，这就意味着还存在另一个地方。他猜想这大概就说明一个人理论上可以同时既存在又不存在，说不定就在一两个平行宇宙里过着影子一般的生活。"不过，"他还说，"我可从来不是什么科学达人。"不管怎么样，奥古斯特就是喜欢存在无限多个平行宇宙的想法，这些平行宇宙向着不同的方向发展。在柯尔斯滕看来，这就像是两面镜子相对而立时形成的一个个平面，照出来的影子越来越绿，越来越模糊，直到消失在无限远处。她在一个荒废的购物中心的服装店里见过一次。

　　奥古斯特说，因为平行宇宙的数量是无限多，那就一定有一个宇宙里没有暴发大流行病，而他也如愿成了物理学家；又或者某个宇宙里暴发了大流行病，不过病毒的基因组成存在细微的差别，某个微小的变异使得感染者能够活下来，总之在那个宇宙里，文明没有惨遭毁灭。这时临近傍晚，两个人坐在路堤上休息，一边翻看柯尔斯滕从房子里拿走的一摞杂志，一边讨论这个话题。

　　"在另一个宇宙里，"奥古斯特说，"你可能登上了八卦小报。这不是你那个演员的某任妻子吗？"

"真的？"柯尔斯滕从他手里接过杂志。是阿瑟的第三任妻子莉迪娅，照片里的她在纽约市购物。她穿着高得吓人的鞋子，手里拎着十几个购物袋。还有不到一个月，疫情就会传播到北美。这张照片很有价值，但还不到值得收藏的程度。

柯尔斯滕在最后一本杂志里找到了另一任前妻。照片里的女人四十岁上下，帽子拉得很低。她刚从一座建筑里走出来，直视着镜头：

旧情复燃？

哟，你好，米兰达！航运高管、演员阿瑟·利安德的第一任妻子米兰达·卡罗尔从多伦多剧院后台入口悄悄离开，引发猜测。利安德领衔主演的《李尔王》正在此剧院公演。一位目击者称，两人在利安德的化妆间里独处了近一个小时！"我们都有点儿吃惊。"目击者如是说。

"我觉得我当时也在，"柯尔斯滕说，"我那时候好像也在这座建筑里面。"米兰达身后只能看到一扇不锈钢门，还有建筑的石墙。柯尔斯滕有没有走过那扇门？肯定走过，她这么想，她要是能记得就好了。

奥古斯特研究着照片，也来了兴趣："你记得在那儿见过她吗？"

印象中有一本涂色书、铅笔的木头味、阿瑟的说话声、一个铺着红地毯的温暖房间、电灯。房间里还有第三个人吗？她说不准。

"不记得，"她说，"我不记得见过她。"她把照片连着标题一起撕了下来。

"你看日期，"奥古斯特说，"就在世界末日的前两周！"

"嗯，真不错，起码名人八卦存活下来了。"

剩下的杂志里再没有有用的内容，不过这次发现很了不起，这就足够了。他们留了两本杂志，过后生火用，剩下那三本埋在了落叶底下。

"登上八卦小报的可能是你，"奥古斯特又说起了平行宇宙的话题，"我是说，在一个没有大崩溃的平行宇宙里，照片上的人就是你。"

"我还是觉得平行宇宙理论是你编出来的。"柯尔斯滕说。不过她没有告诉奥古斯特的是，有时候她看着自己收藏的那些照片，会想象另一个自己置身于另一种影子一般的生活。你走进房间，按下开关，房间里就充满了光亮。你把装垃圾的袋子放在路边，一辆卡车开过来，把垃圾运到某个看不见的地方。你遇到危险的时候就打电话报警。水龙头里有热水流出来。拿起听筒或者按下电话上的一个按钮，你就可以和任何一个人说话。世界上所有的信息在互联网上都能搜到，而互联网包围着你，在空气中飘动，像花粉乘着夏日的微风。还有钱，那一张张纸片能换来各种各样的东西：房子、船、完美的牙齿。还有牙医。她试着想象此时此刻某个地方的她就过着这样的生活。一个平行的柯尔斯滕在一个开着空调的房间里惊醒，她刚刚梦见自己在空荡荡的天地间跋涉。

"一个发明了太空旅行的平行宇宙。"奥古斯特说。这个游戏他们已经玩了十年。他们仰面躺了下来，天热得他们不想动弹。桦树的枝条在微风中摇曳，阳光透过绿叶洒下来。柯尔斯滕闭上眼睛，看着树叶的轮廓在眼皮底下渐渐消散。

"可是我们也发明了太空旅行啊，不是吗？我见过照片。"她不自觉地伸出手，摸着颧骨处的伤疤。如果有更美好的宇宙，那么十有八九也有更糟糕的宇宙。比如说，在某个宇宙里，她记得第一年流浪的情景，或者记得脸上的疤是怎么落下的，又或者少了不止两颗牙。

"我们只上过灰扑扑的月球，"奥古斯特说，"别的就没有了，再远的地方我们都没去过。我说的是电视节目里看到的那种太空旅行，知道吧，去到其他的星系、其他的星球。"

"就像我那套漫画书里那种？"

"你那套漫画书太怪了。我指的是《星际迷航》那样的。"

"一个漫画版的平行宇宙。"柯尔斯滕说。

"什么意思？"

"意思是在一个平行宇宙里，我们登上了第11号站，在世界毁灭之前逃走了。"柯尔斯滕说。

"世界没有'毁灭'，"奥古斯特说，"地球还转着呢。可是话说回来，你真的想在第11号站上生活吗？"

"我觉得那里很美，到处都是小岛和桥。"

"可那里永远只有夜晚和黄昏，不是吗？"

"我感觉我不会在意的。"

"我更喜欢现在这个世界，"奥古斯特说，"第11号站上有管弦乐团吗？会不会只有我一个人摸黑站在岩石之间，给巨型海马拉小提琴听？"

"好吧，一个牙科更发达的平行宇宙。"柯尔斯滕说。

"你的要求好高啊，是吧？"

"要是你也缺了牙，你就明白我的要求高不高了。"

"有道理。我很遗憾你少了牙。"

"一个我没有匕首文身的平行宇宙。"

"我也想住在那儿，"奥古斯特说，"一个赛伊德和迪特尔没有失踪的平行宇宙。"

"一个能打电话的平行宇宙，这样我们就可以给乐团打电话，问他们在哪儿。接着我们再给迪特尔和赛伊德打电话。然后我们所有人就可以约个地点会合了。"

两个人都沉默下来，望着头上的树叶。

"我们会找到他们的，"柯尔斯滕说，"我们会再见到乐团的。"但是不用说，他们都没有把握。

他们拖着行李箱走下路堤，回到了路面上。现在离塞汶城已经很近了。黄昏时分，公路转了个弯，又回到了湖岸边，塞汶城的第一批房子出现在眼前。路面和湖水之间长着幼龄的桦树，除此之外周围没有树林，只有杂草丛生的草坪和淹没在藤蔓与灌木中的房子，岸边布满了岩石和沙砾。

"我可不想晚上进城。"奥古斯特说。他们随便选了一座房子，吃力地穿过后院，在花园棚子后面扎了营。没有吃的了。奥古斯特去附近找了一圈，最后摘了些蓝莓回来。

"我先守着。"柯尔斯滕说。她累坏了，但她感觉自己睡不着。她坐在行李箱上，后背靠着花园棚子的墙面，一只手里握着匕首。她看着萤火虫从草丛间慢慢地飞到空中，听着路对面湖水拍岸，还有树叶间风的叹息。翅膀扑棱棱地拍动，啮齿动物吱吱叫唤，是猫头鹰逮到猎物了。

"还记得咱们在加油站遇到的那个人吗？"奥古斯特问。柯尔斯滕以为他睡着了。

"当然了。怎么了？"

"他脸上那道伤疤，"他说着坐了起来，"我刚才就在琢磨，我知道那个图案是什么了。"

"是先知在他身上打的标记。"这段记忆让她不安起来。她手腕一抖，匕首飞了出去，削掉了几英尺外一朵白蘑菇的伞盖。

"是的，不过我说的是那个符号，那个伤疤的图案。你描述一下？"

"我说不好，"她说着把匕首捡了回来，"看起来像一个小写的 t，底下多了一横。"

"下面那一横要短一些，在最底下那里。想想看，不是什么抽象的符号。"

"我不正在想嘛。我觉得挺抽象的。"

"是一架飞机。"奥古斯特说。

39

在商业航空旅行宣告终结的前两周，米兰达从纽约飞回了多伦多。当时是十月末，她有几个月没回过加拿大了。她一直很喜欢在多伦多降落，湖边是挨挨挤挤的高楼大厦，大海般一望无际的郊区涌向中心，最后聚在加拿大国家电视塔的尖顶。她觉得电视塔离近了看很丑，不过从飞机舷窗望去却意外迷人。每一次她都会感觉到多伦多的不同层次：十七岁从德拉诺岛来到多伦多的时候，这个城市的辽阔令她震惊。这种感觉并没有消失，城市占据的地理空间也没有变化，但她总觉得这里好像小多了。在伦敦、纽约和亚洲各大港口城市之间奔波的岁月稀释了多伦多。飞机在郊区降落。她顺利通过护照检查处，加拿大边境服务局的工作人员好不容易才在她的护照上找到一个没盖过章的角落。她上了来接她的车，来到海王星物流的多伦多总部。她对司机说了一句日安，并从后座递过一张二十美元的钞票。

"谢谢，"司机诧异地说，"需要找零吗？"

"不用了，谢谢。"从她有钱开始，她总是会多给小费。和自己的好运相比，这些算是小小的回馈。她拉着随身行李箱走进海王星物流的大厅，通过安检，乘电梯来到十八层。

在这里，到处都能看见她的影子。二十三岁的米兰达穿着不合时宜的衣服，头发乱翘，在卫生间里一边洗手一边焦虑地注视镜子中的自己。二十七岁、刚离婚的米兰达戴着墨镜没精打采地穿过大厅，巴不得自己能消失不见，泪水盈满眼眶，因为那天早上她在一个八卦网站上看到了自己，标题让她痛苦不已——《阿瑟偷偷打电话给米兰达？（回答：没有。）》如今，这些从前的自己显得那么遥远，回想起来时总觉得是在回想别人、认识的人、她很久之前遇到过的年轻女人，她对她们充满了同情。"我没什么可后悔的。"她对着卫生间镜子里的自己说，对此她深信不疑。这天她开了几个会，傍晚另一辆车载着她去了酒店。她还有一两个小时要打发，然后就要去见阿瑟了。

八月，阿瑟把电话打到了她在纽约的办公室。"是阿瑟·史密斯－琼斯的电话，要接吗？"助理问道，米兰达一时间愣住了。这个名字是她和阿瑟之间的专属笑话，当时他们刚结婚，常常拿来开玩笑。多年之后，她根本不记得"史密斯－琼斯"这个名字为什么好笑，不过她知道打电话的人是阿瑟。

"谢谢你，利蒂希娅，帮我接通吧，"只听咔嗒一声，"——你好，阿瑟。"

"米兰达？"他好像不敢确定。米兰达好奇是不是自己的声音不一样了。她拿出了大型会议上再自信不过的语气。

"阿瑟，好久没联系了，"电话里沉默了片刻，"你在听吗？"

"我父亲去世了。"

她把椅子一转，望向中央公园。八月的公园有一种亚热带风情，让她看得入迷，郁郁葱葱的树木给人一种厚重而慵懒的感觉。

"节哀，阿瑟。我很喜欢你父亲。"她想起了婚后第一年在德拉诺岛上度过的一个晚上，那也是他们唯一一次一起回加拿大过圣诞节。当时，阿瑟的父亲兴致勃勃地聊起他那段时间读的一位诗人。很久没想起过这件事了，记忆已经黯然失色，不知不觉间变得不真切。她不记得那个诗人是谁，也不记得此外还聊了什么。

"谢谢。"阿瑟的声音含混不清。

"你还记得他喜欢的那个诗人是谁吗？"米兰达听见自己问，"很久以前的事了，那次我们一起回去过圣诞节。"

"八成是洛尔卡吧。他常常说起洛尔卡①。"

公园里有个人穿着大红色的 T 恤，和周围的绿色形成了鲜明对照。她目送那件 T 恤转了个弯，看不见了。

"他开扫雪机、做木匠，就这么过了一辈子。"阿瑟说。米兰达不知道该说什么，她知道阿瑟父亲是做什么的，不过阿瑟好像也不需要她回应。两个人沉默了一会儿。米兰达一直望着窗外，想看看那件 T 恤还会不会出现，可惜没有。

"我知道，"她说，"你带我参观过他的作坊。"

"我想说，我的生活在他看来一定难以捉摸。"

"你的生活在大多数人看来八成都难以捉摸。阿瑟，你为什么打电话给我？"她让语气尽可能地温和。

"我得知这个消息之后，就只想给你打电话。"他说。

"可为什么会想到我？最后一次离婚听证会之后，我们就没再

① 费德里科·加西亚·洛尔卡（Federico García Lorca，1898—1936），被誉为 20 世纪最伟大的西班牙诗人。

联系过了。"

"你知道我来自哪里。"阿瑟说，于是米兰达明白他的意思了。我们曾经生活在大海中的一座小岛上。我们曾经坐着渡轮去上高中，因为没有城市的灯光，那里的夜空一片星光璀璨。我们曾经划着独木舟到灯塔去看岩画，钓鲑鱼，在幽深的森林里漫步。可是所有这一切都完全不值一提，因为我们认识的每一个人也都这么做。而在我们为自己筑就的生活中，在这些坚硬而灿烂的城市里，如果不是因为你，曾经的一切都显得那么不真实。除此之外，她明白过来，他目前是单身状态。

阿瑟主演的《李尔王》正在埃尔金剧院预演。两个人约好了在剧院里见面，因为阿瑟正和第三任妻子莉迪娅打离婚官司，他担心自己去餐厅的话会引来成群结队的相机。

狗仔队早就厌烦了米兰达离开阿瑟之后毫无八卦价值的生活，不再跟踪她。不过米兰达离开酒店之前还是花了些时间装扮，她要让自己越不像从前越好。她把头发梳得一丝不苟，就像一只闪闪发光的头盔——在好莱坞和八卦小报的岁月里，她留着一头乱蓬蓬的卷发。她换上她最中意的西装，深灰色的套装，镶着白色滚边。脚上是一双昂贵的白色高跟鞋，她通常穿着这种款式的鞋子去开会，而好莱坞主妇米兰达绝不会穿这种鞋子。

"你看着就是个高管。"她对着镜子里的自己说，而这句话背后闪过的念头是"你看着就是个陌生人"。她把这个想法赶走了。

米兰达在薄暮时分出了门。空气清冽，湖面吹来一阵阵凉爽的风。一条条熟悉的街道。路过星巴克的时候，她进去点了一杯低因拿铁，店员那一头鲜艳的绿头发吸引了她。"你的头发真漂亮。"她说。店员对她露出了微笑。捧着一杯热咖啡走在寒冷的街道上，真让人心情愉快。为什么第 11 号站里没有一个绿头发的角色呢？也许是暗海的某一个人，或者十一博士的某个同事。不对，还是暗海。离剧院还有三个街区，她戴上针织帽，遮住头发，又戴上了墨镜。

剧院外面守着五六个男人，脖子上都挂着变焦相机。他们正一边抽烟一边玩手机。米兰达感觉到死一般的寂静攫住了她。她总觉得自己不恨任何人，可她对这些人的反应不是憎恨还能是什么？她想悄悄地溜进去，尽量不引人注意，可惜在落日之后还戴着墨镜是个战术性失误。

"那个是米兰达·卡罗尔吗？"其中一个人问。该死的寄生虫。在一阵铺天盖地的闪光灯中，她低着头，从后台入口溜了进去。

阿瑟的更衣室其实叫套房更合适。一个她转瞬就忘了名字的助理把她带到一间客厅，两张沙发相对摆放着，中间是一张玻璃茶几。透过敞开的门，她看到一间浴室和一间更衣室，更衣室里有一个衣服架子——她看见了一件天鹅绒斗篷——还有一面灯泡化妆镜。阿瑟是从第二个房间里走出来的。

阿瑟还不老，不过他保养得并不太好。在她看来，阿瑟脸上笼罩着失望之色，眼睛里也流露出一种不自然的目光，她以前从没有见过。

"米兰达，"他说，"有多久没见了？"

她觉得这个问题很傻。她意识到，她本来以为每一个人都会记得自己离婚的日期，就像每一个人都记得自己结婚的日期。

"十一年了。"她回答说。

"请坐吧。想喝点什么？"

"你这儿有茶吗？"

"有。"

"我想你应该会有。"米兰达脱下外套，摘下帽子，挑了一张沙发坐下。沙发看起来就很不舒服，果不其然。而阿瑟在厨房台面上摆弄电水壶。开始吧，她心里想。"预演反响怎么样？"

"还行，"他说，"不只是还行，说实话，是很好。我很久没演过莎士比亚了，不过这次我找了一位指导。其实说'指导'也不恰当。他是一位莎士比亚专家。"他走到沙发前，坐到她对面。她看着阿瑟的目光掠过她的西装、亮闪闪的鞋子，明白他和自己一样在试着接受，调整昔日配偶在心里的形象，去对应眼前这个改头换面的人。

"莎士比亚专家？"

"他是一位莎士比亚学者，多伦多大学的。我很高兴和他合作。"

"一定很有意思吧。"

"是啊。他的学问极其渊博，能提出很多想法，同时又完全支持我对这个角色的诠释。"

"支持我的诠释？"她心里嘀咕。他措辞的风格变了。但这是理所当然的，因为从她上次见阿瑟到现在这十一年里，他经历了新朋旧友、聚会、派对、走南闯北、片场、两次婚礼和两次离婚，还有一个孩子。这说得通，她心想，他如今已经变了一个人。"多好的机会啊，"她说，"能和这样的人合作。"她还从来没坐过这么让人难受的沙发。她用指尖按了按坐垫泡沫，几乎一点儿印迹也没留下。"阿瑟，"她说，"你父亲的事我很难过。"

"谢谢你，"阿瑟注视着她，好像在思索怎么说才合适，"米兰达，我有一件事得告诉你。"

"听起来不妙啊。"

"的确不妙。听着，有一本书要出版了。"他的童年好友维多利亚把阿瑟写给她的信出版了。《亲爱的 V.：阿瑟·利安德未经授权的肖像》再过一周半就会正式发售。一个做出版的朋友寄了一本样书给他。

"里面提到我了？"她问。

"恐怕是这样的。对不起，米兰达。"

"说来听听。"

"我给她的信里有时候会提到你。仅此而已。我想告诉你，我从来没说过你的坏话。"

"行，那就好。"她这么生气是不是没有道理？阿瑟也不知道维多利亚会把那些信卖掉。

"也许你觉得很难相信，"阿瑟说，"不过我为人处世一向都很谨慎。实际上，我这点是出了名的。"

"不好意思，"她说，"你刚刚是不是说你是出了名地谨慎？"

"听着，我的意思是，我不是什么事都会告诉维多利亚。"

"我心领了，"接着是一段不自然的沉默，这期间米兰达祈祷水壶快点儿开始鸣音，"你知道她为什么要这么做吗？"

"你说维多利亚吗？我只能猜测是为了钱。我上一次听说，她在温哥华岛西岸的一个度假酒店做客房服务。这一本书的钱八成比她十年里赚的都多。"

"你打算起诉吗？"

"那样反而给书做了宣传。我的经纪人认为最好还是顺其自然。"水壶总算鸣音了，阿瑟马上站起来，米兰达意识到他也盼着水烧开。"但愿书上市之后，热度就只维持一周左右，之后就没人关注，被淡忘。你喝绿茶还是甘菊茶？"

"绿茶，"她说，"你的信被卖掉了，你一定气坏了吧？"

"我一开始是很生气，我现在也很生气。不过说句心里话，我觉得这是我咎由自取。"他把两杯绿茶端到茶几上，玻璃上印出了两圈水汽。

"为什么你觉得是你咎由自取？"

"我把维多利亚当成了日记本。"他端起茶杯，吹了吹气，接着又小心翼翼地把茶杯放回茶几上。他的动作像是刻意为之，米兰达有种奇怪的感觉：他是在表演。"她最初还会给我回信，在最开始的时候。我到多伦多之后就开始给她写信，她大概回了两封信还有三张明信片吧。接着她又寄了两张草草写成的字条，跟我说她换了地址，开头应付地解释了两句，就是'嗨，抱歉没再给你写信，最近太忙了，这是我的新地址'那种。"

"这么说，我看见你给她写信那会儿，"米兰达说，"她从头到尾都没回过。"她心里很难过，这让她自己都觉得诧异。

"是啊。我把她当成了倾诉的工具。我觉得我后来也没再把她当成信的读者了。"他抬起头，顿了一顿。就在这一刻，米兰达仿佛看到了剧本："阿瑟抬起头，略一停顿。"他是在演戏吗？她分不清。"说句实话，我觉得我已经忘了她是真实存在的。"

是不是所有演员都会这样，渐渐模糊了表演和生活的界限？扮演中年演员的男人啜了一口茶。就在这一瞬间，米兰达觉得，不管他是不是在演戏，他打心底里过得不快乐。

"看来你这一年过得很不容易，"她说，"我很为你难过。"

"谢谢，的确不轻松，不过我一直提醒自己说，有人过得比我还不幸。我是吃了几场败仗，"他说，"不过不等于我这场战争打输了。"

米兰达端起茶杯。"敬战争，"她说，引得阿瑟笑了，"还有什么别的变化吗？"

"我光顾着聊自己了，"他说，"你过得怎么样？"

"很好，非常好，没什么可抱怨的。"

"你在做航运，是吧？"

"是啊。我很喜欢这一行。"

"结婚了吗？"

"老天，没有。"

"没有孩子？"

"我对这件事的态度一直没变。你和伊丽莎白有个儿子，是吧？"

"叫泰勒，就快八岁了。他们母子住在耶路撒冷。"

这时有人敲门，阿瑟于是站了起来。米兰达注视着他穿过房间的身影，不由得想起他们在洛杉矶家里的最后一场晚宴——伊丽莎白·科尔顿在沙发上昏睡过去，阿瑟朝楼上的卧室走去。她弄不清自己来这儿是要做什么。

门外站着一个小孩子。

"你好，柯柯。"阿瑟说。来客是个小姑娘，七八岁的年纪。她一只手里抓着一本涂色书，另一只手里拿着铅笔盒。小女孩有一头金发，这样的小孩在特定灯光下简直像在发光。米兰达想不出《李尔王》里有哪个角色会用到七八岁的小演员，但她当年见惯了童星，所以一看就知道。

"我可以在这儿画涂色书吗？"小姑娘问。

"当然可以了，"阿瑟说，"进来吧。介绍一下，这是我的朋友米兰达。"

"你好。"小姑娘的语气里没有丝毫兴趣。

"你好。"米兰达说。她心想，这个小女孩就像个瓷娃娃，一看就是从小到大都备受呵护宠爱。她长大了以后八成就是另一个米兰达的助理利蒂希娅、另一个莱昂的助理西娅，随遇而安，装扮精致。

"柯尔斯滕有时候喜欢来拜访我，"阿瑟说，"我们常常讨论表演。你的引导师知道你在这儿吗？"从阿瑟望着小女孩的眼神里，米兰达看得出来，他很想念自己的孩子，他远在天边的儿子。

"她在打电话，"柯尔斯滕说，"我趁机溜出来了。"她坐在房门旁边的地毯上，打开涂色书，翻到涂了一半的一页，那上面有一位公主、一道彩虹、一座远处的城堡和一只青蛙。她又打开铅笔盒，用红笔在公主的裙摆上画一道道条纹。

"你还画画吗？"阿瑟问米兰达。柯尔斯滕来了之后，他明显放松了。

一直都画，是的。每次出差她都会带上一本素描本，晚上一个人在酒店的时候就靠画画打发时间。作品的重点渐渐发生了变化。好多年里，故事的主人公一直是十一博士，不过最近十一博士让她觉得有点儿烦人，暗海则让她越发着迷。暗海的人生活在水下的辐射避难所里，始终抱着一线希望，想回归他们记忆中的世界。暗海是地狱边缘。她仔细地描绘地下房间里的生活，一画就是几个小时。

"你一说我才想起来。我有东西要送给你。"她终于完成了《十一博士》漫画的前两期，并且自费印了几本。她从包里拿出两套《十一博士》——第一卷第一期《第11号站》、第一卷第二期《追寻》，隔着桌子递给了阿瑟。

"你的作品，"阿瑟笑着说，"真漂亮。第一本的封面就是挂在洛杉矶画室墙上那一幅，是吧？"

"你还记得啊。"阿瑟有一次说，那张画就像是电影里的定场镜头：城市中怪石嶙峋的岛屿，沿着山势而建的街道和建筑，中间由高高的桥梁连接。幽暗的深海中，能看见气闸门的轮廓，这些大门通往暗海，在海床上投下巨大的影子。阿瑟随手翻开第一期，映入眼帘的是一幅跨页画：一座座桥梁连接着海洋和岛屿，黄昏中，十一博士站在一块岩石上，旁边是他的博美犬。文字：*我站在那里眺望破碎的家园，想要忘记地球生活的甜蜜。*

"他生活在空间站上，"阿瑟说，"我都忘了，"他边说边翻看，"那条小狗你还养着吗？"

"你说露利？几年前死了。"

"我很难过。你画得真漂亮，"他又称赞了一遍，"谢谢你。"

"那是什么？"坐在地毯上的小姑娘问道。米兰达忘了她也在房间里。

"是我的朋友米兰达出的书，"阿瑟说，"柯柯，我一会儿再给你看。你在画什么？"

"公主，"柯尔斯滕说，"玛蒂尔达说我不能在裙子上画条纹。"

"这个嘛，"阿瑟说，"我得说我不同意。你就是为这事才从更衣室里溜出来的吗？你又和玛蒂尔达吵架了？"

"她说裙子上就不应该画条纹。"

"我觉得条纹再好不过了。"

"玛蒂尔达是谁？"米兰达问。

"她也是演员，"柯尔斯滕回答说，"她有时候可凶了。"

"这次的舞台编排与众不同，"阿瑟解释说，"一开始舞台上有三个小女孩，扮演李尔王女儿的童年形象。她们会在第四幕再次登场，不过是作为李尔王的幻觉。没有台词，就只是三个形象。"

"她觉得自己比谁都厉害，因为她上的是国家芭蕾舞学校。"柯尔斯滕还在说玛蒂尔达。

"你也跳舞吗？"米兰达问。

"嗯，不过我以后不想跳舞。我觉得跳芭蕾很傻。"

"柯尔斯滕告诉我说她想当演员。"阿瑟说。

"哦，很好啊。"

"嗯，"柯尔斯滕头也不抬地说，"我演过好多东西呢。"

"是吗？"米兰达说。该怎么和八岁的孩子聊天？她看了一眼阿瑟，对方耸了耸肩。"都有什么？"

"就是东西呗。"小姑娘说，就好像这个话题不是她先提的。米兰达想起来了，她以前就不喜欢童星。

"柯尔斯滕上个月去纽约参加试镜了。"阿瑟说。

"我们是坐飞机去的。"柯尔斯滕停下手里的画笔，打量着公主。"裙子画坏了。"她说，她的声音颤巍巍的。

"我觉得裙子很漂亮啊，"米兰达安慰她说，"你涂得很漂亮。"

"我觉得米兰达这话说得对，"阿瑟说，"条纹这个选择很不错。"

柯尔斯滕把那一页翻过去了。下一页上有一位骑士、一条龙和一棵树，只有轮廓，其余都是空白的。

"你不打算把公主画完了吗？"阿瑟问。

"不完美了。"柯尔斯滕说。

三个人默默地坐了一会儿。柯尔斯滕用绿色和紫色的画笔交替着涂龙的鳞片；阿瑟翻看着《第 11 号站》；米兰达喝着茶，同时告诉自己不要过度解读他的表情。

"她常常到你这儿来吗？"她轻声问，这时阿瑟翻到了最后一页。

"差不多每天都来。她和另外两个女孩合不来。不快乐的孩子。"两个人默默地喝了一会儿茶，谁都没说话。小女孩的铅笔在涂色书上沙沙地游走，茶杯在玻璃茶几上印上一圈圈水汽，让人身心舒畅的热茶、暖和而雅致的房间——两周之后，在临终的几个小时里，米兰达在马来西亚的海滩上断断续续地陷入谵妄，脑海里浮现的就是这幅画面。

"你要在多伦多待多久？"阿瑟问。

"四天。我周五动身去亚洲。"

"你在那边都做些什么？"

"基本就是在东京办事处工作。明年我可能会调到那边，见见新加坡和马来西亚当地的子公司，去几艘船上看看。你知道吗？"她说，"世界上有百分之十二的船队都停泊在新加坡港五十英里外的地方。"

"我还真不知道，"阿瑟笑了，"亚洲，"他说，"这生活简直不可思议啊。"

米兰达回到酒店后，才想起镇纸的事。她把手提包往床上一扔，听见镇纸和钥匙碰在一起，发出清脆的响声。十一年前，克拉克·汤普森去洛杉矶参加他们的晚宴，送了这块阴云密布的玻璃镇纸；那天夜里，她从阿瑟的书房里把镇纸拿走了。她本来打算还给阿瑟的。

她拿起镇纸，在灯光下欣赏了一会儿。她用酒店的纸笔写了一张字条，穿上鞋，来到楼下的迎宾台，托他们把东西快递到埃尔金剧院。

40

两周之后，就在旧世界即将终结的时候，米兰达站在马来西亚的海滩上，眺望着大海。她开了一天的会，又坐车回到酒店，花了点儿时间写了一个报告，晚餐叫了客房服务。她本来打算早点儿上床休息，不过望向窗外的时候，看见天边的集装箱船队亮着灯光，于是她走到海滩上，想观看得更仔细些。

在过去的九十分钟里，最近的三个机场相继关闭，不过米兰达对此还一无所知。她当然听说了格鲁吉亚流感，但她以为那不过是格鲁吉亚和俄罗斯两国有些遮遮掩掩的卫生危机。酒店工作人员得到的指示是不要惊扰客人，所以她穿过大堂的时候，没有人提起疫情。但她不经意间注意到前台好像人手不足。不管怎么样，她很愿意离开冷得像棺材似的酒店空调，沿着照明充足的小径来到海滩，脱掉鞋子，光脚站在沙滩上。

再过几个小时，她回想起大家曾随口说起的"崩溃"，却不明白这个词究竟意味着什么，心里一阵不安，但又觉得有点儿好笑。

无论如何，经济崩溃确实发生了，至少当时大家都是这么叫的，所以眼下有史以来最大规模的船队都泊在新加坡港以东五十英里的地方。有十二艘船属于海王星物流，包括两艘崭新的巴拿马型船。这两艘船还没有装载过一只集装箱，甲板依然光洁如新，和在韩国船坞下水时一样。订下这些船只的时候，看起来贸易需求只会增不会减。建造船只的三年里，经济崩溃了。如今船用不上了，因为谁都不花钱了。

这天下午，米兰达在子公司的办公室里得知，当地的渔民害怕这些船。渔民们怀疑船上有什么灵异的东西，所以白天停在天边一动不动，晚上要亮起灯光。当地负责人在办公室里嘲笑渔民们愚昧，米兰达和一起开会的同事都忍俊不禁，但话说回来，怀疑那些光来自地球之外，真有那么不可理喻吗？她知道，晚上亮灯是为了防止碰撞，但这天晚上，她站在海滩上，隐约觉得眼前的景象带着几分异世界的色彩。手里的手机震了起来，是克拉克·汤普森，阿瑟认识最久的朋友，他是从纽约打来的。

"米兰达，"几句尴尬的寒暄之后，他进入正题，"恐怕我要告诉你一个挺糟糕的消息。你不如先坐下来吧。"

"什么事？"

"米兰达，阿瑟昨天晚上因为突发心脏病去世了，请节哀。"

啊，阿瑟。

克拉克挂上电话，靠在了椅子上。他们公司的作风是平时不关门，除非有人被解雇了。他意识到，这会儿整个办公室里都在窃窃私语，猜测他出了什么事。有八卦！克拉克的办公室里能发生什么事？他中间出去过一次，是去倒咖啡。他经过的时候，人人都露出一种一本正经又默默关心的表情——那种"不是想打听啊，不过要是你有什么事想跟我聊聊……"的表情。这是他一生中最难过的一个早上，不过他还是获得了小小的满足——他一语不发，没有给流言蜚语增加谈资。他划掉米兰达·卡罗尔的名字，又拿起话筒，准备打给伊丽莎白·科尔顿，随即改变了主意，走到了窗前。有个年轻男人站在楼下的街道上吹萨克斯管。克拉克打开窗户，办公室里立刻充满了各种声响，萨克斯管细细的音符飘在海滨城市上空，一辆路过的汽车里传来喧闹的嘻哈音乐，街角有个司机一直在按喇叭。克拉克闭上眼睛，仔细聆听萨克斯管的旋律，但就在这时，助理打电话进来了。

"又是阿瑟·利安德的律师打来的，"塔比莎说，"要不要跟他说你在开会？"

"活见鬼，这家伙就不睡觉吗？"洛杉矶时间午夜零点、纽约时间凌晨三点，赫勒给他留了语音邮件："紧急情况，请马上回复。"纽约时间早上六点十五分、洛杉矶时间凌晨三点十五分，克拉克打了回去，这时赫勒已经起来工作了。两个人商量决定，由克拉克负责打电话通知阿瑟的家人，因为克拉克见过他们，这么安排好像体贴一些。克拉克决定连几个前妻也一起通知，即使最后那一位他不怎么喜欢，因为让她们从报纸上看到消息好像不太好。他有一个想法——他自觉太多愁善感了，都不好意思说出来，况且他知道自己那些离过婚的朋友无论如何也不会承认，那便是：总有些让人念念不忘的东西，婚姻的半衰期，某种爱的回忆，就算爱本身已经荡然无存。他觉得这些人彼此之间一定还抱着某种感情，就算他们不再相爱。

半个小时之后，赫勒又打来电话，确认克拉克已经通知了阿瑟的家人。他当然还没有，因为当时洛杉矶是凌晨三点四十五分，阿瑟弟弟所在的加拿大大西海岸也是凌晨三点四十五分。克拉克觉得不管因为什么事要给人打电话，都不至于大半夜的把人吵醒。而现在，纽约时间上午九点，赫勒所在的西海岸是早上六点，这家伙熬了一整夜还在忙碌，简直令人发指。克拉克开始想象赫勒是蝙蝠的化身，一个阴险狡诈、夜间出没的吸血鬼律师，昼伏夜出。或许他只是个靠安非他明保持清醒的疯子？克拉克的思绪飘向在多伦多度过的特别刺激的一周。那时他十八九岁，他和阿瑟从夜店里一个新认识的朋友那儿接过几粒药，之后连着七十二小时没睡觉。

"要接吗？"塔比莎问。

"好吧，麻烦帮我接进来。"

塔比莎顿了一顿。他和塔比莎一起亲密无间地工作了七年，所以他知道这一刻的沉默意味着"跟我说说出了什么事，你知道我喜欢八卦"。但他没有配合。他太了解塔比莎了，因此听出接下来那句绝对专业的"请稍等，正在转接"里透着一丝失望。

"克拉克？我是赫勒。"

"我知道。"克拉克说。在他看来，自称只说姓却对别人直呼其名，实在有点儿招人讨厌。"你好吗，加里？我们整整九十分钟没通过话了。"

"坚持，坚持。"克拉克暗暗把这句话加到了他最痛恨的客套话名单上。"我已经通知过家属了。"赫勒说。

"为什么？咱们不是商量好了——"

"我知道你不想吵醒家属，可是像这种事情、这种情况，你就得吵醒他们。你的目的就是吵醒家属，知道吧？这样才是为他们考虑。你得让家属尽快知道，趁着还没曝光，比如说泄露照片、视频之类的。否则，接下来《娱乐周刊》就会给家属打电话让他们回应，他们这才知道发生了什么。想想看吧，我是说，他可是死在了舞台上。"

"是，"克拉克说，"我明白了。"那个萨克斯管演奏者不见了。窗外是灰蒙蒙的十一月天空，提醒他差不多该飞回伦敦探望父母了。"通知伊丽莎白了吗？"

"谁？"

"伊丽莎白·科尔顿。他的第二任妻子。"

"没有，我是说，她不能算家属，是吧？咱们之前讨论通知家属，我其实指的就是阿瑟的弟弟。"

"嗯，不过她是阿瑟独生子的母亲。"

"对，对，可不是。孩子多大了？"

"八九岁吧。"

"可怜的小家伙。这个年纪经历这种事可太惨了。"赫勒声音沙哑，不知道是因为伤心还是疲惫。于是，克拉克心中那个倒挂着的蝙蝠律师形象化成了一个伤心难过、脸色苍白、咖啡因上瘾、长期失眠的男人。他见过赫勒没有？多年之前洛杉矶那场尴尬的晚宴，赫勒在场吗？那时，米兰达和阿瑟快要离婚了。也许有他。克拉克想不起来了。"那，嘿，听着。"赫勒又恢复了公事公办的语气，不过是一种故作轻松的公事公办，克拉克总觉得这是加州特色，"你和阿瑟聊天的时候，特别是最近这段时间里，他有没有提到过一个叫塔尼娅·杰拉德的女人？"

"我没听过这个名字。"

"你确定？"

"不确定。怎么了？她是谁？"

"好吧，"赫勒说，"这件事就你知我知，看样子咱们的阿瑟有一个小情人。"他语气里流露的并不是幸灾乐祸，不完全是。那是自鸣得意。这个人喜欢知道别人不知道的事。

"原来如此，"克拉克说，"不过我得说我看不出这件事跟你我——"

"哦，当然了，"赫勒说，"当然没有关系。你知道的，这属于个人隐私什么的，咱们完全管不着，是吧？又没有伤害到别人，成年人你情我愿，诸如此类。我是说我最看重个人隐私了，我连脸书都不用。老天爷，由此可见我是多么重视这东西，我是说重视个人隐私，全天下就只有我不用脸书了。话说回来，这个叫塔尼娅的姑娘好像是在《李尔王》剧组里管服装的。我就是好奇阿瑟有没有提过她。"

"没有，加里，我印象里他从来没提过。"

"制作人告诉我说这件事没几个人知道。听说这个姑娘是服装组的，或者是保姆，管小演员的。那是给小演员做服装的？我看是这么回事。不过《李尔王》里怎么会用上小演员？真叫人摸不着头脑。不过听着，不管怎么样，他……"

东河对岸是放晴了吗？远远地，一道光线穿透云层，倾斜着洒在皇后区上空。这样的景象让克拉克想到油画。他回忆起第一次和阿瑟见面的情形，那是在多伦多丹福思大道上的表演工作室。十八岁的阿瑟自信洋溢，尽管在最初的起码六个月里，他连个锤子也不会演——他们的表演老师是这么说的。那天晚上他们在酒吧里喝酒，这间酒吧招的全都是变装皇后，表演老师想泡克拉克，而克拉克只是象征性地拒绝了一下。而且英俊迷人，那时候的阿瑟英俊迷人。

"所以问题很明显，"赫勒说道，"阿瑟是不是打算让这个姑娘继承他的一部分财产？因为他上周发邮件给我说想要修改遗嘱，说他遇到了一个人，他想加一个受益人。我只能推测他指的就是这个姑娘。其实我现在考虑，最坏的情况就是有一份不为人知的遗嘱，一份他自己起草的非正式文件。因为他几周之后才能过来见我，所以我现在就是想把这件事弄清楚——"

"你要是见过他就好了。"克拉克说。

"我要是见过……不好意思，你说什么？"

"回到一开始，他崭露头角的时候。你见识过他的天赋，他的天赋有目共睹；但如果你在之前见过他就好了，抛开八卦小报、电影、离婚，还有大红大紫，所有那些让人扭曲的东西。"

"不好意思，我好像没明白你想说什么，我——"

"他是那么美好，"克拉克说，"在那时候，在最开始的时候。我被他深深地吸引了。不是恋人那种感情，完全不是那么回事。有时候，你就是遇到了某个人。他人太好了，我记得最清楚的就是这一点。对每一个人都是那么好。他是个谦逊的人。"

"什么——"

"加里，"克拉克说，"我要挂电话了。"

他把头探出窗外，呼吸了一口十一月沁人心脾的空气，接着回到办公桌前，打通了伊丽莎白·科尔顿的电话。得知消息之后，她长叹了一声。

"葬礼安排好了吗？"

"在多伦多。后天。"

"多伦多？他在那儿有亲人吗？"

"没有，不过他在遗嘱里写得很清楚。估计是他对那里有什么特别的感情吧。"

克拉克一边说，一边想起几年前他和阿瑟曾讨论过这个话题。当时他们在纽约的一家酒吧里喝酒，其间聊到了他们住过的城市。"你生在伦敦，"阿瑟当时说，"你这样的人觉得住在城市里是理所当然的。我呢，是在小地方长大的……听着，我常常想起我的童年，我在德拉诺岛上的生活，那个地方太小了。每个人都认识我，不是因为我与众不同或者别的什么，而是因为大家都相互认识。那种幽闭感，我实在没办法形容。我只想有一点个人空间。从我记事开始，我就想着要离开。后来我去了多伦多，那里没有一个人认识我。多伦多让我感到了自由。"

"后来你又搬到了洛杉矶，出了名，"克拉克说，"现在又是每个人都认识你了。"

"是啊，"阿瑟专心地用牙签去戳马提尼里的橄榄，"可以说，多伦多是唯一一个让我感到自由的地方了。"

第二天，克拉克凌晨四点起了床，打车去了机场。这是幸免于难的几个小时，是奇迹降临的几个小时，只有在之后的日子里才能为人所知觉。流感已经在城市里蔓延开来，但他打到的那辆出租车，司机没有感染，也没有携带者在他之前接触过车内的任何表面。他坐在这辆幸运得不可思议的出租车里望向窗外：黎明前的黑暗中，一条条街道向后掠过，街角杂货店里亮着苍白的灯光，鲜花摆在塑料门帘后面，人行道上有几个夜班工人。社交媒体上都在说流感已经传到了纽约，不过克拉克不看社交媒体，因此浑然不知。

到了肯尼迪国际机场，他凭借一连串的好运气穿过航站楼，没有和任何一个感染者近距离接触——此时这座航站楼里就有好几个感染者——没有触碰任何一处不该摸的物体表面，并且和一批同样幸运的旅客登上了同一架飞机，这座从机场起飞的倒数第二十七架飞机。从头到尾他都困得厉害，他是熬夜收拾的行李。他很累，又一直在怀念阿瑟。他戴着耳机听科特兰[①]，找到登机口之后，就开始心不在焉地赶三百六十度评估报告。最后他一抬头，看见伊丽莎

---

① 约翰·科特兰（John Coltrane, 1926—1967），美国著名的萨克斯管演奏家。

白·科尔顿带着儿子在登机，这才意识到他们坐的是同一航班。

这是一个巧合，但不是什么天大的巧合。之前通电话的时候，克拉克说自己打算坐早上七点起飞的航班，能在预报中的暴风雪席卷机场之前抵达多伦多，而伊丽莎白当时说会尽量搭同一班。她果然赶上了。她一身黑西装，头发剪得很短，但还是一眼就能认出来。她的儿子走在她旁边。伊丽莎白和泰勒坐的是头等舱，克拉克坐的是经济舱。克拉克从她的座位旁边经过时，他们相互打了一声招呼，之后就没再说话。起飞一个半小时之后，机长宣布飞机将备降密歇根州某个克拉克从来都没听过的地方。所有人都下了飞机，不明所以、晕头转向地来到了塞汶城机场。

41

克拉克转达完阿瑟的死讯后，米兰达在海滩上逗留了好一会儿。她坐在海滩上，想着阿瑟的事。一艘小船驶向岸边，她注视着那一点明光从水面上划过。她心里想的是，她总是理所当然地认为一些人活在这个世界上，有的和她的生活息息相关，有的不在眼前也不常想起。如果少了其中的某一个人，世界就发生了微不足道但毋庸置疑的变化，就像指针调了一两度。她太累了，她觉得有些不舒服，喉咙好像有点儿疼，而明天又要开一整天的会。她忘了问克拉克葬礼的事，但她随即想到，自己当然不会想去参加葬礼了——想想自己要夹在狗仔队和阿瑟的其他前妻中间——她站起身，沿着小径走回酒店，脑海里想着这些念头。酒店有两层白色的阳台，从海滩望去，就像一个婚礼蛋糕。

大堂里的人出奇地少。前台一个人也没有。礼宾员戴着外科口罩。米兰达朝他走过去，想问问出了什么事，但他看过来的眼神里充满了毫无疑问的恐惧。她明白了，就好像对方在大喊，叫她千万不要靠近。她退开了，并快步走向电梯。她忍不住浑身哆嗦，感觉对方的目光一直盯着自己的背影。楼上的走廊里空无一人。她回到房间，打开笔记本电脑，从早上到现在，她第一次关注新闻。

过后，米兰达花了两个小时打电话，但此时已经没有办法离开了。附近的所有机场都关闭了。

"听着。"一位失去耐心的航空公司客服终于对她爆发了，"就算我能帮你订到离开马来西亚的航班，在这个节骨眼上，你真愿意和另外两百名旅客一起挤在客舱里呼吸十二个小时的再循环空气吗？"

米兰达挂断了电话。她靠在椅背上，目光落在了桌子上方的空调出风口。她想到空气在大楼里流动，从各个房间里穿过。不是错觉，她确实嗓子疼。

"这是心理作用，"她大声说，"你怕被感染，所以觉得自己被感染了。其实什么事也没有！"她试着把这段经历描述成一段叫人兴奋的冒险：流感暴发的时候，我被困在了亚洲。但这故事不足以让她信服。她画了一会儿线稿，想让自己冷静下来。怪石嶙峋的岛屿上矗立着一个小房子，第11号站黑沉沉的大海尽头亮着点点灯光。

米兰达醒来的时候是凌晨四点，她发烧了。她吃了三片阿司匹林，但关节疼痛难忍，双腿无力，皮肤一碰到衣服就疼。她吃力地穿过房间，走到桌子前。她用笔记本电脑看了最新的新闻，屏幕的亮光晃得她眼睛疼，她明白了。她能感觉到高烧正在吞噬阿司匹林薄薄的肠溶膜。她打电话给前台，打给海王星物流在纽约和多伦多的办事处，之后又打了加拿大、美国、英国和澳大利亚的领事馆，但是都只有语音问候和呼叫音。

米兰达把脸贴在桌子上——凉爽的层压板贴着发烫的皮肤，真是再合适不过了——想到房间太贫乏了，不是物质上的贫乏，而是"配不上"这样严峻的时刻，不足以衬托这样的氛围。是什么呢？她这会儿还想不出来。她又想到了海滩、船只、天边的灯光，不知道自己病得这么厉害，还能不能走去海滩。随之而来的想法是，要是她能走过去，说不定能在海滩上获救，而要是留在房间里，她只能任由病情越来越重。因为很明显，前台和领事馆都没有人，所有电话都无人接听。要是病情加重，她最终也只能困在这儿，因为她连出门的力气也没有了。说不定海滩上会有渔民。她摇摇晃晃地站起来。她用了很长时间，费了很多精力，才穿上了鞋。

走廊里悄无声息。她用手扶着墙，只能慢慢地挪着步子。电梯旁边有一个男人侧着身子蜷成一团，一直打哆嗦。她想和男人说话，但说话太费力气了，她只能望向对方——心念"我看见你了，我看见你了"——但愿这么做就够了。

大堂这时已经彻底空了。员工都逃命去了。

室外沉闷无风。天边隐约透着绿光，快要日出了。感觉动作都放慢了，像在水底下走路，又像在做梦。每迈一步都必须格外留神。她虚弱得厉害。她沿着小径走向海滩，走得很慢很慢，两只手伸展着，拂过两侧的棕榈树叶。小径尽头，酒店的白色躺椅在沙滩上一字排开，无人问津。海滩上一个人也没有。她倒在最近的那张躺椅上，闭上了眼睛。

　　筋疲力尽。她一会儿热得要命，一会儿又冷得打战。她的思绪混乱不堪。没有人出现。

　　她想到了天边的集装箱船队。那上面的船员们是不会接触到流感病毒的。这会儿她要躲去船上已经来不及了，但她露出了微笑，因为她想到这个天旋地转的世界中还有人健康地活着。

　　米兰达睁开眼睛，正好看到日出。一片浓烈的色彩，粉红和一道道灿烂的橘黄，天边的集装箱船队悬在火红的天空和燃烧的海水之间，这幅海景模模糊糊地化成了第 11 号站，变成了奢华的日落和靛蓝色的海洋。船队的灯光融进了黎明，海的火焰烧到了天上。

七

航站楼

42

　起初，塞汶城机场里的人还一天天地数日子，好像他们只是暂时滞留于此。在之后的几十年里，他们很难对年轻人解释这件事。不过平心而论，在那一时刻之前，滞留机场的历史也就是一段滞留期终于结束、登上飞机、起飞离开的历史。起初，大家都觉得必然会等来国民警卫队，救援随时会赶来，带来毯子和整箱的食物；用不了多久，地勤人员也会回到机场，飞机又能重新降落和起飞。第一天、第二天、第四十八天、第九十天，这时候大家已经放弃了回归正常的期望，接着是第一年、第二年、第三年。时间因为灾祸重置了。又过了一段日子，他们又像以前那样计算日和月，只不过保留了新的纪年：第三年一月一日、第四年一月十七日，等等。克拉克是在第四年里意识到，从今以后会一直用这种方式纪年，就从灾难发生的那一刻起，一年接一年地数下去。

　这时的他早就明白，世界不会恢复原来的面貌了。不过，这样的领悟让他的记忆变得更加清晰。我最后一次在公园里晒着太阳吃蛋筒冰激凌。我最后一次在夜店里跳舞。我最后一次看见行驶的公交车。我最后一次登上没被改造成住处的飞机，一架真的能起飞的飞机。我最后一次吃橙子。

在机场生活了将近二十年的时候，克拉克开始思考自己是多么幸运。不仅仅是因为他活了下来——当然，活下来本身就很不可思议——还因为他见证了一个世界的终结和另一个世界的开始。而且他不仅仅见证了昔日世界的辉煌，航天飞机、电网、扩音吉他、巴掌大的计算机、连接城市的高速列车，他还在拥有这些奇迹的世界里生活了那么久。他在那个令人赞叹的世界里度过了五十一年的岁月。有时候他躺在塞汶城机场B候机大厅里，睡不着，心里想着："我曾在那里。"这样的念头像针刺一般，让他半是难过，半是欢欣。

"这很难解释。"有时候，面对那些来参观博物馆的年轻人，他听见自己这样说。博物馆从前是 C 候机大厅里的"飞凡里程"贵宾休息室。他对自己馆长的身份非常看重，多年前他就下定决心，"很难解释"是不够的。因此，每次有人问起，他总是试着去解释他这些年来从机场和其他地方搜集来的展品——笔记本电脑、苹果手机、行政办公桌上的无线电设备、机场工作人员休息室的烤面包机、某个乐天派从塞汶城淘回来的唱片机和黑胶唱片，当然还包括背景，他清清楚楚地记得疫情前的世界。不是的，他正在跟一个在机场里出生的十六岁女孩解释。飞机不是直接腾空而起的，飞机要先在长长的跑道上逐渐加速，再斜向上飞。

"为什么要借助跑道？"十六岁的女孩问。女孩叫伊曼纽尔。克拉克尤其钟爱她，因为他记得在可怕的第一年里，伊曼纽尔的出生是唯一的喜事。

"飞机不加速的话就没办法离开地面。飞机需要动力。"

"哦，"女孩说，"那就是说发动机没那么大的推力了？"

"推力很大，"克拉克说，"不过毕竟不是火箭飞船。"

"火箭飞船……"

"就是我们以前探索太空的飞船。"

"不可思议。"女孩摇着头说。

"是啊。"现在回想起来，一切都不可思议，尤其是有关旅行和通信的。他是这么来到这座机场的：他坐上了一台机器，机器载着他以很高的时速行驶在距离地表一英里的高度。他是这么通知米兰达·卡罗尔她前夫的死讯的：他在一个设备上按下一串按钮，几秒钟之内，这台设备就连上地球另一端的一台仪器；而米兰达——光着脚站在白沙滩上，黑暗中，远方的船队灯火闪烁——按下一个按钮，于是通过卫星连到了纽约。这些被视为当然的奇迹曾一直包围着他们。

快满第二个十年的时候，大部分住在机场里的人要么是在这里出生的，要么是后来加入的，还有二十几个人是从航班降落那天起就没有离开的。克拉克的航班顺利着陆，滑行到了 B 候机大厅的登机口。飞往多伦多的航班改航备降，至于原因，好像没有一个人能立即解释清楚。克拉克从三百六十度下级报告的稿子上抬起头，不由吃了一惊，因为停机坪上停满了来自各个航空公司的飞机。新加坡航空、国泰航空、加拿大航空、汉莎航空、法国航空，一个个庞然大物首尾相连地停在那儿。

克拉克顺着登机桥，走进灯火通明的 B 候机大厅。他首先注意到的是人群分布得不均匀。几块电视显示屏下面围满了人。克拉克打定主意，不管他们在看什么，他不来上一杯茶是应付不来的。他猜测是发生了恐怖袭击。他在一个售货亭点了一杯伯爵红茶，不紧不慢地往茶里加牛奶。这是我最后一次在浑然无知的情况下搅拌奶茶了，他心想，他已经提前怀念起这一刻。接着他走到人群那里，电视上播的是 CNN 新闻。

　　他在飞机上的时候，疫情蔓延到北美的消息已经传开了。多年之后，这是另一件很难解释的事。不过在那天早上之前，格鲁吉亚流感似乎还很遥远，特别是对一个不玩社交媒体的人来说。克拉克从来不怎么关注新闻，实际上他上飞机的前一天才知道流感的事。当时，他看到一条新闻简讯，说巴黎暴发了某种神秘的病毒，而且也没有确切地说它会发展成一场大流行病。此刻，他看到为时已晚的城市疏散，三个大洲的医院外面都发生了骚动，每条公路都堵满了缓慢移动的逃亡大军，想着自己要是早点儿留意就好了。堵车的情况叫人费解，毕竟这么多人能往哪儿去呢？如果报道属实，那么格鲁吉亚流感就不仅是刚传播到当地，而是已经无处不在。视频里有各国政府的官员、挽着袖子的流行病学专家，每个人都面色苍白、双眼通红，提醒着大难临头，布满血丝的眼睛下面是发青的眼圈。

　　"看起来这场突发事件不会很快结束。"一位新闻播音员说道，在轻描淡写的说辞史上，这句形容可谓无可匹敌。接着，他对着镜头眨了眨眼睛，他体内的什么东西好像卡了一下，就好像维系着他个人和职业生涯的某个机制失灵了。他在镜头前的语气换上另一种紧迫感。"梅尔，"他说，"要是你正在看，亲爱的，带上孩子去你父母的农场。要挑小路，宝贝，别走高速。我真的很爱你。"

　　"有新闻网络任你支配可真不错，"克拉克旁边有个人说，"我不知道我妻子现在在哪儿。你知道你妻子在哪儿吗？"他声调很高，明显透着恐慌。

　　克拉克决定，就当对方问的是他男友在哪儿。"不知道，"他说，"我完全不知道。"他转身离开电视屏幕，再多一秒他都看不下去了。他在这儿站了有多久？茶已经凉了。他在候机大厅里漫步，走到航班信息显示屏前。每一班航班都取消了。

　　这一切怎么发生得这么快？他出发去机场之前为什么没看看新闻？克拉克突然想到他应该给什么人打个电话，不，是给他爱的每个人打电话，和他们说说话，把心里话告诉他们。可是现在看来已经太迟了，手机上显示的是一条他从来没见过的信息：系统超载，仅限紧急呼叫。他又买了一杯茶，因为之前买的那杯已经凉了，也因为他现在惊恐不已，而走去售货亭像是有事可做。而且，售货亭那两个年轻的女员工好像对 CNN 播报的新闻内容完全无动于衷。要么是因为她们极其坚忍，要么是因为她们根本还没注意到。总而言之，走去那里就像是穿越回半个小时之前的天堂，那时候，他还不知道很快一切都要灰飞烟灭了。

　　"能不能再介绍一下……嗯，介绍一下大家应该留意哪些方面，也就是症状？"新闻播音员问。

　　"和每个流感季节的症状都一样，"流行病学专家回答说，"但是更严重。"

　　"那，比如说？……"

　　"肌肉酸痛、疼痛，突然高热，呼吸困难。听着，"流行病学专家说，"潜伏期很短。如果接触了病毒，你三四个小时就会发病，一两天就病死了。"

　　"下面是广告时间，马上回来。"新闻播音员说。

　　航空公司的工作人员没有任何消息。他们都守口如瓶、惊慌失措。他们分发了餐券，这种心理暗示让大家都感到饿了。于是旅客们在 B 候机大厅唯一的餐厅前排队买油油的煎奶酪薄饼和烤玉米片——一看这就是家墨西哥餐厅。售货亭那两个年轻女人还在出售热饮和有点儿不新鲜的烘焙食品，时不时地对着没信号的手机蹙眉。克拉克买了吃的后进到了"飞凡里程"休息室，看见伊丽莎白·科尔顿坐在电视屏幕附近的扶手椅上。旁边的泰勒盘着腿席地而坐，正在任天堂游戏机上消灭太空怪兽。

"真是疯了。"克拉克对伊丽莎白说，他无奈得不知说什么好。

伊丽莎白正在看新闻，她两只手都按在喉咙上。

"史无前例，"伊丽莎白说，"在人类历史上……"她摇了摇头，没有再说下去。泰勒轻轻地咕哝了一声，他在太空大战中遭遇了挫折。两个人沉默地坐着，看着电视。最后克拉克看不下去了，于是借口说去买烤玉米片。

最后一架飞机降落了，是格拉迪亚航空[①]的航班，但克拉克看到飞机在停机坪上缓缓地转了个弯，没有靠近航站楼，而是朝反方向去了。飞机停在了远处，没有地勤人员过去协助。克拉克放下烤玉米片，走到窗户前。他意识到，格拉迪亚航空尽量停在了距离航站楼最远的地点。在他站在那儿观察的时候，通知来了：出于公共卫生原因，机场将立即关闭。航班取消，恢复时间另行通知。请所有旅客前往行李提取处领取行李，有序离开机场，不要慌乱。

"怎么会出这种事啊！"旅客们怒气冲冲地端着烤玉米片，聚在自动售货机前，交头接耳、喃喃自语。他们咒骂机场管理、运输安全管理局、航空公司、用不了的手机，他们怒不可遏，因为愤怒是拒绝理解新闻报道的最后一道防线。愤怒的背后是某种不可言说的东西，电视新闻的含义没有人愿意去思考。人们可以理解一场大规模的流感暴发，但不能理解这意味着什么。克拉克站在墨西哥餐

---

① 虚构名称。

厅的玻璃墙前面，注视着远处停住不动的格拉迪亚航班。他后来意识到，他在那一刻不明白飞机为什么停在那么远的地方，唯一的原因就是他不愿意知道。

　　餐厅和礼品店的员工清走客人，拉上卷闸，锁上大门，头也不回地离开了。克拉克周围的旅客们也纷纷离开，他们和从另外两个候机大厅离开、缓慢行进的队伍汇在一起。伊丽莎白和泰勒从"飞凡里程"休息室里出来了。

　　"你要走吗？"克拉克问。他还是觉得有些不真实。

　　"暂时不走，"伊丽莎白说，她看起来精神有点儿不正常，不过每个人都是这样，"我们能去哪儿呢？你也看到新闻了。"每一个看到新闻的人都知道，所有的路都走不通，没油的汽车被扔在路边，所有的商业航空公司都关门了，火车和公交也都停运了。但大多数人还是离开了机场，因为机场广播是这么通知的。

　　"我想我暂时还是待在这儿吧。"克拉克说。看样子有几个旅客也抱着同样的想法，也有几个人离开半个小时之后又回来了，说找不到陆上交通工具。他们说那些人决定徒步去塞汶城。克拉克等着机场管理员过来赶人，航站楼里还有一百多名旅客没走，但是没人理会他们。票务柜台旁边，格拉迪亚航空的一个代理泪流满面。她头上那块屏幕上显示的仍然是"格拉迪亚航空452航班已到达"，她的无线电通信器里传来刺啦刺啦的杂音，克拉克听到了一个词——"隔离"。

　　留下来的旅客里，有一半用围巾或者T恤蒙住了口鼻。不过现在已经过了几个小时，克拉克想，如果他们全都要死于流感，起码应该有几个人已经发病了吧？

留在机场里的大多数旅客都是外国人。他们望向窗外，望着他们乘坐过的飞机——国泰航空、汉莎航空、新加坡航空、法国航空——首尾相连地停在停机坪上。克拉克听不懂他们的语言。

一个小女孩在 B 候机大厅来来回回地翻跟头。

克拉克心神不宁地绕着机场走了一圈，安检处无人值守，这让他很是震惊。他穿过安检，来回走了三四遍，只因为他能这么做。他本来以为自己会觉得无拘无束，可他只觉得害怕。他发现自己忍不住盯着眼前的每一个人，观察他们有没有症状。好像没有人发病，可他们会不会是携带者？他找了一个角落，尽可能远离其他旅客，一个人待了半天。

"我们只要等着就行了，"伊丽莎白说，这时克拉克又过来找她了，"明天早上国民警卫队肯定会出现的。"阿瑟一向很欣赏她的乐观，克拉克想起来了。

停机坪上的格拉迪亚航班里始终没人出来。

一个年轻人在 B20 登机口旁边做俯卧撑。他一组做十个，然后仰面躺在地上，一眨不眨地盯着天花板；过一会儿再做十个，就这么重复着。

克拉克在一张长椅上捡到一份别人扔在那儿的《纽约时报》，看到了阿瑟的讣告。著名电影兼话剧演员过世，终年五十一岁。他的一生归结成了一连串失败的婚姻——米兰达、伊丽莎白、莉迪娅——还有一个儿子。此刻，他的儿子正全心全意地沉浸在任天堂掌上游戏机里。讣告中说，阿瑟在舞台上倒下之后，有一位观众给他做了心肺复苏，不过没人知道这位观众的身份。克拉克把报纸收进了行李箱里。

克拉克所掌握的美国中西部地理知识十分有限。他不太确定自己现在身在何处。从纪念品店里展示的商品中，他知道他们身在密歇根湖附近。他对此并不陌生，因为他在多伦多住过，还记得俯瞰五大湖区时看到的景色。不过他从来没听过塞汶城。机场看起来建了没多久。在停机坪和跑道之外，他只看到了一排树木。他想用苹果手机定位，但是地图加载不出来。大家的手机都用不了了，不过听说行李提取处有一部公用电话。克拉克排了半个小时的队，把所有的号码都拨了一遍，但全都只有忙音和没完没了的接通音。人都哪儿去了？排在他后面的男人大声地叹了口气，于是克拉克挂上电话，在机场里漫无目的地晃了一阵子。

等他走累了，就回到他之前在 B17 登机口旁边占的长椅，在长椅和玻璃墙之间的地毯上仰面躺了下来。到了傍晚，开始下雪。伊丽莎白和泰勒还待在"飞凡里程"休息室里。他知道应该和他们说说话，可他只想一个人待着，或者说，在一百名惊慌失措、痛哭流涕的机场旅客之中尽可能一个人待着。他晚餐吃了从自动售货机里买的玉米片和巧克力棒，又用 iPod 听了一会儿科特兰。他思念罗伯特，他交往了三个月的男友。克拉克特别想再见到他。罗伯特此刻在做什么？克拉克抬头看着新闻。晚上十点左右，他刷了牙，接着回到 B17 登机口的地盘，躺在地毯上，想象自己正躺在家里的床上。

凌晨三点，他醒了过来，冻得直哆嗦。新闻越发糟糕。社会结构要分崩离析了，他心想，恢复正常会很困难，因为在最初的那些天里，大家根本想象不到文明再也不会恢复如初了。

　　克拉克正在看 NBC，这时一个十几岁的女孩走了过来。他之前就注意过这个女孩，她一个人坐着，双手抱着脑袋。她大概有十七岁，戴着一只钻石鼻钉，钻石在光线下晶莹闪烁。

　　"不好意思打扰一下，"女孩说，"你有怡诺思吗？"

　　"怡诺思？"

　　"我的吃完了，"女孩说，"我正挨个问问。"

　　"抱歉，我这儿没有。怡诺思是什么？"

　　"抗抑郁药，"女孩回答说，"我本来以为这会儿就能回到亚利桑那州的家里。"

　　"真的很抱歉。你一定很难受。"

　　"好吧，"女孩说，"还是谢谢你。"克拉克望着她走开了，又去问一对比她大不了多少的情侣。那两个人听她说完，一起摇了摇头。

　　克拉克想象着未来的某一天，他和罗伯特坐在纽约或者伦敦的餐厅里，举起酒杯，庆祝他们难以置信的劫后余生。他和罗伯特重逢的时候，他们会有多少朋友不幸去世？他们会去参加葬礼和追悼会，应该还要背负一定程度的哀伤和幸存者内疚，接受心理治疗之类的。

　　"那段日子太可怕了。"克拉克对想象中的罗伯特轻轻地感叹，他在预想未来。

　　"糟糕透顶，"想象中的罗伯特说，"还记得吗？那时候你困在机场，而我不知道你在哪儿。"

　　克拉克闭上眼睛。头上的电视屏幕还在播新闻，但他不忍心再看下去。堆积如山的尸体袋、骚乱、关闭的医院、洲际高速路上双眼无神的逃难者。快想想别的事。如果不能畅享未来，那就回忆过去吧。年轻的他和阿瑟一起在多伦多跳舞。橙子奶昔的滋味，他只在加拿大的购物中心里喝到过这种甜甜的橙味饮料。罗伯特胳膊上的疤痕，就在胳膊肘上面，他上七年级的时候有次胳膊受了重伤。上周罗伯特送到克拉克办公室的那束虎皮百合。罗伯特早上的样子：他喜欢边吃早餐边看小说。这可能是克拉克见过最文明的习惯了。此刻罗伯特还醒着吗？他是不是正想办法离开纽约？暴风雪停了，机翼上盖着厚厚的积雪。没有除冰机，没有轮胎印，没有脚印；地勤人员已经走了。格拉迪亚航空 452 航班仍旧孤零零地停在停机坪上。

这天后来的某个时刻，克拉克眨了眨眼睛，这才意识到自己呆望前方好一会儿了。他预感到这样很危险，任由思绪散漫地游走是有害的，因此他试着集中精神工作，检查他的三百六十度报告。但是思绪散乱得收不回来，他甚至忍不住想，这份三百六十度报告的"靶子"和他采访过的那些人是不是全部都不在了。

他想再读一遍报纸，理由是相比改报告，看报不需要那么聚精会神。他又读了一遍《纽约时报》上刊登的阿瑟的讣告，意识到阿瑟所生活的那个世界好像已经变得很遥远了。他失去了交往时间最长的朋友，可要是电视新闻里播报的都是真的，那么机场里的每一个人大概都失去了至亲好友。他顿时对这些避难者，这一百多个困在机场里的陌生人，产生了一阵怜悯之情。他合上报纸，望向了他们。这些同胞有的躺在长椅或者地毯上睡着了，有的辗转反侧，有的来回踱步，有的盯着电视屏幕、手里的电子设备或者窗外的飞机和雪景。每个人都在等待着，不管接下来要发生什么。

塞汶城机场的第一个冬天：

第二天，人群里一阵兴奋，因为有人认出了伊丽莎白和泰勒，消息随即传开。"我的手机，"克拉克听见一个年轻人沮丧地感叹，他约莫二十岁，头发垂下来遮着眼睛，"天哪，为什么咱们的手机不能用了？我可太想发到推特上了。"

"是啊，"他的女朋友惆怅地说，"你知道，像是说，'没什么啦，就是和阿瑟·利安德的儿子一起过过世界末日呗'。"

"绝对地。"年轻人说。克拉克从他们身边走开，他还想保持理智。但是过后，等他情绪缓和下来，他才想到，那对年轻人八成是吓坏了。

第三天，机场里所有的自动售货机都卖空了，泰勒那台任天堂游戏机也没电了。泰勒哭个不停，伤心得不得了。那个需要吃怡诺思的女孩病得很重，她说这是戒断反应。机场里的人都没有她要吃的那种药。一支搜寻队找遍了每一间房间，包括行政办公室和运输安全管理局的拘留室，翻遍了每个抽屉；之后又出了航站楼，撬开遗弃在停车场里的十几辆汽车，搜遍了手套箱和后备厢。他们找到了一些有用的东西，像是一些鞋子和厚衣服之类。至于药物，找到的就只有止痛药、抗酸药和一瓶神秘的药片，有人说可能是治胃溃疡的。这期间，那个女孩就躺在长椅上打哆嗦，还出了一身汗。她说她一动弹，脑袋里就像在放电。

他们用行李提取处的公用电话打了911，但是电话无人接听。他们在航站楼外面，望着白雪皑皑的停车场，机场主路消失在树林里，可是外面除了流感还有什么？

电视新闻播音员并没有宣布这是世界终结，不过"末日"这个字眼开始出现。

"这些人啊。"克拉克对想象中的罗伯特感叹，而想象中的罗伯特没有接话。

这天晚上，他们闯进那家墨西哥餐厅，用碎肉、玉米片和奶酪做了一顿丰盛的晚餐，上面浇了厚厚的酱汁。有几个人对此心理有些复杂——他们显然是被扔在这儿没人管了，每个人都饥肠辘辘，911也都打不通，而谁也不愿意当小偷。这时，一个叫马克斯的商务旅客说："行了，大家都冷静一点儿，这一顿我用运通卡请了。"这番讲话赢得了一阵掌声。马克斯掏出钱包，用夸张的动作取出运通卡，放在了收银机旁边。之后的九十七天里，那张卡就一直放在那里没动过。

第四天，墨西哥餐厅里的食物都吃完了，C 候机大厅那家三明治店里的东西也吃完了。这天晚上，他们第一次在停机坪上升起篝火，烧的是从书报亭里拿来的报纸杂志，还有 A 候机大厅里的一张木椅子。有人洗劫了"飞凡里程"休息室。大家喝到了"飞凡里程"休息室的香槟，吃到了"飞凡里程"休息室的橙子和混合零食。有人建议，也许有路过的飞机或者直升机能看到火光，下来救援他们。但是万里无云的夜空中没有出现光亮。

后来，克拉克意识到，这或许就是他吃的最后一只橙子了。这个没有橙子的世界啊！克拉克自言自语，又或者是对想象中的罗伯特说的。接着他哈哈大笑，怪异的笑声引来了一道道担心的目光。第一年里，每个人都有点儿疯疯癫癫的。

第五天，他们闯进了礼品店，因为有些人没有干净的换洗衣服了。这之后，每时每刻都有一半人穿着大红或者亮蓝色的"美丽的北密歇根"T 恤。大家在洗手池里洗衣服。克拉克随处一看，就能看见洗过的衣服搭在长椅靠背上晾干。说来奇怪，效果倒是挺喜庆的，就像是彩旗招展。

到了第六天，B 候机大厅礼品店里的零食吃完了。国民警卫队还是没有出现。

第七天，新闻网络接连停播了。"为了让我们所有的员工都能陪在家人身边，"一位CNN主播这样说道，他面色苍白、眼神呆滞，已经连续四十八小时没睡觉了，"我们决定暂时停止广播。""祝大家晚安，"一个小时之后，NBC宣布，"也祝大家好运。"CBS

没有通知，直接重播《美国达人秀》。这时是凌晨五点，还没睡的人都跟着看了几个小时——大家都很愿意暂时忘记世界末日。下午两三点的时候停电了，但很快又来电。一个飞行员说，这八成是因为电网瘫痪了，机场启动了发电机。这会儿，所有知道发电机如何运作的员工都走光了。从第三天起，就有人陆陆续续地离开。

"我等不了，"克拉克之前听见一个女人说，"我受不了这么干等着，我得做点儿什么，就算是走去最近的镇子也好，看看发生了什么……"

机场里有一个运输安全管理局的官员一直没走，就一个。他叫蒂龙，会打猎。到了第八天，没有新人加入，也没有人回来；没有飞机或者直升机在这里降落；每个人都饥肠辘辘，都尽量不去想之前看过的那些灾难片。蒂龙和一个当过护林员的女人带了两把运输安全管理局的手枪，一起去了树林，回来的时候拖着一头鹿。他们把鹿绑在金属椅子上，架在篝火上烤熟，日落时分，大家吃着烤鹿肉，喝着仅剩的香槟。而那个需要吃怡诺思的女孩从机场另一侧的入口不辞而别，走去了树林里。几个人一起出去找她，但是没有找到。

需要吃怡诺思的女孩留下了她的行李箱和所有的个人物品，包括驾照。照片上的她看起来很困，稍微年轻一点儿，头发更长。她名叫莉莉·帕特森，十八岁。最后有人把驾照放到了墨西哥餐厅的柜台上，挨着马克斯的运通卡。

泰勒每天都蜷着身子坐在"飞凡里程"休息室的扶手椅上，翻来覆去地看他的漫画书。伊丽莎白坐在他旁边，闭着眼睛，嘴唇飞快地动个不停，在反复祷告。

电视屏幕上变成了无声的测试图案。

第十二天，机场里停电了。不过厕所还能冲水，只要把水倒进瓶子里。于是大家拿了安检处的塑料盒子，装上雪，再运回厕所里，用融化的雪水冲厕所。克拉克从来没怎么留心过机场设计，但他庆幸自己所在的这个机场用了大量的玻璃。他们日出而作，日落而息。

滞留机场的人里有三名飞行员。第十五天，一个飞行员说他决定飞去洛杉矶。雪已经化了，所以他觉得兴许没有除冰机也能行。大家提醒他说，新闻里面洛杉矶的情况看起来很糟糕。

"是啊，不过新闻里哪儿看起来都很糟糕。"飞行员说。他的家人住在洛杉矶。他不愿意接受再也见不到他们了。"要是有谁想跟我一起走，"他说，"欢迎搭乘飞往洛杉矶的免费航班。"单是这一句话就好像证明世界真的在走向灭亡，因为在这个时代，托运行李，趁行李架还没塞满的时候优先登机抢占行李架，为了享受宽两英寸的空间而承担死亡风险选择应急出口的座位，这些都要支付额外的费用。旅客们面面相觑。

"飞机油箱是满的，"这个飞行员说，"备降的时候我正从波士顿飞往圣地亚哥，而且看情形这次也不会满员。"克拉克想，就算机场里的人全都跟他一起走，飞机上还是会有空位。"你们有一整天的时间考虑，"飞行员说，"我明天起飞，赶在再次降温之前。"

这一行当然没有保证。自从电视屏幕黑了之后，他们就没了外面的消息，他们有时候震惊地意识到——不见得！但确实有可能！——留在机场里的七十九个人或许就是地球上最后的幸存者。据他们想象，洛杉矶国际机场已经变成了一片冒着黑烟的废墟。大家苦恼地盘算了一番。住在落基山脉以西的人差不多都去找那个飞行员了。大多数亚洲旅客也决定一起走，尽管他们和亲人之间仍然隔着一片大洋，不过起码离家又近了两千公里。

　　第二天中午，旅客们在机库里找到了有移动轮的登机梯，登上飞机。一群人聚在停机坪上，目送飞机起飞。经历了十几天的寂静之后，发动机的动静把众人都吓了一跳。有很长一段时间，什么也没发生，只听见发动机轰鸣。然后，飞机巧妙地转来转去，从停成一排的飞机中间绕了出来——于是国泰航空和汉莎航空之间留下了一片空地——又缓缓地划出一道弧线，上了跑道。有人——离得很远，根本认不出是谁——正对着舷窗挥手。有几个人也挥手作别。飞机在跑道上逐渐加速，轮胎离开了地面。飞机升空那一刻，大家都屏住了呼吸。机器并没有失灵，飞机没有下降，而是腾空而起，并渐渐消失在湛蓝的天空中。克拉克发觉眼泪正从脸上滑落。他以前常常坐飞机，为什么就从来没有察觉到飞行之美呢？简直不可思议。发动机的声音越来越小，飞机渐渐融进蓝天，最后被寂静包裹，成了天边的一个小黑点。克拉克注视着飞机远去，直到再也看不见。

　　这天晚上，大家围坐在篝火旁，都没怎么说话。现在还剩下五十四个人，他们都决定不去洛杉矶。鹿肉又干又硬，大家都默默地咀嚼着。泰勒站在伊丽莎白旁边，注视着火焰，他好像都没说过话。

　　克拉克看了一眼手表。飞机是五个小时之前出发的。此刻，飞机应该快要飞到北美大陆西岸了，或许飞机没有飞到加利福尼亚州，而是中途被迫降落在一条黑黢黢的跑道上，又或许在黑暗中坠毁了。或许飞机在洛杉矶降落了，乘客们来到了一个截然不同的世界，或许飞机降落之后被一群暴民包围了，又或许撞上了跑道上的其他飞机。那些旅客或许和家人团聚了，又或许没能如愿。洛杉矶还有电吗？南方光线充足，装了那么多太阳能板。那个城市的记忆都浮现在脑海里。晚宴上，米兰达在屋外抽烟，她的丈夫正和下一任妻子眉目传情。阿瑟在泳池边晒太阳，怀孕的伊丽莎白在他旁边打盹。

"我迫不及待地希望一切恢复正常。"此刻的她说，火光中，她冷得直哆嗦，克拉克完全不知道该说什么好。

洛杉矶航班起飞之后，还剩下两名飞行员，斯蒂芬和罗伊。洛杉矶航班起飞的第二天，罗伊宣布他也打算起飞。

"就是侦察侦察，"他说，"我考虑先飞去马凯特市，我有个哥们儿住在那儿。我去四处转转，打听一下发生了什么，兴许还能弄点儿物资，然后就回来。"

第二天早上，他一个人开着一架小型飞机离开了。他没有回来。

"这根本说不通，"伊丽莎白固执地说，"难道我们该相信文明就这么走到了尽头吗？"

"这个嘛，"克拉克提了一条理由，"文明一直就有点儿脆弱，你说呢？"他们正坐在"飞凡里程"休息室里，伊丽莎白和泰勒在这儿住下了。

"不知道，"伊丽莎白望着停机坪，缓缓地说，"这些年来，没有工作的时候，我一直断断续续地上艺术史课。当然了，艺术史总是和非艺术史紧紧地挨在一起。你会看到接二连三的灾难、种种可怕的事情。在许许多多的时刻，每个人肯定都以为世界末日要来了，但所有这样的时刻，都是暂时的，都是会过去的。"

克拉克沉默不语。他觉得这一次过不去了。

伊丽莎白说起她在好多年前滞留机场时看过的一本书，当然不是这一次滞留。那本书是讲吸血鬼的，并不是她热衷的题材，但书里有个叙事手法，她一直念念不忘。她说，故事设定是世界末日，所以看的时候自然而然地会以为世界终结了，整个世界都消失了。但是书里用了一个巧妙的闪回手法，表现出实际上并不是所有的文明都毁灭了，而是只有北美洲。为了防止吸血鬼病毒扩散，北美洲被隔离起来了。

"我觉得这不是隔离，"克拉克说，"我觉得外面真的就是什么都没有了，有也不会是什么好事。"

要反驳隔离理论，实际上有好几个可靠的证据，比如说疫情是从欧洲开始的。从最后的新闻来看，除了南极洲，每一块大陆都陷入了混乱。况且怎么可能一开始就决定隔离北美洲呢？航空旅行没有暂停，而且南美洲和北美洲差不多也是连在一起的。

但是伊丽莎白对此坚信不疑。"万事皆有因，"她说，"会过去的，什么事都会过去的。"克拉克没心情和她争论。

克拉克坚持三天刮一次胡子。男卫生间里没有窗户，照明用的是礼品店里越来越少的香熏蜡烛，而且得先用外面的篝火把水烧热，不过克拉克觉得值得。机场里有几个男人一直没刮胡子，看起来像野人似的，而且说实话也有碍观瞻。克拉克不喜欢这种不刮胡子的状态，一半是出于个人审美，一半是因为他认同城市犯罪防控中的破窗效应理论——颓废的外观可能滋生更严重的犯罪。第二十七天，他仔细地梳了个中分，接着剃光了左边的头发。

"这是我从十七岁到十九岁留的发型。"看见多洛蕾丝诧异地挑起眉毛，他解释说。多洛蕾丝是一个商务旅行者，单身，没有家庭。她属于机场里较为清醒的那批人。她和克拉克约好了：要是克拉克流露出心智失常的迹象，她一定会如实相告；克拉克对她亦然。克拉克没有告诉她的是，告别了多年来一直保持的得体的职场形象，换上这个发型，让他觉得又做回了自己。

保持理智需要对记忆和视觉进行一定的重新校准。克拉克学着不要去想某些事。比如说，他在机场之外认识的每一个人，还有机场里的格拉迪亚航空 452 航班。它静静地停在远处，停在机场围界网附近，大家心照不宣地从来不提起。克拉克尽量不望向那里，有时候他差一点儿就相信了飞机里面没有人，和停在外面的那些飞机一样。别去想那个不可言说的决定——封锁飞机，避免让拥挤的机场暴露在致命性传染病之中。别去想这个决定是怎么执行的；别去想飞机上最后的几个小时。

罗伊离开之后，每天都在下雪。伊丽莎白始终坚持要留一条干净的跑道。她开始用一种吓人的眼神瞪着别人，弄得大家都很紧张。所以一开始就只有她一个人时刻在七号跑道上铲雪。不过渐渐地，有几个人开始出去帮忙，因为明星还是有号召力的。她一个人站在外面，美丽动人，形单影只——去铲铲雪有什么不好的呢？在户外做点儿体力劳动，总好过在一成不变、令人生厌的候机大厅里闲逛，好过坐在那儿思念再也见不到的至亲好友，好过说服自己相信格拉迪亚航班里传来了动静。最后，维护跑道的人有十个左右，这个核心小队时不时地吸引外围的志愿者加入。是啊，这有什么不好？就算伊丽莎白的隔离理论美好得不现实——在某个地方，生活还像以前那样继续着，没有受到病毒的波及；孩子们照常上学，开生日派对，大人们每天上班，去某个地方举行鸡尾酒会，每个人都在惋惜北美洲的失落，但话题最后还是会转向体育、政治、天气；军队还在，带着那些军事秘密和防空洞，带着储备的燃料、药品和食物。

"他们来救我们的时候得有一条干净的跑道，"伊丽莎白说，"他们会来救我们的。你知道的，是吧？"

"有可能。"克拉克说，他试着友好一些。

"要是真有人来救我们，"多洛蕾丝说，"我觉得这会儿也该来了。"

大崩溃之后，他们的确见到过一架飞行器，只有一架。第六十五天，远远地有一架直升机飞过，几乎微不可闻的振动声由北向南快速经过。直升机消失之后，他们还站在原地看了半天。那次之后，他们开始日夜值守，白天两人一组，拿着颜色鲜艳的T恤准备向飞机打信号，晚上燃一夜的篝火。但是，从天上飞过的除了飞鸟就是流星。

夜空比以前明亮了。在最晴朗的夜晚，星星就像发光的云层一般布满整片天空，奢侈得不像话。克拉克第一次注意到的时候，怀疑自己可能是出现了幻觉。他以为内心深处埋藏着难以言喻的创伤，说不定随时就要发展成精神错乱，就像祖母的骨癌在她弥留的几个月里，在 X 光片上幽暗地绽放。但两周之后，他觉得星星的形象总是一样，不像是幻觉，而且也太亮了，就算只有一弯月牙，跑道上的飞机也会投下影子。于是他壮着胆子，把事情和多洛蕾丝说了。

"不是你想象出来的。"多洛蕾丝说。克拉克已经开始把她当成最亲密的朋友了。白天他们结伴在屋里打扫卫生，相处得很愉快。此刻他们正帮忙用其他人从林子里拽回来的树枝生火。多洛蕾丝跟他解释了这个问题。在伽利略生活的时代，最重要的科学问题之一就是，银河是不是由单个恒星组成的。生活在电气时代的人难以想象古人竟不明白这个问题。但是，在伽利略生活的时代，夜空星光璀璨，而现在的夜空也是星光璀璨。光污染的时代结束了。夜空越来越明亮，意味着电网逐渐瘫痪，黑暗笼罩了地球。我见证了电气时代的终结。这个念头让克拉克蓦地打了个哆嗦。

"总有一天会来电的，"伊丽莎白仍然坚持己见，"那时候，我们就终于能回家了。"可是，真的有什么理由去相信这个说法吗？

机场住民习惯了每天晚上都聚在篝火周围，这是一个不成文的传统，克拉克心里又爱又恨。他爱的是交谈、轻松的时刻，哪怕是沉默的时刻，总之他不是孤零零的一个人。可有时候，这一小圈人和火光好像显得这片大陆格外空旷、格外孤寂，像是在无边无际的黑暗中摇曳着的一支烛火。

让人惊讶的是，没过多久，把登机口旁边的长椅当成家、把随身行李箱当家当的生活，就变得习以为常了。

泰勒穿着伊丽莎白的毛衣，毛衣长到膝盖，越来越脏的袖子挽了起来。他大部分时候都一个人待着，看他自己的漫画书和伊丽莎白的《新约》。

大家在学习彼此的语言。到了第八十天，不懂英语的大多都在学英语，会说英语的则在学由汉莎航空、新加坡航空、国泰航空和法国航空带来的旅客的语言。克拉克跟着汉莎航空的乘务员安妮特学法语。每天干活的时候，比如把水运到洗手池洗衣服、学着剥鹿皮、生篝火、打扫时，他就自言自语地练习。Je m'appelle Clark. J'habite dans l'aeroport. Tu me manques. Tu me manques. Tu me manques.[①]

　　第八十五天夜里，发生了一起强奸。午夜过后，一个女人的尖叫把机场惊醒了。他们把那个男人绑了起来，天亮之后，用枪指着他，把他赶去了森林，还警告说，要是他敢回来就开枪。"我一个人会死在那儿的。"他啜泣着说。没人否认，可他们还能怎么办？

　　"为什么没有一个人到这儿来？"多洛蕾丝问，"我一直想不明白。我不是说没人来救咱们。我指的是没人无意间发现这里。"机场位置并不是特别偏远。塞汶城就在二十英里之外。没有人走到这儿来，不过话又说回来，有多少人还活着呢？早期的报道说死亡率有百分之九十九。

　　"另外还得考虑社会崩溃，"加勒特说，"说不定一个人也没有了。"他是个商人，来自加拿大东海岸。从他乘坐的航班降落到现在，他一直穿着同一套西装，只不过现在搭配的是纪念品店里的"美丽的北密歇根"T恤。他目光灼灼，让克拉克看着有点儿忐忑。"暴力，兴许还有霍乱和伤寒，有抗生素的时候能用抗生素治好的各种炎症，还有蜜蜂蜇伤、哮喘……谁那儿有烟吗？"

　　"你真逗。"安妮特说。她第四天就把尼古丁贴片用完了。几

---

①意为"我叫克拉克。我住在机场里。我想你。我想你。我想你。"

周之前，她犯烟瘾犯得厉害，还试图用咖啡店里的肉桂当烟抽。

"这意思是'没有'喽？还有糖尿病，"加勒特接着说，看样子是忘了烟的事，"艾滋病毒、高血压、能用化疗治疗的各种癌症——在有化疗的时候。"

"没有化疗了，"安妮特说，"我也想到了。"

"万事皆有因，"泰勒说。克拉克没注意他也走过来了。最近泰勒总是在机场里走来走去。他走路很安静，让人以为他会突然闪现似的。他不怎么说话，所以很容易忘了他也在一旁。"这是我妈妈说的。"他对着大家诧异的目光解释说。

"是啊，不过这是因为伊丽莎白就他妈是个疯子。"加勒特说。克拉克之前就发现，加勒特说话口无遮拦。

"当着孩子怎么说这种话！"安妮特用手指缠绕着汉莎航空的丝巾，"你说的可是他的妈妈。——泰勒，别听他胡说。"泰勒什么也没说，就只是盯着加勒特。

"对不起，"加勒特对泰勒说，"我过分了。"泰勒还是一眨不眨地看着他。

"知道吗？"克拉克岔开话题，"我觉得咱们可以考虑派一支搜寻队。"

第一百天的黎明时分，搜寻队出发了：蒂龙、多洛蕾丝，还有来自芝加哥的老师艾伦。搜寻队真的是个好主意吗？这个问题引发了一些争论。他们打的鹿肉够吃了，而且需要的东西一应俱全，或者说勉强够用，除了肥皂和电池用完了。何况外面除了疫情，还能有什么？尽管如此，搜寻队还是出发了，他们带上了蒂龙的运输安全管理局的手枪和几张公路交通地图。

寂静的第一百天。等着搜寻队归来，带着物资或者流感，或者被精神失常、见人就杀的幸存者尾随，又或者回不来了。前一天晚上下了雪，世界悄无声息。白茫茫的雪、黑黢黢的树、灰蒙蒙的天，放眼望去，飞机尾翼上的航空公司标志是唯一的几抹亮色。

克拉克晃到了"飞凡里程"休息室。他最近一直躲在这里，因为他想躲着伊丽莎白，在这个角落他可以放心地不受打扰。而且他很喜欢里面的扶手椅，能看见停机坪的景色。他站在玻璃前，望着那一排飞机，发觉自己想起了罗伯特，他的男友。罗伯特是个博物馆负责人——曾经是个博物馆负责人？是啊，罗伯特很可能存在于过去时了，和几乎所有人一样，别去想了吧。他转过身，目光落在从前摆放三明治的玻璃陈列柜上。

要是罗伯特在这儿——老天哪，那该多好——要是罗伯特在这儿，他应该会在架子上摆满手工艺品，创建一个临时博物馆。克拉克把他不能用的苹果手机放在了顶层架子上。还有别的吗？马克斯坐上最后一班航班飞去洛杉矶了，不过他那张运通卡还躺在 B 候机大厅墨西哥餐厅的柜台上吃灰。运通卡旁边放着莉莉·帕特森的驾照。克拉克把这两样物品拿到"飞凡里程"休息室，并排放在了玻璃下面。光这两样东西显得很单薄，于是他把自己的笔记本电脑也放了进去。光这就是文明博物馆的开端了。他没有和任何一个人说起这件事。不过几个小时之后他再回来，看到有人在里面放了另一部苹果手机、一双五英寸鞋跟的红色高跟鞋和一只雪花玻璃球。

克拉克一向喜欢美丽的事物，而在他此时的心境下，所有的事物都充满美感。他站在玻璃柜旁边，发现自己被打动了，为眼前的每一件物品，为每一件物品所需要的人类创造力。想想这个雪花玻璃球。想想那些发明迷你暴风雪的大脑，把塑料片变成白色雪花的工厂工人，绘制带着教堂尖顶和市政厅的迷你塞汶城草图的那只手，中国某地看着玻璃球在传送带上滑过的流水线工人。想想一个戴着白手套的女工把一只只雪花玻璃球装进包装盒，这些盒子会被逐一装进更大的盒子、板条箱、集装箱。想想漂洋过海的集装箱船甲板下的纸牌牌局，一只手把烟头掐灭在满满当当的烟灰缸里，昏暗的光线中缭绕着蓝色烟气，五六种语言中相似的脏话合成的抑扬顿挫，梦想着陆地和女人的水手。对这些人来说大海就是灰蒙蒙的地平线，有横倒的摩天大楼那么大的船舶载着他们去往彼岸。想想货船抵达港口时舱单上的签名，一个在地球上独一无二的签名，把盒子送到配送中心的司机端在手里的咖啡杯，把装着雪花玻璃球的盒子送到塞汶城机场的联合包裹快递员的秘密愿望。克拉克晃了晃玻璃球，接着举到阳光下观察。隔着玻璃球，那些飞机形状扭曲，裹在漫天飞雪中。

次日，搜寻队回来了，一个个又累又冷。他们从一间工业厨房带回来三车物资，钢架餐车上都摞得高高的。他们找到了一家没被洗劫过的奇利斯餐厅，一晚上就缩在卡座里打哆嗦。他们拿了卫生纸、辣椒仔牌辣椒酱、餐巾纸、盐、胡椒粉、超多的西红柿罐头、餐具、成袋的大米和几加仑的粉红色洗手液。

他们说，在机场看不见的地方竖了路障，还有一个隔离警示牌。没有人到机场来，因为警示牌上说这里暴发了流感，旅客发病了，请勿靠近。路障之外，放眼望去都是被遗弃的汽车，有的汽车里能看见尸体。他们看到机场附近有一家酒店，讨论着要不要进去拿些床单和毛巾，但是那股恶臭让他们知道黑沉沉的大堂里等待他们的是什么，于是决定不去了。再往前走一点儿是几家快餐店。他们一路都没看见有人。

"外面是什么样？"克拉克问。

"很安静。"多洛蕾丝说。回来的时候，她情不自禁地激动起来，这种感情让她吃了一惊。搜寻队推着那几餐车物资，载着那些餐巾纸和叮当作响的辣椒仔牌辣椒酱瓶子，艰难地穿过路障，走上机场公路，随即树木掩映的机场映入眼帘。"到家了。"她心里想，感到如释重负。

一天后，第一个陌生人不期而至。他们当时安排了人手放哨，要是有陌生人靠近，可以吹哨提醒。他们都看过后末日题材的电影，里面总有面带凶相的流浪者为几口残羹剩饭拼命。不过安妮特说，其实仔细想想，她看过的那些后末日电影里全都有僵尸。"我就是想说，"她说，"咱们的情况还不是最糟糕的。"

当时阴云密布，但第一个不期而至的男人看起来并不是一脸凶相，而是满脸震惊。他浑身脏兮兮的，看不出年纪，穿了好几层衣服，而且很久没刮胡子了。他出现在路上的时候手里拿着一把枪，不过蒂龙一喊放下武器，他就停下脚步，把枪扔在了路面上。他把双手举过头顶，瞪着聚拢过来的人。每个人都有问题要问。他说话好像很吃力。他的嘴唇无声地一张一合，清了好几次嗓子才发出声音来。克拉克意识到，他有一段时间没开口说话了。

"我待在那家酒店里，"他总算开口了，"我是跟着你们留在雪地上的脚印找过来的。"他说着，潸然泪下。

"好吧，"一个人说，"那你哭什么？"

"我还以为就只剩下我一个人了。"他说。

　　快满十五年的时候，机场里住了三百人，文明博物馆占领了"飞凡里程"休息室。以前，机场的人比现在少，克拉克从早到晚都要为生存的琐事忙碌：捡拾木柴，把水运到卫生间以保证厕所能正常使用，在废弃的塞汶城里搜找生活用品，在跑道两侧窄窄的田地里种植庄稼，剥鹿皮。如今，人多了不少，而且克拉克也上了岁数，好像没人介意他一整天打理博物馆。

　　世界上没有实用价值但人们想留存的东西好像多得数不清：按键精巧的手机、平板电脑、泰勒的任天堂游戏机、不同型号的笔记本电脑。有几双不实用的鞋子，大多是高跟鞋，优美又古怪。三台汽车引擎并排陈列在一起，都清理一新；还有一辆摩托车，镀铬的车身闪闪发光。有时候商贩们会带些东西给克拉克，都是毫无价值的物件，不过他们知道他会喜欢：报纸杂志、一套邮票、硬币。还有一些护照、驾照和信用卡，这些东西的主人曾在机场生活，后来去世了。克拉克都一丝不苟地记录下来。

伊丽莎白和泰勒的护照展示的是有照片的那一页。第二年夏天，他们临走的那天晚上，伊丽莎白把护照都交给了克拉克。多年之后，这两本护照依旧让他心里不安。

"他们这两个人就让人不安。"多洛蕾丝说。

第二年，在伊丽莎白和泰勒离开前几个月的一天，克拉克正折树枝生火，一抬头便觉得格拉迪亚航班旁边有一个人影。是一个孩子，不过机场里有好几个孩子，他离得远，看不清是谁。那架飞机是绝对的禁区，不过孩子们喜欢讲鬼故事来吓唬对方。那个孩子手里拿着什么东西，好像是一本书？克拉克发现是泰勒，他站在机头旁边，正拿着一本平装书朗读。

"'故此在短短一天之内，她受的一切灾殃：瘟疫、哀伤和饥荒，要同时临到她身上。'[①]"克拉克走过去的时候听见泰勒在念这一句。泰勒顿了一顿，抬起头。"听见了吗？瘟疫。'一天之内，她受的一切灾殃：瘟疫、哀伤和饥荒，要同时临到她身上。她也要被大火焚烧，因为审判她的主是大有能力的。'"

克拉克知道他念的是什么了。在多伦多的时候，他有一个交往了三个月的男友，对方曾经是福音派教徒，还在床边放了一本《圣经》。泰勒没有读下去，而是抬头看着他。

"对你这个年龄的孩子来说，你读得很好。"克拉克说。

"谢谢。"男孩明显有点儿不正常，可有谁能帮他做点儿什么呢？第二年里，每个人都还没缓过神来。

"你刚才在做什么？"

"我在念书给里面的人听。"泰勒说。

---

① 出自《启示录》。译文引自《当代圣经译本》。

"里面没有人。"不，里面当然有人。克拉克在阳光下觉得冷飕飕的。飞机始终封锁着，因为打开机舱是一个谁都不愿意去想的噩梦，因为谁都不知道死者会不会传播病毒，因为也没有更好的陵墓了。他从来没有靠得这么近。飞机舱窗黑洞洞的。

"我只是想告诉他们，万事皆有因。"

"听着，泰勒，有些事情没有什么原因。"站在这么近的地方，幽灵飞机静得怕人。

"那为什么他们死了，而我们没死？"男孩问，听语气像在耐心地复述一个反复练习过的观点。他的目光没有躲闪。

"因为他们接触了某种病毒，而我们没有。你可以寻找其他原因，天知道，有几个人已经想得快把自己逼疯了。但是，泰勒，事实就是那样。"

"如果我们得以幸免是另有原因呢？"

"得以幸免？"克拉克想起自己为什么不经常和泰勒聊天了。

"一些人得以幸免，比如我们这种。"

"什么意思，'我们这种'？"

"就是好人，"泰勒说，"不软弱的人。"

"听着，这不是坏人还是……里面那些人的问题，格拉迪亚航班里的人只不过是在错误的时间出现在了错误的地点。"

"好吧。"泰勒说。克拉克转身离开，泰勒的声音几乎同时从身后传来，这会儿他的声音更轻柔。只听他念道："'她也要被大火焚烧，因为审判她的主是大有能力的。'"

伊丽莎白已经带着泰勒搬到了法国航空班机的头等舱里。克拉克去找她的时候，她正坐在舱门前带轮子的登机梯上，一边晒太阳一边织什么东西。克拉克好一阵子没和她说过话了。确切地说，克拉克并没有故意躲着她，不过他也确实没有主动找她做伴。

"我在担心你儿子。"他说。

她停下手里的活，最初那段日子的躁狂情绪已经消失。"怎么了？"

"他正站在那架隔离的飞机旁边，"克拉克说，"给死者朗读《启示录》。"

"哦，"她笑了笑，又继续手里的活，"他的阅读能力很强。"

"我觉得他可能受了影响，产生了一些奇怪的想法，关于，嗯，关于发生的一切。"他意识到，自己现在还不知道该如何形容。没有一个人会直接说起。

"什么样的奇怪的想法？"

"他觉得疫情是事出有因。"克拉克说。

"的确是事出有因啊。"

"这个，没错，不过我的意思是，除地球上几乎所有人都感染了致死率极高的猪流感病毒变异毒株这个事实之外的原因。他好像觉得这是某种神的审判。"

"他的想法没错。"她停下来数了数针数。

克拉克觉得一阵头晕目眩。"伊丽莎白，这样的事怎么可能有什么原因？什么安排会需要……"他意识到自己不自觉提高了嗓音。他攥起了拳头。

"万事皆有因，"伊丽莎白说，并没有看他，"这不是我们可以知道的。"

那年夏天，一个宗教流浪团体从机场经过，他们要去南方。他们具体的信仰不甚清楚。"新的世界需要新的神明。"他们是这么说的，还说"异象在指引我们"。他们含糊地说了些神迹和梦境。机场里的人们在忐忑中让他们借宿了几晚，因为这样好像比直接赶走他们安全些。这些流浪的信徒吃了他们的东西，用祝福作为回报，基本上就是把手按在额头上喃喃地祈祷。晚上，他们在 C 候机大厅里坐成一圈吟诵经文，机场里没有一个人知道他们说的是什么语言。他们离开的时候，伊丽莎白和泰勒跟着一起走了。

"我们就是想过更为灵性的生活，"伊丽莎白说，"我和我儿子。"她说很抱歉要离开大家，就好像她离开是放弃了他们一样。他们离开的时候，泰勒跟在那群人后面，看起来是那么瘦小。克拉克心里想，我应该多帮帮她的，我应该把她从深渊边缘拉回来的。然而，他倾尽一切才把自己从深渊边缘拉回来，他又能做什么？那群人沿着机场公路拐了个弯，就不见了。他可以肯定，感到如释重负的不只他一个人。

"那种疯病是会传染的。"多洛蕾丝道出了他的心声。

第十五年，结束了漫长的劳作之后，人们会走进博物馆，缅怀过去。最初摆在头等舱休息室的几把扶手椅保存了下来，大家可以坐在椅子上翻阅最后一份报纸。有十五年历史的纸张已经发脆，看的时候要戴上手套，那是克拉克用一张酒店床单缝制的，手工很笨拙。大家来这里就像是来祈祷的。詹姆斯，也就是第一个从外面走进机场的人，差不多每天都要到博物馆来看看那辆摩托车。摩托车是他第二年在塞汶城里找到的，他一直骑到汽车汽油变质、航空汽油耗尽。他非常想念这辆摩托车。伊曼纽尔，也就是第一个在机场里出生的孩子，常常过来看那几部手机。

如今机场里建起了学校，设在 C 候机大厅里。和所有接受教育的孩子一样，机场学校的孩子们也要死记硬背那些抽象的东西：停在外面的飞机曾经在天上飞。你可以坐在飞机上去往世界另一端，不过——教他们的老师以前在两家航空公司都有飞行常客的资格——登上飞机之后，在起飞和降落之前需要关闭电子设备，比如播放音乐的扁扁的小机器，还有能像书本一样打开的大一点儿的机器。这些机器的屏幕以前并不总是黑的，机器内部布满了电路，这些机器能连到一个全球网络。卫星会向地球传输信息。货物通过轮船和飞机运往世界各地。地球上没有什么偏远的角落是人类到不了的。

孩子们知道了互联网，它无处不在，连接了全世界，和人们密不可分。他们借助地图和地球仪得知，互联网能超越一条条边界。这里就是形状像手套的黄色地区①，墙上这个大头针就是塞汶城。那里是芝加哥。那里是底特律。孩子们都能理解地图上的一个个黑点儿——你在这里。不过就连十几岁的孩子对那些线条也是一知半解——那曾经是国家，有边界。现在这些很难解释。

第十五年秋，发生了一件了不得的事——一个商贩带来了一份报纸。他从第六年起就常跑机场，主要贩卖炊具、袜子和缝纫用品。他在法国航空的飞机里住了一晚，第二天早上离开之前，他过来找克拉克。

"我这儿有一样东西，我觉得你会喜欢，"他说，"是给你那个博物馆的。"他说着拿出三张质地粗糙的纸。

"这是什么？"

"是一份报纸。"商贩说。

连续三期，是几个月之前的了。商贩说，报纸是新佩托斯基镇的一个人办的，不定期出版。报纸上有出生、死亡和婚礼的公告。还有一个物品交换专栏：一个当地男子想用牛奶和鸡蛋换一双新鞋；一个女子有一副老花镜，想换一条六码的牛仔裤。一则新闻称有人

---

① 密歇根州下半岛形状像一只连指手套。

看到镇子西南出现了三个野人——一个女人和两个小孩。请所有居民尽量避开她们，万一发生意外接触，请保持语气温和，避免突然做出任何动作。一个叫作旅行交响乐团的团体来到了镇里，不过克拉克从文中看出他们不单单表演交响乐。一篇剧评对他们的《李尔王》赞不绝口，其中特别提到了饰演李尔王的吉尔·哈里斯和饰演柯苔莉亚的柯尔斯滕·雷蒙德。一个当地的小女孩有一窝小猫想送养，猫妈妈是个捕鼠能手。还有一则通知提醒大家图书馆始终需要各类书籍，会用酒作为报酬。

图书管理员叫弗朗索瓦·迪亚洛，也是这份报纸的出版人。看样子，版面不满的时候他就会摘抄他的藏书。第一期里登了一篇艾米莉·狄金森的诗。第二期里节选了亚伯拉罕·林肯的自传。第三期的反面——看样子这个月没什么新闻和公告——一整版都是访谈录，采访对象是柯苔莉亚的扮演者、女演员柯尔斯滕·雷蒙德。大崩溃之后她跟着哥哥离开了多伦多，不过这些都是哥哥告诉她的。她记住的不多，不过她对末日前的那个晚上记得一清二楚。

雷蒙德：我和剧组的另外两个女孩当时都在舞台上，我站在阿瑟身后，所以看不见他的脸。不过我记得舞台前面一阵骚动。接着我记得我听见了一个声音，很响的啪的一声，是阿瑟的手重重地打在了我脑袋旁边的胶合板柱子上。他跌跌撞撞地后退了几步，胳膊无力地挥舞着，接着观众席里有一个男人冲上舞台，朝他跑了过去——

克拉克读到这儿，一瞬间屏住了呼吸。他震惊极了，因为他遇到了一个认识阿瑟的人，这个人不但认识阿瑟，而且目睹了他去世的过程。

　　这几张报纸在机场里传阅了四天。这是大崩溃之后他们看到的第一份新报刊。报纸送回博物馆的时候，克拉克又拿在手里读了很久，还重读了那篇演员访谈。他意识到，除里面提到了阿瑟之外，这还是一个非同寻常的进展。既然现在出现了报纸，那还有哪些可能呢？从前，他坐过不少次从纽约飞洛杉矶的红眼航班。在飞机上有那么一刻，曙光从东向西洒向大地，黎明映照在三万英尺之下的河流和湖泊中。他当然知道时区的问题，地球上总有某个地方是白天，某个地方是夜晚。但在这样的时刻，他心里总是一阵窃喜，因为他觉得世界苏醒了。

　　随后的几年里，他一直盼着看到更多的报纸，可是始终都没有如愿。

45

第十五年的采访，接上文：

雷蒙德：还有别的问题吗？
迪亚洛：我确实还有别的问题，只不过你不会乐意回答的。
雷蒙德：我可以回答，条件是你不要记录。

弗朗索瓦·迪亚洛把手里的笔和笔记本放到了桌上。

"谢谢，"柯尔斯滕说，"我可以回答你的问题，如果你想问，但条件是这段问答不会出现在报纸上。"

"我答应你。当你想到有生之年经历过世界剧变的时候，你会想些什么？"

"我会想到杀人。"她目光沉着。

"真的？为什么？"

"你被迫这么做过吗？"

弗朗索瓦叹了口气。他不愿意回想这件事："我有一次在林子里遭遇了偷袭。"

"我也遭遇过偷袭。"

天黑了，弗朗索瓦在图书馆里点了一根蜡烛。蜡烛立在一只塑料桶里，以防万一。烛光下，柯尔斯滕左脸脸颊上那道疤变淡了。她穿着一件夏天的连衣裙，红底白花，已经褪色，腰间的三把匕首收在刀鞘里。

"有几个？"弗朗索瓦问。

她一翻手腕，露出匕首文身。两个。

乐团在新佩托斯基镇休整了十天左右，弗朗索瓦差不多把每一个成员都采访了。奥古斯特说，他背着小提琴，离开了马萨诸塞州空空荡荡的家，跟着一个宗教团体生活了三年，之后再次出走，接着就遇到了乐团。薇奥拉讲述了一段悲惨的经历，她当时十五岁，骑着自行车一路往西，想离开烧成了废墟的康涅狄格州郊区。她隐约地打算去加州，但还没走出多远，就被一群路人袭击了。她伤得很重，接着加入了一个抢劫团伙，里面都是一些半野蛮的少男少女。后来她溜走了，一个人走出了一百英里。她用法语自言自语，因为她这辈子经历的所有不幸都是在英语环境里发生的，她觉得换一种语言说不定就能保护自己。她游荡到一个镇子里，五年之后，乐团来了。第三大提琴手埋葬了双亲，他的父母都是因为没有胰岛素而去世。他一直躲在密歇根州上半岛位置偏远的乡间别墅里，安全而又无聊地过了四年。之后他终于离开了那里，一个原因是他害怕自己再找不到人说话就会变成疯子；另一个原因是他实在吃够了鹿肉，只要能吃到别的东西，他连右胳膊都可以不要。他朝着东南方向，穿过麦基诺大桥，这时距离桥梁中段坍塌还有十年。他在麦基诺城的郊区安顿下来。这是一个亲如一家的渔民镇子，他一直住到乐团经过。弗朗索瓦意识到，归结起来，乐团所有的故事都是一个故事，分两个版本：周围的人都死了，我四处游荡，我遇到了乐团；或者我当时还很小，我是大崩溃之后才出生的，我对另一种生活没有任何记忆或者只记得一点儿，我一辈子都在四处流浪。

"现在说说你吧，"柯尔斯滕说，"你会想些什么？"

"我想到世界剧变的时候？你指的是这个吗？"

"对。"

"我会想到我在巴黎的那间公寓。"航空旅行终止的时候，弗朗索瓦正在密歇根州度假。如今他闭上眼睛，仍然可以看到客厅天花板上错综复杂的线脚、通向阳台的高大白门、木地板，还有书。

"你为什么会想到杀人？"

"在旧世界里，你从来不用去伤害任何一个人，是吧？"

"当然不用。我是做文案的。"

"做什么？"

"广告文案，"他已经很久没想过了，"就是广告牌之类的，知道吧？上面那些广告语就是文案写的。"

柯尔斯滕点了点头，从他身上移开了目光。在弗朗索瓦现在的生活中，他最喜欢的地方就是图书馆。这些年里，他着实收集了不少书刊。书、杂志、一玻璃柜大崩溃前的报纸。他是最近才突然想到要着手办一份报纸的。到目前为止，这个计划让他干劲十足。柯尔斯滕注视着那台简易印刷机，巨大的机器摆在房间最里面，罩在阴影里。

"你脸上的疤是怎么回事？"弗朗索瓦问。

柯尔斯滕耸了耸肩："我完全不知道。事情发生在我没有记忆的那年。"

"你哥哥去世之前都没告诉你？"

"他说我还是不记得的好。我相信他是对的。"

"你哥哥是个什么样的人？"

"他很忧郁，"柯尔斯滕说，"他什么都记得。"

"你还没跟我说过你哥哥后来怎么了。"

"就是在旧世界里绝不会发生的那种糊里糊涂的死亡。他踩到了钉子，跟着因为感染死了。"她抬头看了看窗户，天色暗了。"我得走了，"她说，"就快日落了。"她站起来，腰间那几把匕首的刀柄在半明半暗的光线下闪着寒光。这个坚韧的女人，礼貌而又致命，带着匕首流浪了一辈子。弗朗索瓦从乐团的其他成员口中听说了她高超的飞刀功夫。据说，她蒙着眼睛都能正中靶心。

"我还以为今天晚上只有音乐表演呢。"他总是不舍得让她离开。

"是的，不过我答应朋友们说我会去的。"

"谢谢你接受采访。"他边说边送她出门。

"不客气。"

"冒昧地问一句，你为什么不希望把最后那一部分记录下来？我不是第一次听到这种内容的自白了。"

"我知道，"柯尔斯滕说，"乐团里差不多每个人……不过是这样的，我收集名人八卦的剪报。"

"名人八卦？……"

"我就只关注一个演员，阿瑟·利安德。因为我收集剪报，所以我知道有些东西会留下永恒的记录。"

"而你不希望别人记住你是因为这件事。"

"一点都不错，"柯尔斯滕说，"你要来看演出吗？"

"当然了，我和你一起走吧。"他走回房间，吹灭了蜡烛。这会儿街上已经黑了，不过余晖依旧笼罩着湖湾。要在几个街区之外的一座桥上演出，几辆大篷车就停在桥边。弗朗索瓦听见了一阵乐声，乐手正各自练习和调音。奥古斯特皱着眉头，反反复复地拉着两个小节。阿夏在研究乐谱。早一点儿的时候，几个镇民从山坡上的市政厅里搬来了几把长椅，此时椅子排成了几排，正对着湖湾。椅子基本上都坐满了。大人们有的在聊天，有的在看乐手，孩子们如痴如醉地望着那些乐器。

"后排还有地方。"柯尔斯滕说，弗朗索瓦跟着她走了过去。

"今天晚上的曲目是什么？"

"一支贝多芬的交响乐。我不知道是哪一支。"

在观众察觉不到的示意下，乐手们停下练习、调音和交谈，安静地背对着湖面坐好了。人群一片鸦雀无声。寂静中，指挥向前走了一步，面对观众微笑、鞠躬，又一语不发地转身面向乐手和湖湾。一只海鸥在头顶翩然飞过。指挥举起了手里的指挥棒。

46

第十五年夏的这天晚上，吉文·乔杜里正在河边喝酒。如今世界变成了一连串的聚落，聚落就是最重要的。这片土地已经没有名字了，不过这里从前属于弗吉尼亚州。

吉文已经游荡了一千英里。第三年，他流浪到了一个叫麦金利的聚落，这个名字是创立镇子的人取的。最初一共有八个人，他们是麦金利·史蒂文森·戴维斯营销公司的一个销售团队。格鲁吉亚流感席卷大陆的时候，他们被迫滞留在一个与世隔绝的度假屋里。他们离开度假屋，走了几天之后，在一段废弃的公路上发现了一家荒废的汽车旅馆。那里远离主干道，而且看起来他们也找不到更好的落脚点了。于是这支销售团队搬到旅馆的房间里，就此住了下来。最初是因为开始那几年大家都心惊胆战，不愿意住得离彼此太远，后来是因为习惯了。那时，聚落里一共住了二十七家人，大家邻河而居，和平相处。第十年夏，吉文结婚了，妻子名叫达莉娅，是聚落的创立者之一，以前是销售助理。这天晚上，一起坐在岸边的还有达莉娅和他们的一个朋友。

"我不知道，"他们的朋友说道，"现在教孩子们了解从前的世界，还有意义吗？"他叫迈克尔，以前是卡车司机。麦金利有一所学校，十个孩子每天坐在最大的旅馆房间里上课。这天下午，迈克尔十一岁的女儿哭着回到家，因为老师无意间说起格鲁吉亚流感之前的平均寿命要更高，在以前六十岁还不算特别老。她给吓着了，她不明白，这"不公平"，她也想像过去的人那么长寿。

"说实话，我也说不好，"达莉娅说，"我觉得我希望我的孩子知道。我们掌握了那么多知识，还有那些不可思议的东西。"

"可目的是什么呢？"迈克尔从她手里接过酒瓶，点点头表示感谢，"你也看到了，每次有人跟他们说起抗生素或者发动机的时候，他们都是满脸茫然。对他们来说，那就是科幻小说，不是吗？要是这些东西只会弄得他们心里难过——"他话没说完，喝了口酒。

"可能你说得对，"达莉娅说，"我认为问题在于，知道这些事情会让他们更快乐还是更痛苦？"

"我女儿是更痛苦了。"

吉文坐在旁边似听非听。他并没有喝醉。他只是觉得轻松自在，毕竟这一天让他筋疲力尽：上午一个邻居从梯子上摔了下来，而吉文作为方圆一百英里内最懂医术的人，不得不去给患者的胳膊复位。治疗过程很可怕，患者喝了私酿酒，但还是疼得要发疯，他嘴里咬着木条，不断呻吟。别人在危难时会找他求助，这让吉文很高兴，能帮上忙会给他带来很大的成就感，但是在没有麻醉的时代，患者身体的疼痛常常会让他触目惊心。此刻，萤火虫在岸边高高的草丛间飞舞。他不想说话，不太想，但他惬意地享受着朋友和妻子的陪伴，而且酒也冲淡了今天最糟糕的记忆——吉文给患者的伤臂复位的时候，对方的额头上布满了细密的汗珠。他享受着潺潺的流水、树间的蝉鸣、河岸对面挂在垂柳上空的星星。多年之后，他偶尔还是会庆幸自己找到了这个地方、这份宁静、这个女人，庆幸自己活了下来，看到了这个值得活下去的时代。他握住达莉娅的手。

"她今天哭着回家的时候，"迈克尔说，"我不由得想，也许我们不应该继续跟他们讲那些稀奇古怪的故事了。也许我们该放下了。"

"我不想放下。"吉文说。

"是不是有人在叫你？"达莉娅说。

"但愿不是。"吉文说，不过他这时也听见了。

两人跟着吉文回到汽车旅馆，一个男人骑着马刚刚赶到，马鞍上瘫坐着一个女人，男人一只手搂着她。

"我妻子中枪了。"男人说。吉文听语气就知道，男人很爱她。他们把女人扶下马，晚上天气很热，女人却一直打哆嗦，意识有些模糊，眼皮颤动着。他们把她抬进吉文的手术室，也就是一个旅馆房间。迈克尔点亮油灯，房间里亮起了黄色的灯光。

"你是医生？"那个男人问。吉文觉得他面熟，但想不起来在哪儿见过。男人四十多岁，头发编成玉米垄式，和他妻子一样。

"差不多吧，"吉文说，"你叫什么？"

"爱德华。你是说你不是真正的医生吗？"

"我在流感之前学过急救。我跟附近的一个医生学了五年，后来他搬去南方了。能学的我都学了。"

"但是你没念过医学院。"爱德华的语气里满是痛苦。

"这个嘛，我是想念来着，不过据我所知，他们不接受申请了。"

"对不起，"爱德华用手帕擦了擦脸上了汗，"我听说你医术高明。我无意冒犯。她就是，她中了枪——"

　　"我先看看能不能帮上忙。"

　　吉文有些日子没见过枪伤了。第十五年，弹药逐渐耗尽，大家都很少用枪，开枪只是为了打猎。"跟我说说出了什么事吧。"他说，主要是为了分散爱德华的注意力。

　　"出了先知这个事。"

　　"我没听说过这个人。"至少伤口相当整齐，子弹穿入腹部，留下一个小孔，没有出口伤，有一些失血，脉搏虚弱但很平稳。"先知是什么人？"

　　"我还以为这个人声名远扬呢，"爱德华说，握着妻子的手，"南方各地他都走遍了。"

　　"这些年来我听说过十几个先知，这不是什么罕见的职业。"吉文从柜子里拿了一瓶私酿酒。

　　"你就用这东西给器材消毒？"

　　"针我已经用沸水消过毒了，不过我会用酒再次消毒。"

　　"针？你要直接缝合，不取子弹吗？"

　　"取子弹太危险了，"吉文温和地说，"你看，流血就快止住了。我要是在她体内找子弹，她可能会大出血。留在里面更安全。"他把酒倒在一只碗里，先擦洗两只手，接着把针和线在酒里浸泡了一会儿。

　　"我能做点什么吗？"爱德华一直在一旁逡巡。

　　"我一会儿缝伤口的时候，你们三个负责按住她。你刚才说出现了一个先知。"他发现治疗时最好分散患者亲友的注意力。

　　"他是今天下午来的，"爱德华说，"他，还有他那些追随者，大概有二十个人。"

　　吉文想起在哪儿见过爱德华了。"你住在老种植园里，是吧？我跟着医生实习的时候去过几次。"

"对，种植园，没错。我们当时都在地里，一个朋友跑过来说，有一群人过来了，有二十个还是二十二个人。他们沿着公路边走边唱着古怪的赞美诗。过了一会儿我也听见了，后来他们就走到我们那儿了。那群人面露微笑，成群结队地走过来。走到我们面前的时候，他们已经不唱了。我看见人数没有我以为的那么多，可能也就十五个。"爱德华沉默了一会儿，因为吉文正往女人的腹部倒酒精。女人疼得呻吟起来，一股细细的血流从伤口淌了出来。

"接着说。"

"于是我们就问他们是什么人，他们那个首领对我露出微笑，说：'我们是光。'"

"光？"吉文手里的针穿过女人的皮肤。"别看，"他说，他听见爱德华在紧张地咽口水，"按住她，别让她动。"

"这时候，我就知道他是谁了。我们听过他的事，是从那些商贩那儿听来的。这些人心狠手辣。他们信奉什么稀奇古怪的教义，带着武器，看上什么就要拿走。所以我就尽量保持冷静，我们全都是，我看出那些邻居也意识到要对付的是什么人了。我就问他们是想要什么还是就想拜访一下。那个先知笑着对我说，他们手里有我们想要的东西，他们愿意用那个东西交换我们手里的枪支弹药。"

"你们还有弹药？"

"在今天之前还有。种植园里存了不少。我一边听他说话，一边四下张望，我突然意识到我的孩子不见了。他跟他妈妈在一起，可孩子妈妈又在哪儿？我就问他们：'你们觉得有什么东西是我们想要的？'"

"然后呢？"

"然后那群人就分成了两队，我看见了我儿子。他们把他抓去了。那孩子才五岁啊！他们把他绑了起来，还堵住了嘴。我当时吓坏了，因为我不知道孩子妈妈在哪儿！"

"所以你们就把武器交给他们了？"

"我们把枪给了他们，他们就把我儿子放了。我妻子在另一群人手里。所以出现在我面前的只有十五个人，而不是二十个。他们押着她往前走了，当作什么来着，我不知道，当作'保险单'。"他语气里透着深深的厌恶，"他们对我们说，要是没人追上去，一两个小时之后，我妻子就会回来，保证毫发无损。他们说要离开这里，往北边去，我们以后再也不会见到他们了。他们一直面带微笑，平静极了，就好像他们根本没做什么坏事。我们赎回了孩子，他们带着枪支弹药走了，我们就开始等。过了三个小时，她还没回来，于是我们几个人就追了上去，结果发现她倒在路边，身上还中了一枪。"

"他们为什么要打伤她？"吉文发觉患者清醒过来了。她默默地流眼泪，没有睁开眼睛。最后一针了。

"她说先知想让她跟他们一起走，"爱德华说，"跟他们去北方，嫁给他的一个手下。我妻子拒绝了，于是先知就朝她开了一枪。显然不是想杀了她，反正不是想让她马上死，而是想让她痛苦。"

吉文剪断缝线，把一条干净的毛巾按在女人的腹部。"绷带。"他对达莉娅说，达莉娅已经拿着剪成细条的旧床单在旁边候着了。他小心翼翼地帮女人包扎了伤口。

"她会没事的，"他说，"只要不感染。不过不用担心感染的问题，子弹本身是消毒过的，高温消毒。我们也仔细地用酒精做了消毒。不过你们还是应该在这里住上几天。"

"大恩大德。"爱德华说。

"我尽力而为。"

　　等吉文处理完伤口，女人已经陷入了断断续续的睡眠，她丈夫一直守在旁边。吉文把沾了血的针放在炖锅里，穿过马路，来到河边。他跪在草地上，用炖锅舀了河水，又回到汽车旅馆，点着自己房间前面的临时烤炉，把炖锅放在上面。他在一旁的野餐桌旁坐了下来，等着水烧开。

　　他从衬衫口袋里掏出烟草，装了一袋烟，这是他舒缓情绪的仪式。什么也别去想，享受星空和水声就好，别去想女人的疼痛、她的血，以及那些为了泄愤朝她开枪还把她扔在路边的人。麦金利在老种植园南面。如果那个先知说话算话，那么他和他的追随者正离麦金利越来越远，走向毫无防备的北方。为什么要向北走？吉文好奇起来，他们又会走出多远？他想到了多伦多，想到了在雪地上的跋涉。一想起多伦多，他就不可避免地要想到哥哥、湖边的大厦、摇摇欲坠的鬼城、挂着《李尔王》海报的埃尔金与冬季花园戏剧中心。想到那天晚上，阿瑟去世了，一切由此开始，也由此结束。

　　达莉娅不知道什么时候来到了他身后。他感觉胳膊被碰了一下，吓了一跳。水烧开了，而且烧开好一会儿了，针应该已经消好毒了。达莉娅握着他的手，轻轻地吻了一下。"很晚了，"她低声说，"回去睡吧。"

47

第十九年，克拉克七十岁了：他比从前疲惫，做什么都很慢。他关节和双手都疼，尤其是天冷的时候。他剃光了头发，而不仅仅是剃左半边，左耳戴了四只耳环。他的好朋友安妮特在第十七年死于某种不明疾病，于是他系着她那条汉莎航空的丝巾作为纪念。他不再觉得特别难过，不过他时刻都准备着面对死亡。

博物馆里有一把扶手椅，坐在那个位置几乎能看到整个停机坪。一架 737 的机翼底下是食物制备区，临时搭建的架子上挂着猎人打来的鹿、野猪和兔子，肉割下来留着给大家吃，内脏喂狗。六号和七号跑道之间是一片墓地，每座坟墓前都立着飞机上的小桌板，硬塑料板插在土里，上面刻着死者的生平。这天早上，他在安妮特的坟墓前放了一束野花，从博物馆看出去能看到点点蓝色和紫色。那排首尾相连地停在远处的喷气式飞机，如今都锈迹斑斑。花园被停在登机口的飞机挡住了一半。玉米地、远处那架孤零零的格拉迪亚 452 航班、机场边缘那一圈圈蛇腹形铁丝网，还有远处的森林，他盯着那些树看了有二十年。

他最近把水务有限公司的三百六十度评估报告全部公开了，因为从理论上可以肯定，报告里提到的每个人都已经去世。机场里的几个前高管看得津津有味。一共有三份报告，分别为下级、平级和上级的评语，评论对象是水务有限公司里一个叫丹的高管。他应该已经去世多年了吧。

"好了，就说这一段吧。"加勒特说。这是七月末一个平常的下午。经过多年的相处，两个人成了好朋友。加勒特觉得这几份报告格外有意思。"你这里的标题是'沟通'，后面这里——"

"你说的是哪份报告？"克拉克窝在他最喜欢的那把扶手椅上，闭目养神。

"下级报告，"加勒特说，"嗯，标题'沟通'的下面，第一条评论是这么说的。'他不善于向下属倾泻信息。'克拉克，这人是玩激流勇进的还是怎么着？我就是好奇一下。"

"是啊，"克拉克说，"我肯定受访者就是这么说的。字面意思的倾泻。"

"我最喜欢的还有这一条——'他能轻而易举地对接我们已有的客户，但至于新客户，那是低处的果子。他具备高海拔的视角，但无法深挖，缺少可以转化新商机的颗粒度。'"

克拉克做了个鬼脸："我记得这个人。我记得他说到这儿的时候，我好像当场小中风了。"

"看得人满脑子疑问。"加勒特说。

"肯定。"

"里面有高海拔，是这么说的吧，还有低处的果子，又有什么颗粒，还涉及深挖。"

"估计这人是个矿工，喜欢爬山，业余时间去果园。我可以自豪地说，"克拉克说，"我从来不这么说话。"

"你有没有说过'和稀泥'？"

"好像没有。没有，我不会这么说。"

"我特别反感这个说法。"加勒特一边看报告一边说。

"哦，我倒是不怎么介意。我总会想到烘焙。我小时候，母亲有时候会买那种曲奇预拌粉。"

"你还记得巧克力碎曲奇吗？"

"我总梦见巧克力碎曲奇。别折磨我了。"

加勒特好半天没说话，克拉克睁开眼睛，好确定他还在呼吸。加勒特正入神地看着两个孩子在停机坪上玩耍，他们躲在加拿大航空飞机的轮子后面，相互追逐，跑来跑去。这些年来，加勒特平和了不少，不过时不时会盯着某个地方发呆。克拉克如今已经知道他接下来要说什么了。

"我有没有跟你说过我最后那通电话？"加勒特问。

"说过的，"克拉克温和地说，"我记得说过。"

加勒特的妻子和他们四岁的双胞胎住在加拿大哈利法克斯，但他的最后一通电话是打给他上司的。他在电话里说的最后一段话通篇都是职场的陈词滥调，这成了他挥之不去的噩梦。"咱们和南希通个气，"他记得自己是这么说的，"然后应该跟鲍勃打个招呼，回头下周再讨论。我会给拉里发一封电邮。"他说到"回头"的时候压低了嗓音，也许是不自觉地。他清了清嗓子。"为什么咱们总说'发'电邮呢？"

"不知道。我也一直纳闷。"

"为什么就不能直接说传呢？我们就只是点一下按钮，是吧？"

"甚至都不是真的按钮。就是屏幕上的按钮图标。"

"是啊，"加勒特说，"我就是这个意思。"

"事实上并没有一把电邮枪。不过这个主意倒是不错。我更欢迎有这种东西。"

加勒特用手指做出手枪的形状，瞄准连成一排的树。"咔——砰！"他低声模仿枪声。接着，他恢复正常的声音说："我以前会把'谢谢你'写成'谢'。"

"我也是。因为，怎么，说一句感谢还要多打两个字，这太浪费时间和精力了！我想不明白。"

"那句'回头'总让我暗暗想到船。你把一个人留在岸上，开船兜一圈之后再回过头来接人。"加勒特沉默了片刻，又开口说，"我喜欢这一句。'他是个高功能梦游者，说穿了就是这样。'"

"我还记得说这句话的那个女人。"克拉克心想，不知道她后来怎么样了。

最近他常常回忆过去。他喜欢闭着眼睛，任回忆自由驰骋。回首时，人生就是一连串的照片和不连贯的短片：他九岁那年参加学校演出，坐在前排的父亲笑容满面；和阿瑟在多伦多混迹于夜店，头上的彩灯转来转去；纽约大学的讲堂。一个高管，是位客户，说起可怕的上司时用两只手捋着头发。一个个恋人，历历在目的细节，一套深蓝色的床单、一杯好喝至极的茶、一副墨镜、一个微笑。家住银湖①的朋友后院里的巴西胡椒木②。办公桌上的一束虎皮百合。罗伯特的笑容。母亲的双手，她正一边织东西一边听BBC。

他听见一阵低低的说话声，醒了过来。这种情况最近越来越频繁了，他会不知不觉地睡过去，这让他有种不安的预感，觉得这是在排练。你睡着了一小会儿，接着睡着了很久，最后永远地睡着了。

---

① 银湖，洛杉矶社区名。

② 巴西胡椒木，中文正式名为巴西肖乳香。

他在扶手椅上坐直身子，眨了眨眼睛。加勒特已经走了。最后一抹余晖斜着穿过玻璃，打在摩托车完美无瑕的镀铬车身上。

"我是不是把你吵醒了？"沙利文说。他是安保负责人，五十岁，十年前他带着女儿来到了这里。"我想给你介绍一下我们的新成员。"

"幸会。"克拉克说。新来的是一男一女，三十出头，女人怀中的吊兜里有个小婴儿。

"我叫阿夏，"女人说，"他叫杰里米，是我丈夫，这是小安娜贝尔。"她的两条胳膊露在外面，上面几乎全是文身。他看到有花朵、音符、许多衬着繁复卷轴图案的名字、一只兔子。她右侧小臂上并排文了四把匕首。他知道这种文身的意义。接着他看到她丈夫胳膊上也有对应的文身，是两个小小的黑色箭头，文在左腕内侧。这说明她杀过四个人，而他杀过两个。现在他们带着宝宝来到这里。按照新世界的荒诞标准——他内心的某个角落仍然觉得新世界的荒诞标准不可思议——这些都再正常不过了。小婴儿对着克拉克笑了。克拉克也报之以微笑。

"你们要在这里住上一段日子吗？"克拉克问。

"如果你愿意收留我们，"杰里米说，"我们和同伴分开了。"

"快听听他们的同伴是谁吧，"沙利文说，"你还记得新佩托斯基的报纸吗？"

"旅行交响乐团。"阿夏说。

"你们的同伴，"沙利文一边说一边晃着手指逗弄小婴儿安娜贝尔，安娜贝尔则从他手指的缝隙里望着他的脸，"你们还没说是怎么跟他们分开的呢。"

"说来话长，"阿夏说，"我们遇到了一个先知，他说他以前在这儿住过。"

在这儿住过？有先知在机场住过吗？克拉克可以肯定，有先知的话，他一定记得。"他叫什么？"

"好像没人知道。"杰里米说。接着他说起了接管水边的圣德伯勒的金发男人，他凭借个人魅力、暴力和从《启示录》里精挑细选的经文统治着镇民。他看到克拉克表情异样，于是没再说下去。"有什么问题吗？"

克拉克摇摇晃晃地从椅子上站了起来。大家注视着他慢慢走向博物馆的第一个展柜。

"他母亲还在吗？"克拉克望着伊丽莎白的护照，护照上的照片来自难以想象的过去。

"谁的母亲？先知吗？"

"对。"

"应该不在了，"阿夏说，"我从来没听说过她的事。"

"他身边没有一个年长的女人吗？"

"没有。"

伊丽莎白，你带着儿子离开之后发生了什么？可是说到底，其他人又发生了什么？他的父母、同事、抵达机场之前的所有朋友，还有罗伯特。既然他们全都不知所终，没人知晓，没人纪念，伊丽莎白为什么会例外呢？他闭上眼睛。他想起停机坪上的男孩——在那架幽灵飞机格拉迪亚452航班旁边，阿瑟·利安德钟爱的独生子站在那儿，正给死者朗读那段讲瘟疫的经文。

八

先　知

48

　　和乐团走散三天之后，柯尔斯滕和奥古斯特走到了塞汶城郊区，找了一个杂草丛生的后院，在花园棚子后面过夜。柯尔斯滕猛地醒过来，眼睛里噙着眼泪。她梦见正和奥古斯特走在路上，接着她一转身，发现奥古斯特不见了，她知道他是死了。她大喊奥古斯特的名字，沿着路一直跑，可是到处都找不到他。她从梦里惊醒，看见奥古斯特正望着她，一只手按在她胳膊上。

　　"我就在这儿呢。"他说。她梦里一定是喊出声来了。

　　"没事，就是做梦了。"

　　"我也做过噩梦。"他另一只手里拿着那个银色的"进取号"星舰。

　　还没到早晨。天边透着微光，不过夜色依然笼罩着大地，灰蒙蒙的，草叶上挂着露珠。

　　"咱们梳洗一下吧，"奥古斯特说，"今天说不定要见人。"

　　两个人穿过马路，来到岸边。水面映照着珍珠白的天空，第一抹朝霞在水中荡漾。他们用柯尔斯滕不久前在那栋房子里找到的洗发露洗了澡。皮肤上留下了化学合成的桃子味，湖面漂起了一个个泡沫浮岛。柯尔斯滕把裙子洗了，拧干水分，湿着穿在身上。奥古斯特的行李箱里有剪刀。柯尔斯滕帮他剪了已经长得挡眼睛的头发。接着，换他帮柯尔斯滕剪。

"要有信心，"他轻声说，"咱们会找到他们的。"

湖岸边矗立着一座座度假酒店，窗户差不多都碎了，玻璃片映照着天空。停车场里生锈的汽车之间钻出了小树。柯尔斯滕和奥古斯特扔掉了行李箱，因为在不平整的路面上轮子的动静太大了。他们用床单打了包袱，扛在肩上赶路。走出一两英里后，他们看见了一个画着一架白色飞机的路标，歪歪斜斜地挂在十字路口上方，箭头指向镇中心。

塞汶城曾经是一个繁华的地方。商业街两边红砖建筑林立，花箱里繁花盛开，枫树的树根拱裂了人行道。开花的藤蔓几乎铺满邮局，一直爬到街对面。他们尽量放轻脚步，手里握着武器。鸟雀从破损的窗户里飞进飞出，落在松垂的公用电线上。

"奥古斯特。"

"怎么了？"

"你刚刚听见狗叫了吗？"

眼前是一个市政公园，里面野草丛生，路边有一个低矮的小丘。他们迅速爬了上去，躲进灌木丛，把包袱扔在一边，蹲伏下来。一条小路的尽头有个影子一闪而过——是一头鹿，从湖岸边跳跃着逃开了。

"有什么东西惊动了它。"奥古斯特对她耳语。柯尔斯滕握着匕首，把姿势调了又调。一只帝王蝶飘飘悠悠地飞了过去。她一边聆听着、等待着，一边注视着蝴蝶彩纸般的翅膀。昆虫在他们周围嗡嗡细语。这时她听见了说话声，还有脚步声。

走过来的男人浑身肮脏不堪，以至于柯尔斯滕没有立即认出来，等她看清楚之后，险些失声惊呼。赛伊德憔悴极了。他走得很慢，脸上有血迹，一只眼睛肿得睁不开。他的衣服又脏又破，脸上的胡子有几天没刮了。有两个成年男人和一个男孩跟在他身后几步远的地方。男孩手里拿着一把砍刀。一个男人拿着一杆锯短的猎枪，枪口对着地面；另一个男人拿着一张弓，弓弦半张，箭已经搭好，他背上还背着箭袋。

柯尔斯滕缓缓地伸出手，从腰间拔出了第二把匕首。

"我对付枪手，"奥古斯特对她耳语，"你解决弓箭手。"他抓起一块拳头那么大的石头，站起身，朝路对面扔了出去。石头划出一道弧线，砸在一座濒临坍塌的房子墙壁上。那几个人吃了一惊，正循声张望，奥古斯特的第一支箭已经射中了枪手的后背。柯尔斯滕听见一阵脚步声逐渐远去，是拿砍刀的男孩逃跑了。弓箭手拉满弓，一支箭贴着柯尔斯滕的耳朵飞了过去，而她的匕首已经出手。弓箭手跪倒在地上，怔怔地看着插在肋骨之间的刀柄。屋顶上有一群鸟惊惶起飞，又突然安静下来。

奥古斯特低声骂了一句。赛伊德跪在路上，两只手抱着脑袋。柯尔斯滕跑过去，把他搂进怀里。他没有挣开。"我很抱歉，"柯尔斯滕对着他被血块黏住的头发说，"真的很抱歉，他们伤害了你。"

"没有狗。"奥古斯特说，他的下颌绷紧了，脸上蒙着一层汗，"狗在哪儿？我们确实听见狗叫了。"

"先知带着狗走在后面，"赛伊德低声说，"他带了两个人。我们在大约半英里外分成两队，各走一条路。"柯尔斯滕扶他站了起来。

"弓箭手还活着。"奥古斯特说。

弓箭手仰面躺在地上。他的目光跟随着柯尔斯滕，不过没有别的动作。柯尔斯滕在他旁边跪坐下来。那天他们在水边的圣德伯勒演《仲夏夜之梦》，他就坐在前排。演出结束的时候，他微笑着鼓掌，烛光下，他眼睛里闪着泪光。

"你们为什么要抓赛伊德？"柯尔斯滕问他，"另外两个人在哪儿？"

"你们拿走了我们的东西。"男人低声说，"我们打算做个交易。"血很快就浸透了他的衬衫，又沿着他脖子上的褶皱滴落，在他身子下面汇成血泊。

"我们什么也没拿，我不明白你在说什么。"奥古斯特正在检查那两个人的背包。"没有弹药，"他厌恶地说，"枪也没上膛。"

"是那个女孩，"赛伊德说，声音又干又哑，"他说的是那个偷跑的孩子。"

"第五个新娘，"弓箭手低声说，"这是我的责任。她被选中了。"

"埃莉诺？"奥古斯特抬起头，"那个吓坏的小孩？"

"她是先知的财产。"

"她才十二岁，"柯尔斯滕说，"先知说什么你就信什么吗？"

弓箭手笑了。"病毒是天使，"他低声说，"我们的名字都记录在生命册上。"

"行了，"柯尔斯滕说，"另外那两个人在哪儿？"男人不说话，只是面露微笑地看着她。她看了看赛伊德："他们是不是也在后面？"

"单簧管手逃走了。"赛伊德说。

"那迪特尔呢？"

"柯尔斯滕。"赛伊德轻轻地说。

"天哪，"奥古斯特说，"别是迪特尔。不会的。"

"很抱歉，"赛伊德用两只手捂住了脸，"我没能……"

"看哪，"弓箭手低声说，"有一片新天和新地。以前的天地已经消逝了。"[1]他的脸上渐渐没了血色。

柯尔斯滕把匕首从弓箭手胸前拔了出来。男人倒抽一口气，伤口血如泉涌。柯尔斯滕听见他喉咙里咕噜作响，他的眼神黯淡了。三个了，她心里想，感到无比的疲惫。

"我们在森林里听见了呜咽声。"赛伊德说，他走得很慢，一瘸一拐的，"就是那天晚上去巡逻的时候。我们从乐团走出了大概一英里，正要掉头回去，就听见灌木丛里传来一阵动静，像是一个小孩迷路了。"

"是个陷阱。"奥古斯特说。柯尔斯滕瞥了他一眼，看见他目光茫然。

"于是我们两个傻瓜就走过去查看。接下来我就只知道有件东西捂在了脸上，是浸过什么东西的破布，散发着化学物质的气味。等我醒过来的时候，发现自己躺在一处林间空地上。"

"那迪特尔呢？"她艰难地吐出这几个字。

"他没醒过来。"

"什么意思？"

"就是那个意思。他是不是对氯仿过敏？那是氯仿，或者什么毒性更强的东西？先知的手下拿了水给我喝，告诉我他们想要那个

---

[1] 出自《启示录》21:1，原文为："我看见一片'新天'和'新地'。以前的天地已经消逝了，海洋也不再存在了。"

女孩，他们决定抓两个人质，做一笔交易。他们猜到我们要去文明博物馆，因为他们看出我们前进的方向，而且传言阿夏和杰里米去了那里。他们跟我解释这些的时候，我就一直看着迪特尔。他睡在我旁边，脸色越来越苍白，嘴唇变成了青紫色。我使劲叫他快醒醒，可我做不到，我叫不醒他。我被绑在他旁边，我一直用脚踢他，快醒醒、醒醒，可是……"

"可是什么？"

"可是他就是醒不过来，"赛伊德说，"第二天我们整整等了一天。我被绑着，那些人走来走去。后来到晚上，他没有呼吸了。我眼睁睁地看着他走了。"柯尔斯滕的泪水涌上了眼眶。"我一直看着他呼吸，"赛伊德说，"他的脸色惨白惨白的，他的胸口在起伏。之后，他呼出了最后一口气，再也不动了。我大喊救人，他们想让他醒过来，可是没用……什么办法都没用，都没用。他们争论了一阵子，之后有两个人走了。又过了几个小时，他们带着单簧管手回来了。"

49

单簧管手其实讨厌莎士比亚。她在大学里修的是双学位——戏剧和音乐专业。世界面目全非那年，她在念大二，正痴迷于 21 世纪的德国实验戏剧。大崩溃之后的第二十年，她喜欢旅行交响乐团表演的音乐，也喜欢身为其中一员，但是她受不了交响乐团非莎士比亚不可。她竭力忍耐着没说，偶尔也做到了。

在她被先知的手下抓走的前一年，一天早上，她一个人坐在麦基诺城的湖岸边。天气凉爽，水面笼罩着雾气。他们来这里的次数已经多得数不清了，不过她从来不觉得腻烦。她喜欢上半岛消失在雾中的感觉，大桥隐没在云层之间，就像有无限的可能。

她最近总想着要自己写一个剧本，看看能不能说服吉尔，让乐团的演员排演出来。她想写一出现代剧，探讨他们不知何故而遭遇的这个时代。一次她和迪特尔讨论到深夜，她说，能活下来也许还不够，莎士比亚也不够。他马上搬出了他一贯的论点，什么莎士比亚生活在瘟疫肆虐、没有电灯的时代，和旅行交响乐团一样。她说，但区别是他们见过电灯，他们见过一切，他们目睹了一个文明的崩溃，而莎士比亚没有。在莎士比亚的时代，技术的奇迹属于未来，而不是过去，而且失去的也少得多。"要是你觉得自己能做得更好，"迪特尔说，"你为什么不自己写一个剧本拿给吉尔看呢？"

"我没觉得自己能做得更好，"她说，"我没有这个意思。我就是想说剧目不够多样。"尽管如此，写剧本这个想法倒是很有趣。第二天早上，她坐在岸边动笔写第一幕，但是只写了第一句开场独白，就再也写不下去了。按照她的想法，这是一封信："亲爱的朋友们，我感到疲惫得无以复加，我决定去林子里休息了。"就在这时，一只海鸥吸引了她的注意力。海鸥落在了她脚边，在石头之间啄食，这时她听见迪特尔过来了。他从乐团的营地走过来，手里端着两只缺口的马克杯，杯子里盛的是在新世界勉强被称为咖啡的饮料。

"你在写什么？"迪特尔问。

"一个话剧。"她说着，把那张纸折了起来。

迪特尔微笑着说："好啊，我期待拜读。"

随后的几个月里，她常常琢磨这段开场独白，掂量着开头的每一个字眼，就像在口袋里翻来覆去地把玩硬币或者鹅卵石，可她始终想不出下一句该写什么。这段独白始终残缺不全，一直收在她的背包里。直到十一个月之后的一天，单簧管手被先知的手下抓走之后，交响乐团翻出了这张纸，他们判断不出这是不是一封遗书。

就在他们读到这句独白的时候，她从不正常的睡梦中清醒了过来，发现自己躺在林间空地上。她梦见了一个房间，是大学的排练室，一阵笑声——有个人讲了个笑话——她努力地要抓住这个印象，紧紧地抓住这些碎片，因为在她完全苏醒之前，她就察觉到一切都很不对劲。她侧着身子躺在林子里。她感觉自己中毒了。硬邦邦的地面硌着肩膀，而且她非常冷。她的双手反绑着，脚腕也绑住了，而且她立刻意识到乐团不在附近，这样的缺失感太糟糕了。她当时正和杰克逊在装水，之后呢？她记得听见身后有动静，刚一回头，脸就被一块布捂住，有人用手按住了她的后脑勺。现在是晚上。六个男人蹲在一旁，围成了一个圈。有两个男人配了长枪，有一个男人背着普通的弓和箭筒，还有一个背着一把怪怪的金属弩，第五个拿着一把砍刀。第六个男人背对着她，她看不见这个人有没有武器。

"但是咱们不知道他们要走哪条路。"其中一个枪手说。

"看看地图，"说话的是背对着她的男人，"从这儿到塞汶城机场就只有一条合理的路线。"她听出来了，是先知的声音。

"他们到了塞汶城之后可以走刘易斯大道。看起来没多远。"

"我们分头行动，"先知说，"分成两队，各走一条路，最后在机场主路会合。"

"先生们，估计你们想好计划了吧。"是赛伊德的声音，就在附近。赛伊德！她有好多话想说，想问问他们在哪儿，发生了什么，想告诉他乐团发现他和迪特尔失踪之后到处找过他。可她恶心极了，动也动不了。

"我们跟你说过了，我们只是想拿你们两个换回新娘子，"说话的是枪手，"只要谁都别做傻事，我们就会把她带走，然后继续走我们的路。"

"我明白了，"赛伊德说，"你们是喜欢干这一行，还是为了拿到退休金？"

"什么是退休金？"拿砍刀的那个人问。他年纪很小，看样子也就十五岁。

"所有这一切，"先知泰然自若，"我们一切的作为，赛伊德，你一定要明白这一点，你受的所有苦难，都是为了更伟大的计划。"

"要让你大吃一惊了，这个说法对我起不了什么作用。"单簧管手想起来了，她一直都知道赛伊德就是这副脾气，每次在气头上都管不住嘴巴。她伸长脖子，看到了迪特尔，迪特尔仰面躺在离她几码远的地方，一动不动。他的皮肤看起来就像大理石。

"此生之中有些事好像无法解释，"弓箭手说，"但是我们必须相信有一个更伟大的计划。"

"很抱歉，"说话的是拿砍刀的男孩，听语气像是真心的，"我们为你朋友感到很抱歉。"

"我肯定，你们对每个人都感到很抱歉，"赛伊德说，"不过既然我们在这儿商量策略，你们根本没必要把单簧管手也绑来。"

"两个人质比一个有说服力。"弓箭手说。

"你们可太聪明了，你们这帮人，"赛伊德说，"在你们身上我最佩服的就是这一点，我觉得。"

枪手嘀咕了两句，作势要站起来，但是先知伸手按住了他的胳膊，于是他又蹲了下去，还摇了摇头。

"这个人质是一次试炼，"先知说，"我们难道无法抵挡堕落者的讥嘲吗？这难道不是我们的一项任务吗？"

"请宽恕我。"枪手低声说。

"堕落者就在我们当中。我们必须做光。我们就是光。"

"我们就是光。"剩下那四个人异口同声地低声复述。单簧管手痛苦地动了动身子，可一动之下，眼前立刻出现了点点黑影。她又伸长脖子，最后终于看到了赛伊德。他在十一二英尺之外，也被绑住了。

"正东方向五十步外就是主路，"赛伊德只张嘴不出声地对她说，"之后左转。"单簧管手点点头，闭上眼睛，强忍住一阵恶心。

"你那个单簧管手朋友还没睡醒？"是弓箭手的声音。

"要是你敢碰她，我就杀了你。"赛伊德说。

"没这个必要，朋友。没有人会打扰她的。我们只是想要避免再次……"

"让她睡吧，"先知说，"反正乐团也停下来过夜了。我们明天早上就能追上他们。"

等单簧管手再睁开眼睛，那几个人和衣躺在地上，看样子已经睡着了。应该是过了好一会儿。她是不是睡过去了？她没有刚才那么难受了。有人用布盖住了迪特尔的脸。赛伊德还坐在之前那个位置，正和拿砍刀的男孩说话，男孩背对着她。

"南边？"只听男孩说，"不知道，我不愿意想那些事。我们做了我们必须做的。"

她没听见赛伊德说了什么。

"想那些事会在内心挖洞，"男孩说，"想起我们做的事，我心里就很难受。我不知道还能怎么形容。"

"但是你相信他的话？你们所有人都信？"

"嗯，克兰西是全心全意地相信，"她听见男孩轻声说，他朝睡梦中的那几个人比画了一下，"史蒂夫也是，应该大部分人都是。即便谁不是全心全意地相信，也不会说出来。至于汤姆，那个年轻一些的枪手？老实说，我觉得他这次来主要是因为我们的首领娶了他妹妹。"

"他很精明嘛，"赛伊德说，"我还是不明白先知为什么也一起来了。"

"他偶尔会跟着出来巡逻之类的。首领必须时不时地带领子民到荒野去。"他语气里透着伤感,这是她的想象吗?单簧管手一动不动地躺了一会儿,最后找到了北极星。她发现侧躺着也可以弓起背,把脚往上抬,让手够到脚,解开绑在脚踝的绳子。赛伊德和男孩还在压低声音聊天。

"好吧,"她听见赛伊德说,"可是你们只有六个人,而我们有三十个人。乐团的每个成员都有武器。"

"你知道我们动作有多轻,"男孩叹了口气。"我不是说这么做是对的,"他说,"我知道这么做不对。"

"既然你知道这么做不对……"

"我还能怎么办?你知道现在这个……我们生活的这个时代,它让人身不由己。"

"听你这么说有点儿奇怪,"赛伊德说,"你这么年轻,又不记得从前和现在有什么不同。"

"我在书上看过。还有杂志,有一次我还找到了一份报纸。我知道过去一切都不一样。"

"还是言归正传吧,你们只有六个人,而——"

"你当时没听见我们从后面靠近,是吧?我们受过训练。行动的时候没有一点儿动静,而且是从后面动手。在来到水边的圣德伯勒之前,我们就是用这种办法替首领拿下了十个镇子,缴了他们的武器。我们还用这种办法为首领得来了两个妻子。看吧,就说你的朋友吧,"——单簧管手急忙闭上眼睛——"我们躲在森林里,从她身后靠近,她根本没听见动静。"

"我不——"

"我们可以逐个解决你们,"男孩说,一副歉疚的语气,"我从五岁就开始受训了。你们有武器,但你们没有我们这样的本事。如果乐团不肯用那个女孩交换你们,我们就藏在森林里,一次干掉你们一个，直到你们把人交出来。"

　　单簧管手再次动起手来，拼命地要弄开绑住脚踝的绳子。她发现了，赛伊德能看见她，不过他的目光一直对着那个男孩的脸。有好一会儿，她没有再听他们说话，而是全神贯注地解绳子。双脚终于解放了，她挣扎着起身，跪在地上。

　　"可我好像还是不太明白，"只听赛伊德说，"就是你们那套教义里关于成为光的那部分。既然你们就'是'光，那么又怎么'带'来光呢？能不能请你解释一下……"

　　单簧管手是乐团最优秀的猎手之一。大崩溃之后，她独自在森林里熬过了三年。此刻，即使他们给她下的药让她一阵阵恶心，即使她双手还反绑着，她还是成功转身逃跑了，悄无声息地消失在树木间，远离那片空地，跑向主路，几乎没发出一点儿动静。黑夜褪去，化为灰白的黎明，太阳升起来了。她跌跌撞撞地走着，而时间慢悠悠地拖着步子。她出现幻觉了，想喝水。天色阴沉下来，她扑倒在乐团后方侦察员的怀里，带来了情报："你们得改变路线。"侦察员带她回到乐团，这时候他们刚刚锯断最后一棵挡路的树。天开始掉雨点了，乐团指挥收到情报后，马上命令改变路线，并派了侦察员去找柯尔斯滕和奥古斯特——他们两个去前面的某个地方捕鱼了。但是在暴雨中，他们没有找到人。乐团选择走内陆，这条路线上全是小路，要绕一个大圈子，最终抵达塞汶城机场。单簧管手躺在第一辆马车的车篷里，时而清醒，时而昏迷。亚历山德拉拿着水瓶凑在她唇边。

50

关于柯尔斯滕手腕上的匕首文身：

第一个是在她加入乐团的第一年。当时她十五岁，在灌木丛里迅速地一刀致命。那个男人从头到尾也没说过一个字，但柯尔斯滕知道他有什么目的。男人朝她走来，这时她感觉周围的声音都消失了，时间也好像放慢了。她隐约地意识到男人正迅速逼近，不过时间足够她从腰间抽出匕首、掷出去。钢刃在阳光下闪着银光，飞得那么慢。最后匕首没进了男人的身体，男人痛苦地抓住了喉咙。男人惨叫起来——她听不见他的声音，只看见他张着嘴，她知道乐团的成员一定是听见了，因为他们突然都出现在身边。也就是在这时候，声音渐渐放大，时间也恢复了正常。

事后，柯尔斯滕说起有几秒钟听不见声音，时间拉得很长。迪特尔说："这是遇到危险的生理反应。"这个解释听起来很合理。但她的记忆并不能解释她过后为什么那么平静——她把匕首从男人的喉咙上拔出来，擦拭干净，对此毫无感觉。从此以后，她就不再执着于回忆失落的那一年，她毫无记忆的十三个月。从她跟着哥哥离开多伦多，来到俄亥俄州的一个镇子并住下来，到后来哥哥去世，她加入交响乐团。她意识到，无论流浪的那一年里遭遇了什么，她还是不知道的好。

第二个文身代表两年之后倒下的一个男人，当时是在麦基诺城外。乐团之前听说了那一片有盗匪出没，但真的看到几个身影从雾气中显现时，他们还是大吃一惊。对方一共四个男人，两个拿枪，两个拿砍刀。一个枪手让他们留下食物、四匹马和一个女人，语气平板单调。"按我们说的做，"他说，"谁都不用死。"柯尔斯滕虽然没听见动静，却感觉到第六吉他手在她身后搭上了箭。"先对付枪，"第六吉他手对着她耳语，"我解决左边那个，一、二——"刚数到"三"，拿枪的两个人就倒下了，一个瞪着射在额头上的箭，另一个抓着柯尔斯滕掷进他胸口的匕首。指挥接连两枪，干掉了剩下那两个。他们取回武器，把尸体拖进森林里留给动物，又继续赶路，去麦基诺城演《罗密欧与朱丽叶》。

她本来希望不会再有第三个了。"有一片新天和新地。"弓箭手低声说。她看到了奥古斯特那一瞬间的表情，于是知道枪手是他手里的第一条人命——他真是天大的运气，活了二十年都没有杀过人。可她太疲惫了，从赛伊德口中得知那个可怕的消息之后，她光是呼吸就用尽了全身的力气，若非如此，她一定会对奥古斯特说出自己的领悟："你可以继续活下去，但不是毫无改变，你会背负着这些生命，度过余生的每一个夜晚。"

先知在哪儿？三个人都没怎么说话，他们沉浸在哀伤中难以自拔，赛伊德一瘸一拐地走着。他们时刻留意着狗叫声。顺着机场的路标，他们离开湖边，走出市区，来到了住宅区，街道两边是一座座木头房子。几处屋顶已经塌了，大多是被倒下的树木砸塌的。晨光中，这破败的景象竟也有几分美感：杂草丛生的车道上，野花从碎石间探出头来，沐浴在阳光中；青苔点点的门廊一片青翠欲滴，一丛开满了白花的灌木间，彩蝶翩翩飞舞。这个绚丽多姿的世界啊。柯尔斯滕喉咙里一阵酸痛。房子逐渐稀疏，杂草丛生的车道之间，空地越来越宽。这一段路的右侧车道堵满了汽车，轮胎瘪了，车身变成了生锈的铁壳子。她朝窗户里望去，映入眼帘的只有旧世界的垃圾：皱巴巴的薯片袋子、比萨纸盒的残骸、有按键和显示屏的电子产品。

　　他们走到高速路，看到一个机场指示牌。去机场其实很简单，只要跟着堵塞的车就行了。看起来最后每个人都打算去机场，但是车子没油了，他们或者被堵车逼得只好下车步行，或者在车子里发病而死。还是没有先知的踪迹，在阳光下闪闪发光的车辆之间也没有动静。

　　他们踩着砾石铺成的路肩前行。中间有一段路，常春藤从森林里一路攀爬出来，一连几英亩①的高速路都铺满了藤蔓，一片郁郁葱葱。他们在常春藤之间跋涉，柯尔斯滕穿着凉鞋，能够感觉到柔软的叶子擦过脚面。她所有的感官都在熟悉周围的空气，努力辨别先知的方位——后面还是前面？——但感受到的只有周围的喧嚷：蝉、鸟儿、蜻蜓、一群路过的鹿。车流歪歪斜斜，有的停歪了，有的紧贴着前车的保险杠，有的一半车身冲出了路面。雨刷竖了起来，有的轮胎上缠着一圈圈生锈的铁链。当时在下雪，也许下得很大，高速路上没有除雪。汽车驶在积雪和冰面上，不住打滑，刹不住车。

---

① 1 英亩约为于 4 046 平方米。

　　"怎么了？"奥古斯特问，她这才发现自己不知不觉停下了脚步。流感、大雪、堵车，何去何从——是在车里等着，被后面的车辆堵得严严实实，开着发动机取暖，直到烧光汽油，还是弃车徒步赶路，也许身边还带着年幼的孩子？可是能去哪儿呢？继续往前走，去机场，还是掉头回家？

　　"你看到什么了？"赛伊德低声问。他的胳膊搭在奥古斯特肩膀上，奥古斯特扶着他走了一英里左右。

　　我全都看见了。"没有。"柯尔斯滕说。她曾在金卡丁附近遇见过一个老头，他信誓旦旦地说被害者会跟着凶手，直到死才罢休。他们赶路的时候，她就在想这件事，拖着一个个灵魂跋山涉水，就像绳子上拴着一个个饮料罐。弓箭手死前露出了意味深长的微笑。

　　下午三点左右，他们走到高速路的机场出口，走到了围着路障的地方。一个陈旧的胶合板牌子提示格鲁吉亚流感导致机场隔离，旁边是一排倒下的交通锥和橙色的塑料围挡。想想看，你冒着暴风雪一路走到这儿，不顾一切地要逃离疫情肆虐的城镇，而路的尽头竖着这块标志，你一看到就知道，你走投无路了。也许这时候你已经发病了，也许你怀里还抱着一个发烧的孩子。柯尔斯滕转身背对着路障，她不用看也知道，这片林子里有一具具尸骨。有些人选择掉头回去，他们沿着原路走出几英里，想试着找别的方法躲开这场无处不在的疾病，但此时根本无路可逃了。另一些人已经发病了，或者走累了，于是走下大路，仰面躺在地上，看着雪花飘落，看着冷冷的天空。"我昨天晚上梦见了一架飞机。"她停下了脚步，对迪特尔的回忆让她难以自抑，而就在这一刻的寂静中，她听到了远处传来的狗叫声。

　　"柯尔斯滕，"奥古斯特扭头叫了她一声，看他的表情就知道，他没有听见狗叫，"咱们就快到了。"

"进林子，"她压低声音说，"我好像听见先知那条狗的叫声了。"两个人扶着赛伊德走下大路。他现在脸色惨白，瘫倒在灌木丛里，气喘吁吁，又闭上了眼睛。

狗叫声之后一片安静，柯尔斯滕蹲伏在树丛间，聆听着自己的心跳。先知和几个手下离他们有好一段距离。过了很久，她才听见他们的脚步声。脚步声好像格外响，她明白这只是紧张的缘故，恐惧让她的感官变得敏锐起来。这一段路树荫浓密，阳光透过树叶洒下来，她最先看到的是先知那把步枪的枪管，随着先知的步子时隐时现。他带领着几个手下，泰然自若，不疾不徐，那条狗小跑着跟在他身边。早上逃走的那个男孩拿着一把手枪，那把砍刀背在背上；他后面的男人手里拿着一个构造复杂、柯尔斯滕从来没见过的武器，那是一张狰狞的金属弩，已经装上四支短箭；第四个男人拿着一支猎枪。

别停，别停啊。然而那条狗走到柯尔斯滕藏身的灌木旁边时放慢了脚步，抬起鼻子嗅着空气。柯尔斯滕屏住呼吸。她意识到自己距离路面还不够远。只有不超过十步的距离。

"你闻到什么了吗，露利？"持弩的男人问。灰狗叫了一声。柯尔斯滕屏住呼吸。几个人都围了过来。

"八成又是一只松鼠。"说话的是那个男孩，但听起来有些心虚。柯尔斯滕发觉男孩很害怕，这种感受让她觉得无比难过。我从来都不想这样。

"也可能是林子里有人。"

"它上次叫唤，就只是一只松鼠。"

狗站在那儿不动了，鼻子抽动着。拜托，她在心里念叨，拜托。但是露利又叫起来，并且穿过绿叶的屏障，径直望向柯尔斯滕。

先知露出了微笑。

"我看见你了。"持弩的男人说。

她可以从灌木丛里站起来，掷出一把匕首，而匕首旋转着飞出去的同时，她也会倒在一枚子弹或者一支金属箭之下——那张弩和三把枪都对准了她；她也可以躲在这儿不动，迫使他们靠近，然后近距离攻击，并死在其中一个人手里。可他们会靠近吗，还是会一把火点燃她藏身的灌木丛？她感觉到奥古斯特心急如焚，像是空气里的一股弱电流。奥古斯特比她藏得好，他蹲在了一个树桩后面。

一支金属箭射进她脚边的土地，砰的一声。

"下一箭就要正中你的心脏了，"持弩的男人比先知年纪大，脸和脖子上留着一片旧疤，是烧伤留下的，"站起身来，慢慢地，双手举起来。"

柯尔斯滕从藏身的地方站了起来。

"扔掉匕首。"

她松开手，匕首掉进了灌木丛里。她腰间还有两把匕首，近在手边却远不可及。要是她现在去拔匕首，要是她动作够快，她能在第一颗子弹穿过心脏之前至少先干掉先知吗？不大可能。

"走过来。要是你敢拔那两把匕首，你就死定了。"持弩的男人镇定地说。这样的场面对他来说并不新鲜。那个男孩看上去难过极了。

她突然发觉，这次也许真的就是结局了，之前那么多次都是有惊无险，但这一次是真的要结束了。她向前走去，走过这个明媚的世界，走过阳光、阴影和绿意。她在想，走也要走得英勇，倒下的同时掷出一把匕首。她在想，拜托不要让他们发现奥古斯特和赛伊德。她在想迪特尔，尽管想起迪特尔让她几乎有种撕心裂肺的痛苦，就像探查一个没有愈合的伤口。她迈上硬实的路面，站在先知面前，双手举在半空中。

"蒂坦妮雅。"先知说。他举起步枪，对准了她的眉心。柯尔斯滕看到他的目光中只有好奇。他想看看接下来会发生什么。三把枪都对准了柯尔斯滕。持弩的男人用武器瞄着那丛灌木，不过他的瞄准方向和动作说明他并没有发现奥古斯特和赛伊德。先知对那个男孩点了点头，男孩走过来，轻柔地抽出她腰间的匕首。柯尔斯滕认出他来了。他们离开水边的圣德伯勒时，男孩就在路边放哨，还拿着木棍在火上烤晚餐。男孩没有和她对视。狗看来已经对追踪林子里的气味失去兴趣，就在人行道上趴了下来，下巴垫在前爪上，望着他们。

"跪下。"先知说。她跪下了。枪口始终对着她。他走近了几步。

她咽了咽口水。"你叫什么名字？"她问。模糊的本能让她想拖延时间。

"有时候名字是一种负担。你的同伴呢？"

"乐团？我不知道。"她想起来就一阵痛苦，即便此刻已经太迟了，什么都不重要了。她在想乐团，马拉的大篷车在夏日的天空下赶路，马蹄嗒嗒。他们也许走在某个地方，也许已经赶到了机场，安全无虞，幸蒙恩典。她无药可救地爱着他们。

"你其他的同伴呢？他们今天早上帮你杀了我的人。"

"我们没得选择。"

"我明白，"他说，"他们在哪儿？"

"他们都死了。"

"你说的是真的吗？"他微微地动了动步枪，在半空中画了一个圈。

"我们只有三个人，"柯尔斯滕说，"包括赛伊德。你的弓箭手杀掉了另外两个人，然后自己也死了。"这话听上去可信。拿砍刀的男孩在弓箭手倒下之前就跑掉了。她小心地不去看那个男孩。

"我的弓箭手是一个好人，"先知说，"忠心耿耿。"

柯尔斯滕没有说话。她知道这一刻奥古斯特在盘算什么。先知的枪离她的额头只有一英寸远。如果奥古斯特干掉其中一个，就等于暴露了位置，剩下那几个会马上对准他和赛伊德。赛伊德毫无还手之力，他躺在那儿，流着血，虚弱不堪；而柯尔斯滕，跪在路面上，没了武器，还被枪指着脑袋——应该还是难逃一死。

"我在这个败坏的世界里流浪了一辈子，"先知说，"而我见证了那么多的黑暗，那么多的阴影和惊惧。"

柯尔斯滕不想再看先知了，更准确地说，她不希望自己最后看到的是他那张脸和枪口。她抬起头，目光越过他，望着阳光下摇曳的树叶，望着一碧如洗的天空。鸟在鸣唱。她感受着每一次呼吸、每一下心跳。她有一句话想告诉奥古斯特，想让他安心：我知道如果不是我，就是我们三个人。我明白你为什么不开枪。她想告诉赛伊德，她仍然爱他。一段感官的记忆：分手前的那些晚上，她躺在赛伊德身边，抚摸着他的身体，感受他肋骨的弧线、后颈柔软的卷发。

"这个世界，"先知说，"是一片黑暗的海洋。"

她诧异地看到，拿手枪的男孩哭了，脸上挂着泪痕。要是她能告诉奥古斯特就好了。我们走了这么远，你的友情意味着一切。这一路走得很艰难，但是也有美好的时刻。一切结束了，我不害怕。

"有人来了。"先知的一个手下说。柯尔斯滕也听见了。远远地传来了笃笃的马蹄声，两三匹马正沿着高速路疾驰而来。

先知皱了皱眉，但没有从柯尔斯滕脸上移开目光。

"你知道来的是谁吗？"他问。

"不知道。"柯尔斯滕低声说。那几匹马离他们有多远？她分辨不出来。

"不管是谁，"先知说，"到的时候都太迟了。你以为你所跪的是一个人，其实你所跪的是日出。我们是光，在水面上运行，在暗海的黑暗上运行。"

"暗海？"柯尔斯滕轻声重复，不过先知对她置若罔闻。他的脸上浮现出安详至极的神情，他注视着柯尔斯滕，不对，他的目光穿过了柯尔斯滕，嘴角挂着笑意。

"'我们唯一的心愿就是回家。'"柯尔斯滕说。这句话出自第一期《第 11 号站》，十一博士和一个来自暗海的对手狭路相逢。"'我们向往阳光，向往在地球上漫步。'"

先知的表情让人捉摸不透。他是不是知道这段文字？

"'我们迷失太久了。'"她继续背诵着那一幕的对白。她望着先知身后的男孩。男孩怔怔地看着手里的枪。他点了点头，好像拿定了主意。"'我们唯一的心愿就是回到我们出生的世界。'"

"可惜太晚了。"先知说。他吸了一口气，调整了一下握枪的姿势。

枪声震耳欲聋，她甚至感觉胸口一震，心脏旁边砰的一声响。那个男孩动手了，而她没有死，这一枪不是先知的步枪发出来的。巨响过后是无边无际的静默，她用指尖摸了摸额头，看着先知在她面前倒了下去，握着步枪的手松开了。男孩朝先知的脑袋开了一枪。另外两个人惊愕得不知所措，虽然只是片刻，但就在这一刻，奥古斯特的箭嗖地穿过空气，持弩的男人瘫倒在地，被血呛住了。拿猎枪的男人朝着林子乱射一通，直到扳机咔咔地空响，没了作用，子弹打完了。他骂了一句，在口袋里摸索，这时另一支箭射进了他的额头，他倒了下去。路面上就只剩下柯尔斯滕和那个男孩了。

男孩眼神疯狂，嘴唇嗫嚅着。他望着先知身下的血泊迅速扩大，举起手枪，塞进了嘴里。"不要，"柯尔斯滕说，"求你别——"但是男孩闭上嘴，裹住枪管，开枪了。

她跪在原地，看了看他们，接着仰面躺在地上，望着天空。鸟儿在盘旋。活着的感觉让她震惊。她转过头，看着先知那双无神的蓝眼睛。她耳朵里还在嗡嗡响。她现在感觉到马蹄踏在路面上的震动了。奥古斯特喊着她的名字。她抬起头，看见乐团的前方侦察员骑着马从拐弯处奔过来，就像梦中的画面。来的是薇奥拉和杰克逊，他们的武器和薇奥拉挂在脖子上的望远镜在阳光下熠熠生辉。

"你想留着这个吗？"过了一会儿，奥古斯特问。柯尔斯滕坐在先知旁边，一直望着他。杰克逊扶着赛伊德从林子里走出来，奥古斯特和薇奥拉检查了先知和他那几个手下的背包。"我在先知的包里找到了这个。"

是一本《新约》，用胶布粘着才没散掉。柯尔斯滕随手翻开一页。书页上全是密密麻麻的眉批、感叹号和下划线，原来的文字几乎都盖住了。

一张对折起来的纸从书里掉了出来。

这页纸是从《十一博士》第一卷第一期《第11号站》里撕下来的。除她那两本漫画之外，她第一次见到来自另一本《第11号站》的画。这一页纸上只有一格画：十一博士跪在罗纳根上校的尸体旁边，那是他的导师，也是他的朋友。他们所在的房间有时候会被十一博士当作碰面的地方。那是一个办公区，站在玻璃墙前面可以俯瞰整个城市，眺望桥梁、岛屿和船只。十一博士悲痛不已，一只手掩着嘴。房间里还有另一个同事，他头顶上有一个文字气泡："十一博士，你是副指挥官。他不在了，必须由你来带领我们。"

你是谁？你怎么会有这页漫画？柯尔斯滕跪在先知旁边，跪在由他的血汇成的血泊旁边。他不过是另一条路上的另一个死者，不会回答，承载了另一个从旧世界来到新世界的神秘故事。他的一条胳膊伸开着，正好朝向她。

奥古斯特在她旁边蹲下来，又对她说话了。"乐团就在后面，"他的声音非常轻柔，"只有几个小时的路程。薇奥拉和杰克逊要回去找他们，我们三个继续往机场走。没多远了。"

"我在这个败坏的世界里流浪了一辈子。"她和哥哥离开多伦多，经历了被她遗忘的第一年之后，哥哥常常做噩梦。她摇醒哥哥，问他梦见了什么，哥哥总是回答："旅途。"哥哥还说："我希望你永远也不记得。"

先知和她年纪相仿。无论先知最后变成了什么样的人，他都曾经只是一个四处漂泊的男孩，也许他的不幸是他一切都记得。柯尔斯滕用手拂过先知的脸，轻轻地合上他的眼睛，把《第 11 号站》对折的那一页放在了他手里。

51

赛伊德、奥古斯特和柯尔斯滕三人离开路上的尸体，继续慢慢地朝机场走去，先知的狗一直在不远处跟着。他们停下来休息的时候，灰狗也蹲坐在几码远的地方，望着他们。

"露利，"柯尔斯滕喊了一声，"露利。"她扔了一条鹿肉干，灰狗飞快地叼住。它凑近了，让柯尔斯滕摸它的头。柯尔斯滕用手指梳理着它后颈厚厚的毛发。他们再次上路，灰狗紧跟着她。

又走了半英里，公路从林子里拐了出来，航站楼赫然耸立在不远处。那是一栋两层楼高的庞然大物，用混凝土和玻璃垒成，在海洋般宽阔的停车场边上闪闪发光。柯尔斯滕知道，现在他们十有八九被监视着，不过她没有发现前方有任何动静。灰狗呜呜地叫着，抬头嗅着空气。

"你闻到了吗？"赛伊德问。

"有人在烤鹿肉，"奥古斯特说，前面是一个三岔路口，分别通向到达大厅、出发大厅和停车场，"走哪条？"

"咱们就假装有一条路可以离开这片大陆吧。"赛伊德神情恍惚。他上一次见到机场，还是在大崩溃前的倒数两个月，他刚从柏林探亲回来，最后一次降落在芝加哥奥黑尔机场。"咱们去'出发'吧。"

出发车道通向二楼的一个入口，尽头是一排玻璃钢旋转门，一辆市政公交车在阳光下闪闪发光。他们距离大门还有一百码时，响起了哨声，三声急促的鸣音。公交车后面走出两个哨兵，一男一女，手里的弩都冲着地面。

"抱歉用弩对着你们，"男人语气轻快，"不得不防着点儿，恐怕——"他话说了半截就愣住了，因为女同伴的弩已经叮叮当当地掉在了地上。她朝那几个新来者跑了过去，一边大笑着，一边喊着他们的名字，还想同时拥抱每一个人。

这一年，塞汶城机场里住了三百二十个人。这里是柯尔斯滕见过的最大聚落之一。奥古斯特带着赛伊德去了医务室，柯尔斯滕则躺在阿夏的帐篷里发呆。

第二年伊始，机场居民已经受不了每天抬头不见低头见，可是他们又不敢离得太远，于是就沿着 B 候机大厅搭了两排帐篷。这些帐篷大小不一，支架是用树林里拽回来的树枝做的，围成十二英尺见方，攒成一个尖顶。他们搜刮了机场办公室里的订书器，把床单钉在支架上。床单是从附近的几家酒店里回收来的，堆得像一座小山。有人觉得这么用有些浪费，不过这时候大家都太渴望个人空间了。阿夏和杰里米的帐篷里放了一张床、两个装衣服和尿布的塑料箱，还有两个人的乐器。水汪汪的光线透过布料照在里面。露利挤了进来，趴在柯尔斯滕旁边。

"迪特尔的事我很遗憾，"阿夏说，"奥古斯特跟我说了。"

"总觉得不是真的，"柯尔斯滕想闭上眼睛，但又害怕睡着了会做梦，"阿夏，这儿有文身师吗？"

阿夏用指尖轻轻地拂过柯尔斯滕的右手腕，两个黑色匕首之间相隔两年。"有几个？"

"一个。路上遇到的一个弓箭手。"

"有个文身师住在汉莎航空的飞机里。我明天介绍你去。"

柯尔斯滕注视着帐篷顶，外面有一只蚂蚁爬来爬去，布料上映出了躯体小小的影子，还有光点大小的细腿。"我一直在想那间儿童房。"她说。

几年前，柯尔斯滕、阿夏和奥古斯特在圣克莱尔河口附近发现了一栋宏伟的乡间别墅，里面被洗劫了不止一次，不过这几年甚至十年都再没有人去过，到处都落满了灰。最后奥古斯特说准备回去了，柯尔斯滕去楼上找阿夏，看到她在一个房间里注视着一套过家家用的茶具。这里一看就是儿童房。柯尔斯滕叫了她一声，但她没有抬头。

"阿夏，我们该回去了，"她说，"这儿离公路有一英里。"阿夏好像没听见她说话。"快走吧，"柯尔斯滕说，"咱们可以把这个拿上。"她说着指了指那套茶具。茶壶茶杯都无比整齐地摆在一张迷你桌子上。阿夏还是一语不发。她注视着茶具，好像看得出了神。奥古斯特在楼下喊她们。一瞬间，柯尔斯滕突然觉得有人躲在房间角落里看着她们，但是房间里除了柯尔斯滕和阿夏并没有别人。儿童房里的大部分家具都被搬空了，只剩下那张过家家用的小桌子，以及角落里的一张儿童摇椅。房子被洗劫一空，一片狼藉，为什么这张桌子还是规规整整的？柯尔斯滕仔细看了看，发现茶具纤尘不染。地上只有她和阿夏的脚印，而阿夏坐的地方够不到桌子。是多小的一只小手把过家家的茶杯摆在了桌子上？她没来由地觉得摇椅动了，微微地晃动了一下。柯尔斯滕告诉自己不要看。她用最快的速度把小盘子小茶托包在枕套里，这期间阿夏依旧一声不响地看着。柯尔斯滕把包裹塞进阿夏的背包，拉起她的手下了楼，走到荒草丛生的草坪上。阿夏眨了眨眼睛，在春末的阳光下渐渐回过神来。

"当时在儿童房就是一个不可思议的时刻，"多年之后，阿夏躺在机场的帐篷里说，"人一辈子会经历很多不可思议的时刻，我也不知道自己当时是怎么了。"

"仅此而已？就只是一个不可思议的时刻？"

"咱们都讨论过一百遍了。房间里没有别人。"

"茶具上没落灰。"

"你是想问我相不相信有鬼吗？"

"我不知道，可能吧。你信吗？"

"当然不信了，想想那得有多少吧。"

"是啊，"柯尔斯滕说，"让你说着了。"

"闭上眼睛，"阿夏喃喃地说，"我就在这儿陪着你，睡一会儿吧。"

这天晚上有音乐表演，奥古斯特、阿夏和第六吉他手三个人合奏。赛伊德睡在医务室，也就是楼下的行李提取处，伤口已经清理包扎过了。阿夏闭着眼睛，面带微笑地演奏大提琴。柯尔斯滕站在人群最后。她想一心一意地欣赏乐曲，但是音乐总会让她胡思乱想，她的思绪徐徐飘走了。迪特尔。先知，她遇到的唯一一个拥有《第 11 号站》的人。路上的弓箭手，胸口插着她的匕首。迪特尔在扮演忒修斯，《仲夏夜之梦》。迪特尔早上在煮他的冒牌咖啡，迪特尔和她争论文身的事。迪特尔和她第一次见面是在俄亥俄州中部的一天晚上，她十四岁，迪特尔二十八九岁——都已经是半辈子之前的事了。

她加入乐团的第一个晚上，迪特尔在篝火边照顾她吃晚饭。哥哥死了之后，她孤单极了。交响乐团同意让她加入的时候，她觉得那是有生以来最幸运的时刻。这一天晚上，她兴奋得吃不下东西。她记得迪特尔跟她聊起了莎士比亚，莎士比亚的作品和家庭，莎士比亚饱受瘟疫折磨的一生。

"等一下，你是说他感染了瘟疫吗？"她问。

"不是，"迪特尔说，"我是说瘟疫在他身上打下了烙印。我不知道你念过多少书。你知道'打下烙印'这个词的意思吗？"

知道。有一片新天和新地。柯尔斯滕转过身，背对着烛光和乐声。航站楼的南墙差不多是一整片玻璃，腰部高度的地方到处是孩子的手掌印。夜幕降临，星空下，一架架飞机泛着幽光。她听见机场里的四头奶牛在走动，晚上它们被关在远处的装卸区，还有母鸡在咯咯叫。停机坪下有什么在流淌；一只猫在阴影里捕猎。

一个老人坐在不远处的长椅上，注视着她走近。老人剃光了头发，脖子上的丝巾打成了复杂的结扣。她看见耳环的银光一闪而过，他左耳垂上戴了四枚耳环。她不想和任何人说话，但是看到他的时候已经来不及了。这时候转身离开显得太没礼貌，她只好朝他点头致意，坐在了长椅的另一端。

"你是柯尔斯滕·雷蒙德，"老人带着明显的英国口音，"我叫克拉克·汤普森。"

"不好意思，"她说，"我们之前认识过了，是吧？"

"你答应跟我去参观我的博物馆。"

"我很乐意。明天吧，我今天晚上太累了。"

"我理解。"两个人默默地坐了几分钟,欣赏着音乐。"他们告诉我说乐团很快就到了。"他说。

柯尔斯滕点了点头。没有了迪特尔,如今的交响乐团已经不一样了。她只想睡觉。地上传来一串啪嗒啪嗒的爪子声,是露利跑过来找她。灰狗蹲坐在她身边,把下巴搭在她腿上。

"这条狗好像很黏你。"

"它是我的朋友。"

克拉克清了清嗓子:"这一年里,我常常和阿夏聊天。她说你对电很着迷。"他说着拄着拐杖站了起来。"我知道你很累了,"他说,"我知道你这几天很难熬。不过有一样东西我觉得你会想看看。"

她考虑了一会儿才答应下来。她通常不会跟陌生人走,不过他年纪大了,行动缓慢,而且她腰间还别着三把匕首。"我们要去哪儿?"

"机场管制塔台。"

"在外面?"

克拉克朝远处走去。柯尔斯滕跟着他穿过博物馆入口附近的钢质大门,摸黑下了一段楼梯,走进夜色中。蟋蟀放声歌唱,一只小蝙蝠扑来扑去地捕食。从停机坪上望去,音乐会不过是 C 候机大厅里的一抹微光。

走近了看,飞机比她想象的要大。她抬头观察着黑黢黢的舷窗和机翼的曲线。难以想象这样的庞然大物曾经在天上飞。克拉克走得很慢。她又看见那只猫了。猫咪在管制塔台底下低伏着身子飞快地蹿了出去,接着猛地一扑,她随即听见啮齿动物吱吱叫起来。塔台的钢质门开了,她发现自己置身在一个小房间里,一个守卫在窥视孔前放哨,电梯门上映着烛光。通往楼梯间的大门打开着,门下面用一块石头抵着。

"要爬九层，"克拉克说，"恐怕要走好一会儿。"

"我不赶时间。"和他一起爬楼梯的时候，柯尔斯滕觉得很平静。他好像知道她不会搭话。他慢慢地走上昏暗的台阶，走上洒满月光的楼梯平台，拐杖敲在钢质台阶上笃笃地响。他气喘吁吁的，每次走到楼梯平台都要停下来休息一会儿。有一次歇了太久，柯尔斯滕都要睡着了，接着就听见他抓着扶手继续上台阶。每次走到楼梯平台，灰狗就要趴下来，发出幽幽的叹息。每层楼的窗户都开着，但是这天晚上一丝风也没有，空气又闷又热。

"我读了你几年前的那篇访谈。"克拉克说。这时他们走到了六楼。

"是新佩托斯基镇那份报纸吧。"

"对，"克拉克一边说一边用手帕擦着额头上的汗，"明天我想和你聊聊这件事。"

他们走到九层的楼梯平台，克拉克用拐杖在一扇门上敲出一串信号。接着门开了，他们走进了一个八边形的房间，墙是玻璃的，还有一排排屏幕都黑着。房里有四个人正用双筒望远镜观察停机坪、航站楼、花园的阴影和护栏网。小狗在阴影里嗅来嗅去。站在这么高的地方，让人有些分不清方向。星光下，飞机泛着苍白的光。C 候机大厅的音乐会好像结束了。

"看那里，"克拉克说，"在南边。那就是我想让你看的东西。"柯尔斯滕顺着他手指的方向望去，南面的地平线上有一个地方，那片星空好像比周围要暗一些。"是一周前出现的，"克拉克说，"太不可思议了。我不知道他们是怎么做到这种规模的。"

"你不知道谁做到了什么？"

"我会让你看到的。——詹姆斯，能把望远镜借给我们用用吗？"詹姆斯把三脚架挪了过来，克拉克凑过去看了看，镜头对着的正是天空那片暗区的下面。"我知道你今天晚上很累了，"他边说边调焦，僵硬的手指转动着对焦环，"不过希望你会觉得爬这一趟值了。"

"是什么？"

克拉克往后退了两步。"望远镜对好焦了，"他说，"你不用动，直接看就行。"

柯尔斯滕凑了过去，但一开始她还没明白看到的是什么。她退开了。"这不可能。"她说。

"就在那儿，再看看。"

远远地，一个个光点组成了一个网格。就在那儿，在几英里长的山坡上可以清晰地看到：一个镇子，抑或是一个村子，街道上亮起了电灯。

52

柯尔斯滕通过望远镜注视着亮着电灯的镇子。

在航站楼的行李提取处，阿夏和奥古斯特坐在赛伊德的病床边上，对他讲着音乐会的情况。几天以来，他第一次露出了笑容。

在机场南面一千英里之外，吉文正用室外烤箱烤面包。他很少再回忆从前的生活了，但他有时候会梦见一个舞台，一个演员倒在晶莹闪烁的落雪中，梦见自己推着购物车在暴风雪中跋涉。年幼的儿子正跪坐在他脚边，逗一只小狗崽玩。这个孩子出生在新世界，孩子的母亲带着婴儿在屋里休息。

"弗兰克，"吉文对儿子说，"去问问妈妈饿不饿。"他把面包烤盘从烤箱里拿了出来。这个烤箱前身是一只油桶。小男孩朝屋里跑去，小狗紧紧地跟在他身后。

这天夜里很暖和，他听见一个邻居在放声大笑。微风送来栀子花的幽香。再过一会儿，他要去河边把放在旧咖啡罐里浸在水中的腌肉拿回来。他要给一家人准备三明治，再拿些面包给邻居。但是此刻，他耽搁了一会儿，隔着卧室薄薄的门帘看着妻子和两个孩子的剪影。达莉娅俯身从摇篮里抱起婴儿，又弯下腰去吹蜡烛。那一瞬间，她消失了，剪影也消失了。弗兰克率先跑到了草地上。

"来看看面包好了没有。"他说。小弗兰克跪在面包前面，神情严肃。他用一根手指戳了戳面包，又凑近闻了闻热气。

"他好像好点儿了。"达莉娅说。弗兰克前一天夜里发烧了。达莉娅轻柔地唱着摇篮曲哄他睡觉，而吉文用冷毛巾替他敷了额头。

"正常了，"吉文说，"——弗兰克，面包怎么样了？"

"我觉得还很烫，不能吃。"

"那再放一会儿吧。"男孩朝他的父母走过去。暮色中，有那么一瞬间，他像极了另一个弗兰克，吉文的哥哥。他走到父母身边，那一瞬稍纵即逝。吉文抱起他，亲吻他柔滑的头发。永远是这些记忆，几乎把他淹没。

在遥远的北方，在这个没有飞机的世界里，旅行交响乐团的大篷车经过遥远得好像隔了一个星球的距离，来到了塞汶城机场。

九
第 11 号站

53

在阿瑟离世那一天的早上，他觉得很累。他一晚上都醒着，到日出时才睡了一会儿，就这么半梦半醒地到了九十点钟，醒来时昏昏沉沉，口渴难耐，眼睛后面一抽一抽地疼。喝点儿橙汁应该会好受一些，但他打开冰箱，那瓶橙汁就剩下一口了。他怎么没多买点儿呢？他已经连续失眠三天了，此时身心俱疲，于是这一点小事就弄得他情绪激动，险些发起火来。他连忙做了几次深呼吸，同时数到五，加上扑面而来的冷气，这才勉强把火气降下来。他关上冰箱，做了最后一顿早餐（炒鸡蛋），接着洗澡、穿衣服、梳头，提前一个小时去了剧院。这样他就有时间在他最喜欢的咖啡店里坐上一会儿，一边看报纸一边喝倒数第二杯咖啡。这些微不足道的细节组成了一个上午，一段人生。

天气预报里全都在说暴风雪来袭。他已经感觉到了，上午九十点钟，鸽子灰的天空就压在头顶。他下定决心了：等《李尔王》结束，他就搬去以色列。这个想法让他激动不已。他要抛下责任和身外之物，重新开始，和儿子生活在同一个国家。他要在伊丽莎白家附近买一套公寓，每天都能见到泰勒。

"看着要下雪了。"咖啡店的女孩说。

阿瑟冲卖热狗的小哥点头致意，对方总在同一个角落里摆摊，就在酒店和剧院之间的中点。卖热狗的小哥对他亮出了微笑。一只鸽子围着热狗摊走了一圈又一圈，等着掉落的配菜和面包屑。鸽子的颈毛闪着金属般的光泽，美极了。

他中午赶到剧院拿排练记录，但是记录变成了一场漫长的争论，远远超出了日程安排。阿瑟努力集中精神，可惜咖啡的作用并不理想。下午三四点钟，他躺在更衣室的沙发上，想小睡一会儿来恢复精神，可房间却让他憋闷得难受。各种想法纷至沓来。他最后只好作罢，离开了剧院。后台入口外面守着几个百无聊赖的摄影师，他们一边拍照一边高声问米兰达的事。他全都置之不理，招手拦了一辆出租车。两周前米兰达来看过他，他是不是又害得她被八卦小报缠上了？一阵熟悉的愧疚感涌上心头。她从始至终都是无辜的。

"到皇后西街和士巴丹拿道路口。"他坐上橙绿相间的出租车，把地址告诉司机，接着把额头贴在窗玻璃上，看着皇后街向后掠去。他以前在这儿住过，可惜他知道的那些小店和咖啡馆一个都不在了。他想去皇后西街和士巴丹拿道路口的一家快餐店，他和克拉克十七岁的时候常常光顾那个地方。他不记得快餐店具体在哪儿了，不过最终还是找到了，比他印象中还要往东一点。

几十年过去了，这家店竟然一点儿没变，想起来有点儿吓人。

还是一排红色的软垫卡座，柜台外面摆着一溜凳子，墙上挂着一只古老的钟。还是同一个女服务员吗？不对，他记错了，因为十七岁那年给他上煮焦的咖啡的女人是五十多岁，如今不可能还是五十多岁。他记得当年和克拉克在这里坐到凌晨三四点，有时候是五点。那时他们觉得这就是成年人的生活，现在回想起来就像是一场梦。这场梦转瞬即逝，不过那一瞬间是那么美好：他们都在上表演课，阿瑟在餐厅打工，而克拉克挥霍着一笔小小的遗产。现在回想起来，克拉克其实很迷人。六英尺二英寸①的个子，很瘦，对复古西装情有独钟；半边头发剃光了，另一半散着，染成了粉色，有时候也会染成绿松石色或者紫色，遇到特殊场合会涂眼影；说话慢条斯理，一口英国寄宿学校生的口音，很吸引人。

　　阿瑟点的烤奶酪三明治做好了。他想给克拉克打电话，说一句："你肯定猜不到我在哪儿！"但最后决定还是算了。他想打电话给他儿子，但以色列现在是凌晨四点。

　　阿瑟吃过晚餐，又打车回到剧院，这会儿离上台还有一点儿时间。他坐在更衣室的沙发上翻剧本。他自己的台词已经倒背如流，不过他习惯去记一记其他角色的台词，因为他喜欢知道演到哪儿了。但是第一幕还没看完，就有人敲门。他才起身，一瞬间，房间虽不至于天旋地转，但总觉得摇摇晃晃起来。塔尼娅擦着他的肩膀进了房间。

　　"你看起来糟透了。"她说，"你还好吧？"

　　"很累，"阿瑟说，"我又失眠了。"他吻了吻塔尼娅，她在一张沙发上坐了下来。每次看到她，阿瑟都觉得很轻松。和从前一

---

① 接近 1.88 米。

样，他被那种强烈的青春气息迷住了。塔尼娅的年纪差不多只有他的一半。她的工作是照看那三个扮演李尔王女儿的小演员。

"你忘记约过我一起吃早餐了，是吧？"

他一拍额头："真对不起，我今天脑子不太好。你等了多久？"

"半个小时。"

"你怎么没给我打电话？"

"手机没电了，"她说，"没关系。你可以用一杯酒作为补偿。"阿瑟就喜欢她这一点，她从来不会斤斤计较。他最近总是在想，和一个不记仇的女人相处多愉快啊。冰箱里还有半瓶红酒，她喜欢冰着喝。帮她倒酒的时候，阿瑟发觉自己的两只手在不自觉地抖。

"你的样子真的很糟糕，"她说，"你确定不是病了？"

"就是累的，我觉得。"阿瑟喜欢看她喝酒的样子，她总是专心品尝酒的滋味。她懂得欣赏美好的东西，因为她小时候家里很穷。

"上次那些巧克力还有吗？"

"巧了，我觉得有。"

她冲阿瑟微微笑——那样的笑容让他心头一暖——把酒杯放在了咖啡桌上。她在洗碗池旁边的柜子里找了几分钟，最后胜利地举起一个金色的小盒子。阿瑟挑了一块覆盆子松露黑巧克力。

"这是什么？"她咬着巧克力，拿起了咖啡桌上的《十一博士》第一卷第一期《第 11 号站》。

"是我前妻两周前送的。"

"哪个前妻？"

他突然感到一丝伤心。这说明他的人生之路错得厉害，是不是？有不止一个前妻？他也说不好自己究竟是哪一步走错了。"第一个，米兰达。我其实还没想好该怎么处理。"

"怎么，你不打算留着？"

"我不看漫画，"阿瑟说，"她给了我两套，所以我把其中一套给了我儿子。"

"你跟我说过，你打算断舍离什么的，是吧？"

"没错。书很漂亮，但是我不想再添东西了。"

"我觉得我能明白，"塔尼娅翻看了起来，"故事线很有意思。"她看了几页之后说。

"我不知道，"阿瑟说，"我从来没有真正看明白，说老实话。"多年之后，能对人坦白这一点让他觉得如释重负。"特别是暗海。那些人活在地狱边缘，总是在等待、谋划，究竟是为什么？"

"我很喜欢，"塔尼娅说，"画得真的很好，是吧？"

"相比写对话，她更喜欢画画。"他突然想起一件事。有一次他推开米兰达的画室，看着她工作，过了好几分钟她才察觉到他的存在。当时米兰达弯着脖子伏在绘图桌前，全心全意投入其中。她沉浸在工作里的时候，看起来是那么脆弱。

"真美。"塔尼娅正仔细地欣赏一幅暗海的画，画中房间里打满了交叉阴影线，拱顶的桃花心木材料来自第11号站被淹没的森林。阿瑟觉得好像去过一个类似的地方，但一时想不起来了。

塔尼娅看了一眼手表："我得走了。我那几个小鬼还有十五分钟就到了。"

"等一下，我有东西要给你。"两周前，快递送来了一个玻璃镇纸，是米兰达和他见面之后从酒店寄来的。她留了一张字条，解释说东西是克拉克去洛杉矶家里做客时送的，她后悔自己拿走了，她觉得克拉克肯定是想把东西送给阿瑟而不是她。阿瑟把玻璃镇纸拿在手里端详，却一点儿印象也没有，他完全不记得克拉克送过这个东西。而且不管怎么样，镇纸是他人生中最不需要的东西了。

"真漂亮，"塔尼娅说，她从阿瑟手里接过镇纸，注视着里面的层云密布，"谢谢你。"

"要是柯尔斯滕到这儿来，我就给你打电话。演出结束后能见面吗？"

塔尼娅吻了吻他。"当然了。"她说。

塔尼娅走了，阿瑟躺在沙发上，闭上了眼睛。但过了十五分钟，柯尔斯滕就来敲门了。他累得好像要虚脱了。站起来的时候，他出了一头汗。他给柯尔斯滕开了门，然后马上坐了下来。

"我妈妈买了一本书，封面上的人是你。"柯尔斯滕说。她坐在了阿瑟对面的沙发上。

用阿瑟做封面的书只有一本，《亲爱的 V.》。他一阵犯恶心。

"你看了吗？"

"我妈妈不让我看。她说不适合我看。"

"她是这么说的？不适合？"

"是啊。"

"嗯，"阿瑟说，"我觉得这本书不适合存在。她不让你看是对的。"他和柯尔斯滕的母亲见过一次，对方追着他问最近有没有什么项目里面有小女孩的戏份。阿瑟很想摇醒她。他想说，你女儿还那么小，让她做小孩做的事吧，给她一个机会，我不懂你为什么想让她做这些。他不明白为什么会有人想让自己的孩子拍电影。

"那本书不好吗？"

"我真希望没有这本书。不过说起来，我很高兴你来找我。"阿瑟说。

"为什么？"

"我有一件礼物送给你。"他把那套《十一博士》漫画送给柯尔斯滕的时候忍不住有点儿内疚，毕竟这是米兰达送给他的。但是他不想留着这套漫画，因为他不想要任何身外之物。他什么都不想要，只想和儿子生活在一起。

　　房间里又只剩下他一个人了。他换上演出服，华冠丽服地坐了一会儿，感受天鹅绒斗篷的重量，接着摘下王冠，放在茶几上的葡萄旁边，沿着走廊去了化妆间。有其他人在身边是很愉快的。他断定自己一定是吃坏了东西。可能是在那家快餐店吧。他在更衣室里独自待了一个小时，喝了甘菊茶，对着镜子中的自己大声说台词，来回踱步，戳了戳眼袋，整了整王冠。半小时候场提示响起，他打通了塔尼娅的电话。

　　"我想为你做点儿什么，"他说，"你会觉得非常突然，不过这件事我已经考虑了一周。"

　　"什么事？"她听上去心不在焉。阿瑟听见电话那头三个小女孩在拌嘴。

　　"你的学生贷款还欠多少？"塔尼娅跟他说过，不过他不记得具体数字了。

　　"四万七千美元。"她说，阿瑟从她的声音里听到了期盼，那种不敢奢望、不能相信的期盼。

　　"我想帮你还掉。"钱不就是拿来干这个的吗？他终于找到了生命的意义，在这么多年和奥斯卡失之交臂还有一连串的票房惨败之后。他会因为散尽家财而为人所知。剩下的钱足够他过日子就行。他要在耶路撒冷买一套公寓，每天和泰勒见面，他要重新开始。

　　"阿瑟。"她说。

　　"就让我为你做这件事吧。"

　　"阿瑟，这笔钱太多了。"

"并不多。你要多久才能还清？"他温和地问，"按照你现在的还款进度？"

"六十四五岁吧，不过这是我欠的，我——"

"那就让我帮你一把，"他说，"没有附加条件，我保证。今天晚上演出结束之后来我的更衣室，我给你写一张支票。"

"我该怎么跟我爸妈说？要是我告诉他们，他们就会问我钱是哪儿来的。"

"实话实说。告诉他们一个脾气古怪的演员给你写了一张四万七千美元的支票，没有附加条件。"

"我都不知道怎么感谢你好。"塔尼娅说。

打完这通电话，阿瑟感到出乎意料地心平气和。他要把能扔掉的东西通通舍弃，卸下金钱和身外之物的重量。摆脱这一切之后，他就是一个一身轻的人。

"十五分钟。"舞台监督在门外提醒说。

"谢了，十五分钟。"阿瑟应了一句，接着开始从头捋台词。念完"我最年长的孩子，你先说吧"，他看了一眼手表。现在以色列才早上六点，不过他知道泰勒和伊丽莎白起得很早。他成功说服了前妻——"就两分钟，伊丽莎白，我知道他要准备上学，我只想听听他的声音。"——接着闭上眼睛，听着窸窣的杂音，电话递到了他儿子的小手里。我最年长的孩子，我唯一的孩子，我的心肝宝贝。

"你打电话有什么事？"稚嫩的声音里流露出疑心。他想起泰勒还在生他的气。

"我想跟你问声好。"

"那你为什么没来给我过生日？"阿瑟答应要去耶路撒冷给泰勒过生日，但那是在十个月前，后来这个约定被他忘在了脑后，直到昨天泰勒打电话过来，他才想起来。阿瑟道了歉，但还没有得到原谅。

"我走不开，小家伙。要是走得开，我一定会去的。不过你不是要来纽约了吗？我下周不就能见到你了吗？"泰勒那边没有答话，"你今天晚上坐飞机来纽约，是吧？"

"好像吧。"

"我送给你的漫画书，你看了没有？"

泰勒一声不吭。阿瑟坐在沙发上，用手心撑着额头："泰勒，你喜欢吗？那套漫画书？"

"嗯。"

"十分钟。"舞台监督在门外提示。

"谢了，十分钟。——我看了漫画书，"阿瑟说，"可是我没太看懂是讲什么的。我还盼着你能帮我解释解释呢。"

"解释什么？"

"哦，跟我说说十一博士吧。"

"他住在一个空间站上面。"

"真的吗？空间站？"

"那里就像一颗行星，不过是一颗很小的行星，"泰勒说，"而且还有点儿故障。空间站穿过了虫洞，所以就藏在深空里，但是它的系统损坏了，所以表面差不多全被水淹没了。"他越说越起劲。

"被水淹没了！"阿瑟抬起头。让泰勒离他这么远，真是个错误，不过也许还来得及纠正。"所以他们就住在水里吗？十一博士和他的那些——那些人？"

"他们住在小岛上。他们有一个小岛组成的城市。那上面有桥、船之类的东西，但是那里很危险，因为有海马。"

"海马很危险吗？"

"不是我们那次在唐人街的鱼缸里看到的那种海马。这些是大家伙。"

"有多大？"

"大得不得了。我觉得这些海马大得不得了。它们是一些巨大的——巨大的东西，会浮到水面上，眼睛像鱼眼。还有人骑在海马背上，它们要抓住你。"

"要是被海马抓到了会怎么样？"

"海马会把你拖到水底下，"泰勒说，"然后你就属于暗海了。"

"暗海？"

"就是一个水底下的地方。"他现在说得很快，已经沉浸其中，"那些人是十一博士的敌人，他们其实不是坏人。他们只是想回家。"

"小伙子，"阿瑟说，"泰勒，我想告诉你，我爱你。"

漫长的沉默，他甚至怀疑电话掉线了，不过他听见了汽车经过的动静。小男孩一定是站在敞开的窗户旁边。

"我也是。"泰勒说。阿瑟好不容易才听到，泰勒的声音特别小。

更衣室的门被推开一条缝。"五分钟。"舞台监督说。阿瑟摆了摆手，示意知道了。

"小伙子，"他说，"我得去工作了。"

"你在拍电影吗？"

"今天晚上不拍，小伙子。我要上台了。"

"好吧，拜拜。"泰勒说。

"再见，下周纽约见。"阿瑟挂上电话，一个人坐了几分钟。他费力地和更衣室镜子中的自己四目相对。他太累了。

"各部门就位。"舞台监督说。

这版《李尔王》的舞台设计精美绝伦。舞台后方搭了一个高台，绘成了带有精美柱子的阳台，从前面看是大理石，从后面看则是光秃秃的胶合板。在第一幕中，这个高台是老国王的书房，观众入场的时候，阿瑟要坐在一把紫色的扶手椅上，留给观众一个手持王冠的侧影。疲惫的国王即将放弃王权，也许是因为没有从前那么精明了，他正在考虑的国土分封将导致国破家亡。

在主舞台下方，三个小女孩在柔和的灯光中玩拍手游戏。看到舞台监督的提示，她们就站起来，消失在左后舞台，剧场灯光渐暗，这就是阿瑟起身离开的提示。他摸黑走到侧舞台。一个工作人员打着手电筒替他指路，同时坎特伯爵、葛乐斯德伯爵和爱德蒙从右舞台上场。

"我不懂，"阿瑟之前和导演说过，导演名叫昆廷，阿瑟心里其实不怎么喜欢这个人，"我坐在那儿是要干吗？"

"这个嘛，应该是你来告诉我，"昆廷说，"你在思考变幻莫测的权力，是吧？你在考虑把英格兰分成几份。你在盘算你的退休积蓄。你想怎么演都行。相信我，这个视觉效果很棒。"

"所以我坐在那儿是因为你觉得'看起来'很好。"

"别想太复杂。"昆廷说。

但是坐在高台上面还能干什么？就只能想事情。预演场的首演之夜，阿瑟在观众入场的时候就坐在椅子上，耳朵听着观众注意到他之后的窃窃私语，眼睛看着手里的王冠，他诧异地发觉自己忐忑极了。他以前也经历过，在观众进场的时候在舞台上走来走去，但他意识到，上一次这么做的时候他才二十一岁。他记得当时还很喜欢这种挑战的感觉，在演出正式开始之前就进入剧中的世界。但是现在灯光太近、太热，他后背不停地出汗。

在第一段婚姻中，他和米兰达一起出席过一个金球奖派对，快结束的时候出了状况。米兰达大概是多喝了一杯鸡尾酒，又不习惯穿高跟鞋。就在他们离开的时候，她在叫人眼花缭乱的闪光灯前绊了一跤，把脚扭了，而阿瑟刚好走在够不着的地方。米兰达跌倒的那一刻，阿瑟就知道，她要成为八卦小报的话题人物了。那时候他认识了两个演员，因为类似的事令他们的事业毁于一旦，后半生陷入了一连串的戒瘾治疗和离婚。所以他知道成为八卦小报的话题人物会给一个人造成多大的伤害，那种评头论足足以侵蚀灵魂。他冲米兰达嚷嚷了几句，主要是出于愧疚，两个人在车上都说了些伤人的话。她下车之后没和他说话，就气冲冲地进了屋子。

后来，他从打开的浴室门外走过，听见她一边卸妆一边自言自语。"我没什么可后悔的。"他听见米兰达对着镜子中的自己说。他转身走开了，但是这句话一直印在他的脑海里。多年之后在多伦多，在《李尔王》舞台置景的胶合板二楼上，这句话让他恍然大悟。他发觉几乎每一件事都让他觉得后悔，遗憾就像飞蛾围绕着光一样围绕着他。这其实是二十一岁和五十一岁的主要不同，他这么断定，遗憾的数量不同。回想自己做过的一些事，他无法引以为傲。既然米兰达在好莱坞过得那么不开心，他为什么没有带她离开？这也不是什么难事。他放弃了米兰达，选择了伊丽莎白，接着又换成莉迪娅，最后任莉迪娅移情别恋。他任由泰勒去了世界的另一边。他一辈子都在追寻金钱、出名、不朽，或者三者都有。他甚至根本不了解自己唯一的弟弟。他冷落了多少友谊，任那些朋友渐行渐远？预演的第一个晚上，他勉强熬到下场。第二天晚上，他提前做好了打算。他注视着王冠，心里暗暗列举所有美好的回忆。

洛杉矶房子后院里的粉色木兰。

户外音乐会，音乐声一直飘到天空。

洗泡泡浴的两岁的泰勒，他裹在云朵般的泡泡里咯咯笑。

晚上在泳池里游泳的伊丽莎白。那时候他们刚在一起，还没吵过一次架。她下水的时候几乎悄无声息，水面上的两个月亮碎成了银屑。

十八岁的时候和克拉克一起跳舞，口袋里揣着假身份证明。摇曳的灯光下，克拉克忽明忽暗。

米兰达的眼睛，二十五岁的她望向他的眼神，那时她仍然爱着他。

他的第三任妻子莉迪娅，早上在后院露台做瑜伽。

酒店对面那家咖啡馆里的可颂。

塔尼娅品尝葡萄酒的样子，她的笑容。

九岁的他坐着父亲的扫雪机。那次阿瑟说了一个笑话，逗得父亲和弟弟哈哈笑个不停。那一刻，他觉得快乐极了。

泰勒。

最后那场演出的晚上，阿瑟才列举到一半就看到了提示，他该下场了。他沿着白色胶带箭头和工作人员的手电，走向右舞台。他看见塔尼娅站在对面的侧舞台，催促三个小女孩往更衣室走。塔尼娅冲他亮出一个微笑，还比了一个飞吻。他也回了一个飞吻——有何不可？——并且没有理会后舞台传来的窃窃私语。

之后，服装组的一个女人给他戴上了一顶花冠。他穿着破旧的演出服，准备上演发疯的一幕。他又在舞台对面看见了塔尼娅——她还有一周可活，格鲁吉亚流感已经近在咫尺——接着一个舞台工作人员拉着柯尔斯滕的手走到他身边。

"嗨，"柯尔斯滕小声说，"我很喜欢那套漫画书。"

"你已经读过了？"

"我才刚读完开头。"

"我的出场提示到了，"他小声说，"过会儿再聊。"他走进了音效营造的暴风雪中。

"是谁到这儿来了？"扮演埃德加的演员说。四天之后，他将死于流感。"正常的神志绝不会容许自己主人这副打扮。"

"不，他们哪一个敢碰我，说我私铸金币。"阿瑟念错台词了。集中精神，他暗暗告诉自己，但是他心烦意乱，有点儿神思恍惚。"我就是国王本人呢。"

"唉，"埃德加说，"锥心刺骨的景象！"葛乐斯德捂住了缠着纱布的眼睛。七天之后，他将在魁北克的高速路上死于失温。

阿瑟感到呼吸困难。他听到了一串竖琴的音符，接着那几个孩子就出场了，她们在开场时扮演他的女儿，现在是他的幻觉，几个小幽灵。两个女孩将在下周二死于流感，一个在早上，一个在傍晚。第三个女孩，也就是柯尔斯滕，轻快地跑到了一根柱子后面。

"下半身却变成了十足的狐狸精。"阿瑟说。就是在这一刻，出事了。一阵剧痛，心口发紧，胸口像压了东西。他脚下踉跄，他知道身边就有一根胶合板柱子，于是急忙伸手去扶，结果记错了距离，一只手重重地拍在了柱子上。他用手捂住胸口。他隐约觉得自己曾经这么做过，这个动作有些熟悉。七岁的时候，在德拉诺岛上，他和弟弟在沙滩上捡到了一只受伤的鸟。

"鹪鹩在勾勾搭搭。"阿瑟说。他在想那只小鸟，但是他听见自己的声音含混不清。埃德加诧异地看着他，让他怀疑自己是不是念错了台词，这会儿他觉得头晕得厉害。"鹪鹩……"

前排的一个男人从座位上站了起来。阿瑟用手捧着胸口，就像他小时候捧着那只小鸟那样。他已经分不清自己身在何处，也许是同时身在两个地方。他能听见沙滩上的海浪声。舞台灯光在黑暗中留下一道道轨迹，就像彗星划过黑夜。那时他十几岁，站在朋友维多利亚家门外的土路上，抬头望着夜空，百武彗星像灯笼似的悬在冷冷的天上。七岁时在海滩上的那天，他记得小鸟在他掌心里停止了心跳，颤巍巍的跳动越来越弱，最后静止了。前排那个男人这会儿跑了起来，阿瑟也动了——他跌向柱子，身子往下滑。这时周围飘起了雪，雪片映着灯光晶莹闪烁。他觉得这是他这辈子见过最美的东西了。

54

在《十一博士》第一卷第二期《追寻》里，十一博士见到了导师罗纳根上校的幽灵；罗纳根上校不久前被一个暗海杀手害死了。这一幅画米兰达废了十五稿，就那么整小时整小时地画，终于觉得符合她想象中的幽灵形象。多年之后，在结束的时刻，她躺在马来西亚空空荡荡的海滩上，神思恍惚地望着海鸟在空中飞上飞下，一列船队渐渐消失在天边。她脑海里浮现的就是这一幅画，飘远、飘近，不知怎么又荡出了画格：上校是用柔和的水彩画成的，在十一博士光线昏暗的办公室里，只是一个半透明的剪影。这间办公室和莱昂·普雷万特在多伦多套间办公室的行政区丝毫不差，连办公桌上的两个订书器都一模一样。不同的是，莱昂·普雷万特的办公室正对着平静如镜的安大略湖；而十一博士的办公室窗外是整个城市、怪石嶙峋的小岛和港口上的桥梁。博美犬露利蜷在画格的角落里睡觉。办公室里有两处空间被文字气泡遮住了：

十一博士：结束的时候是什么感觉？

罗纳根上校：就和从梦中醒来一模一样。

55

　　九月里一个晴朗的早上，旅行交响乐团离开了机场。他们在这里逗留了五个礼拜，休整、修理大篷车，晚上轮流表演莎士比亚戏剧和音乐，走后便留下了戏剧和管弦乐的余音。这天下午，加勒特一边在花园里劳作，一边哼着一首勃兰登堡的协奏曲；多洛蕾丝清扫候机大厅地面的时候一直喃喃地背莎士比亚的台词；孩子们则拿着木棍比试剑术。克拉克回到博物馆。他用鸡毛掸子掸过他的藏品，心里想着交响乐团正带着莎士比亚、武器和音乐，沿着湖岸越走越远。

　　前一天，柯尔斯滕把一本《十一博士》漫画交给了他。他看出柯尔斯滕很舍不得。但是乐团将前往一片陌生的地域，万一路上遇到麻烦，她想确保至少其中一本漫画能安全地保存下来。

　　"据我所知，你们这一路绝对安全，"克拉克告诉她，几天之前，他对指挥也这么说过，"那边有时候会有商贩过来。"

　　"但毕竟不是我们常走的地区。"柯尔斯滕说。这几周以来，乐团住在 A 候机大厅里，每天晚上表演音乐或者莎士比亚戏剧。克拉克对她已经有所了解，若非如此，他大概还听不出她语气中流露的兴奋。她急不可耐地要去南方看看那个通了电网的遥远小镇。

"等我们回来的时候，我就拿回这一本，把另一本放在你这儿。这样一来，起码总有一本能安全地保存下来。"

傍晚时分，克拉克给文明博物馆里所有心爱的藏品都掸了灰，接着坐在最喜欢的扶手椅上，借着烛光完整阅读十一博士的冒险。

第 11 号站上的一个晚宴场景让他停在了那一页。它看上去有些熟悉。一个戴着方框眼镜的女人正在回忆地球上的生活。"在战争之前，我环游过世界，"她说，"我在捷克共和国住过一段时间，知道吧，布拉哈……"泪水涌上了眼眶，因为他一下子就想起了这场晚宴。他也在场，他记得那个说"布拉哈"的女人、她那副眼镜，还有她装腔作势的样子。坐在她旁边的男人神似克拉克。漫画中，坐在桌尾的女人毫无疑问是伊丽莎白·科尔顿，她身后那个坐在阴影里的男人看着有点儿像阿瑟。克拉克曾经和所有的画中人一起坐在洛杉矶，围坐在电灯下的桌子旁。这一页上只少了米兰达一个人，她的座位上坐的是十一博士。

漫画中，十一博士抱着胳膊，没有留意周围的谈话，而是陷入了沉思。在克拉克的记忆中，服务员正在倒酒。他对这些人、对所有的人物都生出无限的好感：服务员、主人、宾客，包括行为叫人不齿的阿瑟，包括阿瑟那个皮肤晒成了橙色的律师、那个把"布拉格"说成"布拉哈"的女人，还有隔着玻璃眼巴巴地看着他们的小狗。在桌尾，伊丽莎白正注视着她的那杯葡萄酒。记忆中，米兰达说了声失陪，接着起身离席，克拉克目送着她溜进了夜色中。克拉克对她很好奇，想多了解了解她，于是说自己想抽根烟，然后就跟着她出去了。米兰达后来怎么样了？他这么多年都没想起过她。那么多幽灵。她后来去做航运了，他还记得。

　　克拉克抬起头，看着停机坪上的夜晚活动，看着停飞了二十年的飞机，蜡烛的影子在玻璃上忽明忽暗。他不指望有生之年还能看到飞机再次起飞，不过某个地方会不会有船只出海呢？既然已经有镇子亮起了路灯，既然有交响乐和报纸，那这个正在觉醒的世界还蕴含着哪些可能？也许此时此刻，船只就在起航，正在驶向他或者驶离他，掌握了地图和天文知识的水手在掌舵。他们也许是为生活所迫，也许只是出于好奇——地球另一端的国家后来怎么样了？如果没别的事，想想这个可能也让人愉快。他喜欢想象船只分开水面，驶向目所不及的另一个世界。

　　第 43 章援引的作品（吸血鬼、北美洲被隔离等等）为《末日之旅》，贾斯廷·克罗宁著。

　　漆在领头的大篷车并文在柯尔斯滕胳膊上的台词"能活着还不够"出自《星际迷航：航海家号》第 122 集[①]，1999 年 9 月首播，编剧为罗纳德·D. 穆尔。

　　书中以马来西亚为背景的章节灵感来源于西蒙·帕里于 2009 年 9 月 28 日发表在《每日邮报》的文章《揭秘：经济衰退的幽灵船队停泊在新加坡东部》。

　　书中描述的多伦多版《李尔王》部分基于詹姆斯·拉派恩 2007 年在纽约公共剧院执导的精彩版本。拉派恩版中与众不同地加入了三个没有台词的小女孩角色，扮演李尔王的幼年女儿。

---

① 即第 6 季第 2 集《生存本能》。

感谢我了不起的图书代理凯瑟琳·福塞特以及她在柯蒂斯·布朗公司的同事。

感谢安娜·韦伯以及她在联合代理公司（United Agents）的同事。

感谢我的几位编辑，是他们的不懈努力使这本书得到了大幅完善。按字母顺序排列，他们是克诺夫出版社的珍妮·杰克逊、英国皮卡多出版社的索菲·乔纳森，以及加拿大哈珀柯林斯出版社的珍妮弗·兰伯特。

感谢在克诺夫出版社、皮卡多出版社、哈珀柯林斯及海外购买和/或参与本书工作的每一个人。

感谢格雷格·迈克尔森、弗雷德·雷米及他们在脱缰图书公司（Unbridled Books）的同事，感谢他们的支持和慷慨。

感谢米歇尔·菲尔盖特和彼得·盖伊，感谢他们阅读和评论本书的几份初稿。

感谢帕梅拉·默里、萨拉·麦克拉克伦、南希·米勒、克里斯蒂娜·科普拉什、凯西·波里斯、玛吉·里格斯、劳拉·珀西亚塞普和安德烈娅·舒尔茨，感谢他们对这部作品的热情和极为有益的编辑意见。

感谢理查德·福塞特，感谢他在人类学上的帮助。

感谢乔恩·罗斯滕，感谢他提供关于麦基诺大桥的信息。

感谢凯文·曼德尔，永远感谢他所做的一切。

未来，属于终身学习者

我们正在亲历前所未有的变革——互联网改变了信息传递的方式，指数级技术快速发展并颠覆商业世界，人工智能正在侵占越来越多的人类领地。

面对这些变化，我们需要问自己：未来需要什么样的人才？

答案是，成为终身学习者。终身学习意味着永不停歇地追求全面的知识结构、强大的逻辑思考能力和敏锐的感知力。这是一种能够在不断变化中随时重建、更新认知体系的能力。阅读，无疑是帮助我们提高这种能力的最佳途径。

在充满不确定性的时代，答案并不总是简单地出现在书本之中。"读万卷书"不仅要亲自阅读、广泛阅读，也需要我们深入探索好书的内部世界，让知识不再局限于书本之中。

湛庐阅读 App: 与最聪明的人共同进化

我们现在推出全新的湛庐阅读 App，它将成为您在书本之外，践行终身学习的场所。

- 不用考虑"读什么"。这里汇集了湛庐所有纸质书、电子书、有声书和各种阅读服务。

- 可以学习"怎么读"。我们提供包括课程、精读班和讲书在内的全方位阅读解决方案。

- 谁来领读？您能最先了解到作者、译者、专家等大咖的前沿洞见，他们是高质量思想的源泉。

- 与谁共读？您将加入优秀的读者和终身学习者的行列，他们对阅读和学习具有持久的热情和源源不断的动力。

在湛庐阅读 App 首页，编辑为您精选了经典书目和优质音视频内容，每天早、中、晚更新，满足您不间断的阅读需求。

【特别专题】【主题书单】【人物特写】等原创专栏，提供专业、深度的解读和选书参考，回应社会议题，是您了解湛庐近千位重要作者思想的独家渠道。

在每本图书的详情页，您将通过深度导读栏目【专家视点】【深度访谈】和【书评】读懂、读透一本好书。

通过这个不设限的学习平台，您在任何时间、任何地点都能获得有价值的思想，并通过阅读实现终身学习。我们邀您共建一个与最聪明的人共同进化的社区，使其成为先进思想交汇的聚集地，这正是我们的使命和价值所在。

CHEERS

湛庐阅读 App
使用指南

读什么
- 纸质书
- 电子书
- 有声书

怎么读
- 课程
- 精读班
- 讲书
- 测一测
- 参考文献
- 图片资料

与谁共读
- 主题书单
- 特别专题
- 人物特写
- 日更专栏
- 编辑推荐

谁来领读
- 专家视点
- 深度访谈
- 书评
- 精彩视频

HERE COMES EVERYBODY

下载湛庐阅读 App
一站获取阅读服务

图书在版编目（CIP）数据

第 11 号站 / （加）艾米丽·圣约翰·曼德尔
（Emily St. John Mandel）著；王林园译 . -- 杭州 ：
浙江教育出版社，2024. 8. -- ISBN 978-7-5722-8559-2

Ⅰ. I711.45

中国国家版本馆 CIP 数据核字第 202496N27U 号

上架指导 ：科幻 / 文学

浙 江 省 版 权 局
著作权合同登记号
图字 :11-2024-277 号

第11号站

DI 11 HAO ZHAN

［加］艾米丽·圣约翰·曼德尔（Emily St. John Mandel）　著

王林园　译

责任编辑： 陈　煜
美术编辑： 韩　波
责任校对： 刘姗姗
责任印务： 陈　沁
封面设计： ablackcover.com
出版发行： 浙江教育出版社（杭州市环城北路 177 号）
印　　刷： 唐山富达印务有限公司
开　　本： 880mm ×1230mm 1/32
印　　张： 12.125
版　　次： 2024 年 8 月第 1 版
书　　号： ISBN 978-7-5722-8559-2
插　　页： 1
字　　数： 293 千字
印　　次： 2024 年 8 月第 1 次印刷
定　　价： 89.90 元

如发现印装质量问题，影响阅读，请致电 010-56676359 联系调换。